U0680118

KUWEI

酷威文化

图书　影视

每天一首

古诗词
2

云葭 著

四川文艺出版社

自 序

我曾认识一个女孩，长得很漂亮，我身边的朋友都夸她："真好看，像诗一样。"

我和朋友去旅行，见过最美的风景，他们感叹："太美了，像诗一样。"

我过得最慵懒散漫的那几年，有朋友对我说："你的生活真美好，像诗一样。"

这么多年来，我的朋友们似乎都有同一个认知：美好的事物，如诗如画。甚至有人对我说，我每天早晨起来都要读一首诗，如果不这么做，我觉得这一天是不完整的。

晨起读诗的经历，我几乎未曾有过，因为我习惯了晚睡晚起，对我来说没有什么比睡懒觉更美妙了。可我也明白他们所说的这种感受，一日之计在于晨，如果每一天清晨都由美好的事物拉开序幕，就不负好时光了。

感谢我可爱的朋友们，受他们影响，我也想拥有每天读诗词的好心情。而我渴望分享，想把我对诗词的理解说与大家听。于是，便有了现在这本书。

说不清我和古诗词的渊源是从何时开始的。在懵懂的幼年时期，在尚未知最浅显的一句"春眠不觉晓"是什么意思的时候，我就能流畅地诵读了。彼时我只是觉得念着很好听，朗朗上口。再后来，我的书柜里不知不觉多了诸如此类的书，《诗经》、乐府、唐诗、宋词……大抵这就是一种奇妙缘分吧，无从言说，却爱得真切。

大学期间，我主修中文。有人问我，会不会很枯燥？会不会看着看着就睡着了？可能大多数人对古诗词都有这样的误解。枯不枯燥我不知道，但我固执地认为，古诗词是世界上最美的语言。

我知《诗经》之美，在"昔我往矣，杨柳依依。今我来思，雨雪霏霏"。

我知乐府之美，在"有所思，乃在大海南"。

我知唐诗之美，在"新丰美酒斗十千，咸阳游侠多少年"。

我知宋词之美，在"二十四桥仍在，波心荡，冷月无声"。

……

不只是诗句，就连有些诗词的名字，我都觉得美得不行。如《饮马长城窟行》，如《陌上桑》，如《紫萸香慢》……就像一匹匹用上好的丝线绣成的锦缎，恨不能将花纹拓印下来，放在枕头底下珍藏。怪不得古人在作画之后，总喜欢题一首诗来纪念。唯有最华丽的语言，才配得上最美的画卷。

而有时候，诗词又不仅仅是诗词，也是故事。

别人怎样读诗我无从得知，但诗词之于我，皆是诗人想说与世人听的故事。《诗经·卫风·氓》讲述的就是妇人控诉悲剧婚姻的故事；《孔雀东南飞》讲述的是夫妻被迫分离的故事；《有所思》讲述的是女子知道心上人有二心，恨不得与之决绝的故事。更别提诗人本身的精彩人生了，李商隐和女道士宋华阳的禁忌之恋，王维和玉真公主的暧昧情愫，还有李白的狂妄，苏轼的坎坷，杜甫的落寞……

看，多么精彩。有爱情，有亲情，有酸甜苦辣。这么多美好的感知，竟然都在古诗词的一字一句中。想来奇妙，又有些不可思议。

或许这就是我喜欢古诗词的原因。而我也愿人人皆爱诗词，爱读诗词。

目 录

每天一首古诗词 2

至简至雅的诗意生活美学

问刘十九

——纸短情长，不如把酒言欢

绿蚁新醅酒，红泥小火炉。

晚来天欲雪，能饮一杯无。

——白居易《问刘十九》

最近沉迷于传统香道。一次实操课上，老师出了这么一道题：你即将邀请友人来家中品香，按照主题布置一次香席。

而他给我的主题是冬，四季之中的冬天。至于是什么样的冬天，尽随我意。

偌大的置物架摆在我的面前，架子上什么都有，香瓶、香炉、香匙……以及各种花瓶和茶杯。架子上的东西可以随意取用，只要符合香席的主题就行。

我一眼就看中了角落里的一只陶制茶壶，可以用来煮茶或煮酒的那种——因为彼时我脑海中冒出的是白居易的《问刘十九》。

香席布完，老师让我解说一下。其实我设想的场景很简单：冬日最后一场雪即将来临，窗外寒风萧瑟，室内暖意融融，书桌上熏着香，茶几上摆着小火炉，火炉上温着酒……友人即将远道而来，他一进门就能闻到炉中香混着酒香。

而我臆想中这书房中焚着的香，便是古香方中非常著名的一款，叫作"雪中春信"，在雪中开放的梅花的香味。

有熏香，有酒，有朋友。多么惬意的冬天！

古人喜欢喝温热的酒，三国时期就有"青梅煮酒"的典故。而白居易诗中所写的，是在我们南方比较常见的米酒。"绿蚁新醅酒"，意为刚酿造出来的米酒，上面还漂浮着微绿的酒渣。自然，绿蚁也非我们所看到的字面意思，俨然是酒的代名词。如李清照《渔家傲·雪里已知春信至》：

雪里已知春信至，寒梅点缀琼枝腻。

香脸半开娇旖旎，当庭际，玉人浴出新妆洗。

造化可能偏有意，故教明月玲珑地。

共赏金尊沈绿蚁，莫辞醉，此花不与群花比。

李清照词中"共赏金尊沈绿蚁"一句，指的就是喝酒。顺便，这首词的第一句"雪里已知春信至"，正好契合我在上文提到的冬日焚"雪中春信"的想法。可见在古人心中，大雪天和饮酒很配。

白居易也是这样想的，火炉上的酒已经温热，他心中所想，便是向他的朋友刘十九提出这样一个雅致的建议：晚来天欲雪，能饮一杯无？

天色越来越晚，看样子似乎要下雪了。听说下雪天和酒很配，要不要来我家共饮一杯呢？

有这样的朋友，何其幸福！诗中虽然没有描写刘十九的反应，但我想，他应该是十分乐意的吧。换作是我，即便是大雪纷飞的夜晚，即便隔着很远的路，也必赴这么一场浪漫的君子之约。

此处应提一下"雪夜访戴"的典故，正好应景：

东晋书法家王徽之，住在山阴。一天夜里下了场大雪，王徽之从梦中醒来，打开窗户一看，只见外面白茫茫一片，银装素裹。他兴致一上来，吩咐仆人斟酒。可是一人独饮有什么意思呢？他想起了他的好友戴逵。戴逵住在剡县，于是王徽之连夜乘着小船，前往剡县探望友人。

那时的交通没那么便利，王徽之乘舟一整晚，才到了目的地。可是到了戴逵的家门口，他却转身回家去了。有人问他为什么到门口了都不去看看朋友，他说："我本来就是乘着兴致而来，兴致没了就回去，为什么要见到戴逵呢？"（吾本乘兴而行，兴尽而返，何必见戴？）

王徽之和戴逵，白居易和刘十九，虽是隔着几个朝代的不同故事，却有着共同的关键词：雪夜，饮酒，好友。

我一直从骨子里羡慕王徽之"乘兴而行，兴尽而返"的性子，生而为人，本该如此。能随着性子做自己喜欢做的事，不在乎他人的看法，已是难能可贵。而白居易雪夜煮酒招待友人的兴致，亦是我十分渴望的。时至今日，生活被很多浮躁的事占去了大半，已经难得有这么好的时机和心情与友人把酒言欢了。

或许，读了《问刘十九》的人心中都有这样的疑问：刘十九何许人也，能教白居易这么看重？

有一首很有名的诗叫作《酬乐天扬州初逢席上见赠》，作者是刘禹锡，唐代著名诗人。诗名中的乐天即白居易，酬即答谢。而刘禹锡之所以答谢，是因为白居易先写了一首《醉赠刘二十八使君》送给刘禹锡。同上，刘二十八指的就是刘禹锡了。

刘禹锡在同辈兄弟中排名二十八，故称刘二十八。刘十九是刘二十八的堂哥，大名刘禹铜。刘禹锡和刘禹铜，嗯，看名字就是兄弟。

据说刘十九是一位富商巨贾，和白居易是非常好的朋友，二人经常聚会，说他们是酒友也不过分。

《全唐诗》收录的白居易留下的笔墨中，写给刘十九的有两首。除了人尽皆知的《问刘十九》，还有以下这首《刘十九同宿时淮寇初破》：

红旗破贼非吾事，黄纸除书无我名。

唯共嵩阳刘处士，围棋赌酒到天明。

围棋赌酒，依然是饮酒。白乐天和刘十九的这段友情，怕是和酒分不开了。

也确是如此，"纸短情长，伏惟珍重"，哪有"把酒言欢，兴尽而返"来得痛快。

晚来天欲雪，能饮一杯无？

离思

——不是弱水三千，只是曾经沧海

曾经沧海难为水，除却巫山不是云。

取次花丛懒回顾，半缘修道半缘君。

——元稹《离思》

当元稹为亡妻韦丛写下千古悼亡诗《离思》的时候，不知他是否想过，曾将一片真心赋予他却又被始乱终弃的双文？应该是没有吧，即便是在失去爱妻的哀伤之中，他依然风流不断。

双文姓崔，是元稹母系一族亲戚中的远房表妹，也是元稹所著传奇小说《莺莺传》（又名《会真记》）中女主角崔莺莺的原型。

元稹寄居于蒲州的时候，与双文相恋，二人有过一段缠绵悱恻的爱情。然，这段感情持续的时间并不长，双文终是被他抛弃。因而在《红楼梦》中，曹雪芹也借林黛玉之口说："双文，诚为薄命人矣。"

双文，姑且称她为莺莺吧。唯有这个名字才能记录她所遭遇的不公正对待，甚至可以说是耻辱。她将真心交给元稹，换来最深刻的，也只有他的一首艳诗《赠双文》：

艳时翻含态，怜多转自娇。

有时还自笑，闲坐更无聊。

晓月行看堕，春酥见欲销。

何因肯垂手？不敢望回腰。

　　不知，如此香艳露骨的诗，对于尚在闺中并且被情人抛弃的莺莺来说，回忆起来是怎样的一种折磨。《莺莺传》因被王实甫改编成《西厢记》而妇孺皆知，在王实甫笔下，这是一个浪漫而圆满的爱情故事，张生高中状元，与崔莺莺终成眷属。然而在《莺莺传》中，结局却大相径庭：崔莺莺被张生狠心抛弃，后另嫁他人。

　　大抵王实甫也觉得崔莺莺的命运太过惨淡，所以他美化了这个故事，给了莺莺一个曾是她臆想中的美好结局。可王实甫未必知道，那时候的崔莺莺，是否真的想要这样的结局。

　　在《莺莺传》中，元稹化名张生，轻描淡写地讲述了他和崔莺莺从相爱到相离的全过程，仿佛他真的只是一个看客，而非主角。

　　唐贞元十六年（公元 800 年），张生到蒲州游览，寄居在当地的普救寺。在文中，元稹对张生的描述是：性情温和，容貌俊美，意志坚定，脾气孤僻……虽然已经二十三岁了，张生却从未接近过女色。是否可以看作，这就是元稹对年轻时的自己的评价？

　　在张生寄居寺庙期间，一位姓崔的寡妇带着家人要回长安，也暂居于此。崔是她夫家的姓，她本姓郑。张生与她攀谈之后才发现，她竟是自己远房的姨母。当时，蒲州一位丁姓宦官大肆抢夺百姓钱财，张生托与自己交好的蒲州将领前来帮忙，保住了崔家人的性命和财产。崔母感激张生，让子女出来拜见，于是成就了张生与崔莺莺的邂逅。

　　而后的事，和《西厢记》如出一辙。张生爱上了崔莺莺，在丫鬟红娘的帮助下，二人终是完成了花前月下的好事。

　　张生前往京城考功名，名落孙山。他在逗留京城期间，和崔莺莺一直有书信往来。崔莺莺忘不了张生，信中也是情真意切，并把自幼贴身佩戴的玉环赠予张生。岂料，张生居然把崔莺莺写给他的如此隐私的信件拿给朋友看，他的朋友们还为此填写了诗词。

这个时候，元稹又以真实姓名客串故事中，写下一首《会真诗》，记录了张生和崔莺莺的故事，并四处传唱。将未婚女子的隐私写成诗流传出去，这一行为何其荒唐，少女的大好青春怕是要毁于此事吧。

此事人尽皆知之时，元稹自托问张生的看法。张生竟义正词严地说："大凡上天派至人间的非凡之物，若不祸害自己，一定祸害他人。假使崔莺莺遇到富贵之人，凭借宠爱，能不做这般风流韵事，而成为潜于深渊的蛟龙，那么我就不知道她会变成什么了。"

然后他又举了殷纣王和周幽王因女子而亡国的例子，表示要克制自己的感情，与崔莺莺恩断义绝。

爱上一个道貌岸然的伪君子，而他始乱终弃，并且反咬一口，将污水全泼在自己身上。

这便是崔莺莺的三大悲哀。

她真心爱他、待他，将少女最美好的期许寄托在他身上，到头来，换来的却是他一句"我的德行难以胜过怪异不祥的东西，所以只能克制自己的感情，跟她恩断义绝"。

原来，在他眼中她竟然是一个"不祥的尤物"。她因爱他而不惜抛弃少女的羞耻之心，与他成就鱼水之欢，在他眼中却是败坏伦常的风流韵事……

狠绝如张生，哦不，应该说是元稹，怕是再难有第二人了吧。

《莺莺传》的结尾，崔莺莺嫁人，张生另娶。后来张生路过崔莺莺家，让崔莺莺的丈夫转告，想见她一面，以解思念之苦。崔莺莺没有见他，而是写了绝情诗，与他恩断义绝。这大概是崔莺莺最清醒的一个决定。

可笑张生，是否嫌自己伤害崔莺莺不够多？罗敷已有夫，使君亦有妇人，为何又要去打扰他人的幸福。更令人难以捉摸的是，张生还得到时人的赞赏，他的所作所为被认为是"不陷于迷惑"的明智之举。想来，这不过是元稹用以洗刷自己的托词罢了。

元稹是否真心爱过双文？若说爱，他怎么忍心在《莺莺传》中如此诋毁她？若说不爱，他为何又写出那么情深意切的《杂忆五首》去思念她？

其一

今年寒食月无光，夜色才侵已上床。

忆得双文通内里，玉桄深处暗闻香。

其二

花笼微月竹笼烟，百尺丝绳拂地悬。

忆得双文人静后，潜教桃叶送秋千。

其三

寒轻夜浅绕回廊，不辨花丛暗辨香。

忆得双文胧月下，小楼前后捉迷藏。

其四

山榴似火叶相兼，亚拂砖阶半拂檐。

忆得双文独披掩，满头花草倚新帘。

其五

春冰消尽碧波湖，漾影残霞似有无。

忆得双文衫子薄，钿头云映褪红酥。

在一起的时光虽然短暂，但双文的一举一动，一颦一笑，全都深深刻在了元稹的心上。如若不然，他又岂能想起那么多和她有关的欢愉画面？

他怀念的，是她云鬓花颜，穿着单衫的模样；他怀念的，是她花草满头，倚着湘帘的模样；他怀念的，是她经过回廊，月下微笑的模样；他怀念的，是她独倚秋千，安静美好的模样……

权且当他爱过吧，爱她的年轻貌美，爱她的活力朝气。

除此，再无其他。

这样自私的爱，她宁可从未拥有。

谁比谁多情，谁比谁凄凉？

韦丛是全心全意爱着元稹的。

她本是大家闺秀，千金之躯。然而为了他，她褪去绫罗衣裙，她摘下翡翠珠钗，她离开朱楼绮户……她从一个养尊处优的贵族小姐，沦落为荆钗布裙的贫贱妇人。

可她竟对这种生活毫无怨言，她默默地做他背后的女人，为他缝衣做饭、摘菜买酒，一心一意陪着他过了整整七年的贫困日子。等到元稹出人头地，官拜监察御史，足以让她过好日子的时候，她却一病不起，最终撒手人寰。

相比双文，韦丛才是凄凉的那一个吧。无论是先前下嫁他，还是婚后守候他，她仿佛生来就是为了成全他的。她与他共苦，却未能同甘。

而元稹为她做过的最浪漫的事，竟是在她离世之后，写下的那首千古悼亡诗——《离思》。

在抛弃双文后没多久，元稹娶了韦丛。

那一年，元稹二十五岁，韦丛二十岁。对于生活在那个时代的女子而言，二十岁还未出嫁的少之又少，何况韦丛既是贵族千金，又生就花容月貌。她迟迟不嫁，是注定要等到元稹的出现？

只能说，人各有命。

韦丛的父亲韦夏卿是当时的京兆尹，他一向爱惜人才。元稹虽然科考落第，但才名依旧。韦夏卿认定元稹非池中物，迟早会展露出自己的光芒。带着半欣赏、半为女儿将来考虑的心态，韦夏卿将韦丛许配给了元稹。

事实证明韦夏卿没有看走眼，元稹是才子，且才华不浅，但是他忽略了一点："才子"通常是以"风流"为前缀的。元稹若不风流，风流者还能有谁？

元稹虽然才名远播，但毕竟是一介布衣，无权无势，堂堂京兆尹千金嫁给他，对他来说该是莫大的荣耀。若换作他人，必定欣喜若狂，对娇妻关怀备至，宠爱有加吧。元稹对韦丛虽说不差，但韦丛嫁给他之后过的是什么样的日子呢？

其一

谢公最小偏怜女，自嫁黔娄百事乖。

顾我无衣搜荩箧，泥他沽酒拔金钗。

野蔬充膳甘长藿，落叶添薪仰古槐。

今日俸钱过十万，与君营奠复营斋。

其二

昔日戏言身后意，今朝都到眼前来。

衣裳已施行看尽，针线犹存未忍开。

尚想旧情怜婢仆，也曾因梦送钱财。

诚知此恨人人有，贫贱夫妻百事哀。

其三

闲坐悲君亦自悲，百年都是几多时。

邓攸无子寻知命，潘岳悼亡犹费词。

同穴窅冥何所望，他生缘会更难期。

惟将终夜常开眼，报答平生未展眉。

这是韦丛去世之后，元稹为悼念她而写的《遣悲怀三首》。

诗中，元稹回忆了和韦丛生活的画面。这无非是一些生活琐事，在旁人看来，或许会觉得元稹长情，能记得妻子为他所做的点点滴滴。可这又何尝不是韦丛的辛酸史！

元稹家贫，嫁给他之后，夫妻二人有时甚至衣不蔽体，食不果腹。为了帮他缝制一件像样的衣服，她翻箱倒柜，努力寻找能够拼凑的衣料；为了能让他在客人面前有面子，她拔下金钗，为他换来买酒的钱；为了让他能吃上一顿饱饭，她扫落叶生活，摘野菜充饥……

辛劳至此，韦丛身上哪里还剩下半分千金小姐的影子。诚如元稹诗中所写，贫贱夫妻百事哀。他娶她，本想借着裙带关系跻身权贵，孰料却连累她堕入清贫。

即便如此，这个贤惠的女子依旧无怨无悔。只要能够爱他，再艰苦的生活她也甘之如饴。这是她作为一个女子最无私，也是最卑微的爱。

元稹为韦丛写过很多诗，最著名的莫过于《离思》，后世有多少女子羡慕她，能够得到丈夫"曾经沧海难为水，除却巫山不是云"的爱情。殊不知传奇的背后，隐藏的往往是令人心酸的往事。

他说，她是他的弱水三千，除了她之外他眼里再也容不下别的女人。

他说，他于万花丛中过，却没有一个女人能打动他，其中缘由，一半是他爱她，一半是他要修身养性。

不知韦丛在天之灵可曾看见，她爱了一辈子的丈夫是如何修身养性的。

韦丛去世两年后，元稹续娶妻子，又纳新妾，丝毫不像他在诗中表露的那般深情。如果说，不能以"妻子死后不娶"的标准来判断他是否只爱妻子一人，那他和薛涛的情爱纠葛又作何解释？彼时韦丛尚在人间。

韦丛因爱子夭折，悲伤难以自持，再加上产后身体虚弱，一病不起。与此同时，元稹结识了红极一时的女诗人薛涛。他和薛涛诗词唱和，情爱如火的时候，有想过即将被死神带走的妻子吗？

　　元稹为韦丛写下诸多情深意切的诗词，使得后人能记住他曾娶过这样一位温柔贤惠的妻子，这是韦丛之幸。可是嫁与极尽风流的元稹为妻，大概也是韦丛的不幸。

　　韦丛和双文，谁比谁多情，谁比谁凄凉，很难有绝对的判断。唯一可以肯定的是，这两位绝代风华的女子有着同样的悲哀。

　　只是这样的多情，究竟是甜还是苦，只有元稹自己知道。他一生中有八个子女，却仅有一个活了下来，这是否就是他的报应？

　　似乎，爱上元稹的女子，没有一个拥有圆满的结局。相比元稹，她们太过痴情，太过执着。

　　她们不知道，有些东西，留不住的，始终是留不住的。

　　有生之年，再也不相信弱水三千。

赠婢

——我不是过客，是归人

公子王孙逐后尘，绿珠垂泪滴罗巾。

侯门一入深似海，从此萧郎是路人。

——崔郊《赠婢》

崔郊的故事，更像是一个失而复得的爱情童话。

崔郊，唐朝诗人，与其说他是诗人，不如说是秀才更加合适。他在唐朝文学史上并未留下多少具有影响力的诗文，《全唐诗》收录的，仅有这一首《赠婢》。然而也正是因为这首诗，他以令人咋舌之势在诗坛迅速占了一席之地，并成了千古美谈。

我跟在你身后，你的泪水一滴滴沾湿了绸巾，进了节度府的大门就像海一样深，你我是再也见不到面了，从此后我就像一个路过的陌生人一样被你遗忘。

如题，这首诗是崔郊写给一位女子的，这位女子，是崔郊姑姑家的婢女。

崔郊出身贫困，家徒四壁，有时候甚至连饭都吃不起，迫于生计，他只能借住在襄州的姑母家。姑母有个婢女，不仅容貌出众，而且精通乐器，崔郊与她朝夕相处，日久生情，而两人都有了"非卿不娶、非君不嫁"之心。

这本可以成为一段"唐朝小清新浪漫爱情"佳话，然而，姑母家道中落，生活日渐贫困，她对崔郊和这位婢女之间的事并不知情。为了支撑起这个家，姑母将婢女卖给了一个大户人家。

两情相悦的感情，就这样草草收场。这是一个女子的悲哀，也是一段感情的悲哀。

唐朝本就是历史上女子地位达到巅峰的时期，所以当时出现了许多令男人都自叹不如的权贵女子，如热衷朝政的太平公主，恋上僧人的高阳公主，敢于挑战皇权、想当"皇太女"的安乐公主……自然，公主们生于皇家，尊贵的身份给了她们骄傲的资本，而生于平常百姓家的女子是无法与她们相提并论的。

历朝历代，平民女子，哪怕是达官贵人家的女眷，除明媒正娶的正妻之外，其他的姬妾和婢女都是可以买卖的。不少女子因为容姿美丽而成为权势的牺牲品，官员们买卖赠送婢女在当时是再普遍不过的事，甚至有官员用美貌的女子当礼物去行贿。

难怪，崔郊在诗中会有"绿珠"之叹。他在诗中提到绿珠，既是暗指心爱之人有绿珠那样的美貌，也感叹她和绿珠一样不幸的遭遇。只是绿珠选择了以死成全自己对石崇的忠心，他心爱的姑娘却迫于形势，不得不进入那高墙深院中。

崔郊思念的那位婢女，被卖到了襄州司空于頔府上。

她长得貌美，于頔一见她就十分喜欢，以四十万钱的高价将她买下，恩宠非常。只是女子并没有因这不一般的待遇而沾沾自喜，她的心在崔郊身上，深宅大院禁锢了她的肉体，却禁锢不了她的心。

崔郊亦是如此。他一介穷困秀才，自然是不可能挽回心上人的，但出于思念，他还是盼着能再见到她，哪怕是最后一面。

他日日在司空府外徘徊，他想，她总是要外出的吧。

终于，寒食节那天，女子出来了。

见到被相思折磨得消瘦了一圈的崔郊，女子异常伤心，她与他执手相望，眼泪不住地沾湿脸颊上的脂粉。

如果这真的是最后一面，那就容她多看他一眼吧。

就这样，二人恋恋不舍，好久才分开。

崔郊心中百感交集，他望着女子远去的背影，作了《赠婢》。

崔郊没想到的是，这首诗居然以他意想不到的速度，在坊间四处流传。尤其是"侯门一入深似海，从此萧郎是路人"一句。

萧郎，即梁武帝萧衍。

萧衍少年英才，与谢朓等人合称"竟陵八友"，他曾写下脍炙人口的"东飞伯劳西飞燕"。

萧衍信佛，继位后，他主持修建了"南朝四百八十寺"，寺庙香火旺盛，以至于百姓们每日都在晨钟声中结束梦境。他，是史上最虔诚的君王。

因他才华横溢，风流俊朗，在后世文人作品中，"萧郎"便常被用以指代女子暗恋的人。这与周瑜的周郎何其相似。

而崔郊诗中的"萧郎"，指的却是自己。对于女子来说，他是她的心上人，自然也就是她的萧郎。

崔郊的《赠婢》传开后，于頔也知道了这件事，他派人请崔郊入司空府。有人对崔郊说，于頔为人凶残，暴虐成性，甚至随意杀人，他写了这样的诗，无疑是当众扇于頔的耳光，这一去司空府，怕是凶多吉少。

崔郊听了，十分害怕。但是他没有办法，只能硬着头皮、提心吊胆地去见于頔。

孰料，于頔见到崔郊，非但没有动怒，反而高兴地上前握住他的手问："这'侯门一入深四海，从此萧郎是路人'是你写的吗？"

崔郊小心翼翼地点了点头。

于頔道："真是好诗！"

说罢，他将女子叫出来，把她送给了崔郊，不仅如此，他还额外附赠了一大笔的嫁妆。崔郊和女子惊喜交加，连连叩谢。

有情人终成眷属，成了当时的一段佳话。

人言这段佳话源自崔郊的诗，而在我看来，这一美满的结局，不过是于頔的恩赐。若婢女的新主人不是于頔，又会怎样？

在唐史中，于頔的名声还是十分不错的。他不仅有政绩，同时也是一位诗人。他的诗虽不像《赠婢》那么有名，却也是可圈可点的。如这首《和丘员外题湛长史旧居》：

> 萧条历山下，水木无氛滓。
> 王门结长裾，岩扃怡暮齿。
> 昔贤枕高躅，今彦仰知止。
> 依依瞩烟霞，眷眷返墟里。
> 湛生久已没，丘也亦同耻。
> 立言咸不朽，何必在青史。

任何一个故事都有可能是悲剧，也可能是喜剧，结局倾向哪种，并不是有爱就是一切。

而崔郊肯定未曾料到，挽救他的爱情的，竟然会是他一时怅然所写的诗。

崔郊是幸运的，因为他遇到的是于頔，并不是所有人都像于頔一般通情达理，肯成全他人。多少年后的我们被崔郊的故事所感动，可谁又知道，有多少个像崔郊一样的人，因时代造就的悲剧而永失所爱呢。

崔郊故事虽是喜剧收场，《赠婢》却充满了心中所爱被他人夺走的悲哀。于那个时代，这是门第观念下时常出现的悲剧。

侯门，权豪势要之家。上自皇帝，下至权贵豪绅，均可用"侯门"来概括。侯门买卖赠送婢女之时，多如牛毛。权贵们指望往上爬，得到更多的权势和金钱，莫说是区区一个婢女，就是把自己的姐妹妻女卖掉，也无甚可惜。

而"侯门一入深似海",又岂止发生在地位卑微的婢女身上？对于女子而言，一旦入了深宫高墙，纵使身份再高贵，命运却也是一样的身不由己。如虢国夫人，那个因妹妹杨玉环得宠而一荣俱荣的女子。

杨玉环被封为贵妃后，她的三个姐姐被尊为虢国夫人、韩国夫人、秦国夫人，一时风头无限、权倾朝野。这其中又属虢国夫人名声最大，她长得娇媚无比，坐拥三千佳丽的唐玄宗也会忍不住多看她几眼。

甚至有人说，虢国夫人其实比杨贵妃还要美。

对于这样一位美艳而又时常出入皇宫的女子，杨贵妃又怎会不提防，即便那个人是她的姐姐。她嫉妒虢国夫人比她美艳，同时害怕自己陪伴唐玄宗的时间太长，玄宗对她没了新鲜感，转而看上虢国夫人。因此，她想尽一切办法将虢国夫人赶出宫去。只因一直找不到玄宗与虢国夫人偷欢的证据，她眼睁睁看着两人暗送秋波，却束手无策。

然而，无论如何，相比那些被随意赠送买卖的女子，虢国夫人幸运太多。

侯门之中，高墙之内，容颜美丽的她们不过是命运的棋子，看似风光，心中的苦又有谁能够看破？虢国夫人如此，婢女亦是如此。

一如严蕊的词："若得山花插满头，莫问奴归处。"没有人问过她们，或许她们最渴望得到的东西，并非爱情，而是自由。

无题

——他是庄周梦中的蝶，沧海尽头的月

昨夜星辰昨夜风，画楼西畔桂堂东。

身无彩凤双飞翼，心有灵犀一点通。

隔座送钩春酒暖，分曹射覆蜡灯红。

嗟余听鼓应官去，走马兰台类转蓬。

——李商隐《无题》

一如他的诗，李商隐给人的感觉像梦一般神秘，像谜一般朦胧，像雾一般缥缈。

我对李商隐最原始的记忆竟是来自《红楼梦》，那个时候的我和林黛玉一样，喜欢称他为李义山。

宝玉道："这些破荷叶可恨，怎么还不叫人来拔去。"宝钗笑道："今年这几日，何曾饶了这园子闲了，天天逛，哪里还有叫人来收拾的工夫。"林黛玉道："我最不喜欢李义山的诗，只喜他这一句：'留得残荷听雨声'。偏你们又不留着残荷了。"宝玉道："果然好句，以后咱们就别叫人拔去了。"说着已到了花溆的萝港之下，觉得阴森透骨，而滩上衰草残菱，更助秋情。

"留得残荷听雨声"，化用李商隐的寄友人诗《宿骆氏亭寄怀崔雍崔衮》：

> 竹坞无尘水槛清，相思迢递隔重城。
> 秋阴不散霜飞晚，留得枯荷听雨声。

枯荷听雨，声声瘦。如此凄美的意境，他写的却是对友人的思念，也是对自身的叹息……他笔底的那片烟霞，总是带着一种朦胧的虚弱美，这是他惯用的风格。

或许，这与他那几段"不许人间见白头"的虚弱爱情有关吧。

李商隐最正式的一段感情，自然是与他的妻子，泾原节度使王茂元的女儿——王晏媄。

不过王晏媄并非李商隐的第一任妻子，他的初婚妻子姓甚名谁，在历史上连只字片语都未留下，我们只能从他《祭小侄女寄寄文》中那句"况吾别娶已来，胤绪未立"猜测：在娶王晏媄之前，他曾有过一位妻子。至于他为何别娶，初婚妻子后来如何了，已然是一个永远的谜。

李商隐和王晏媄，就像是那个时代淡化了故事轮廓的罗密欧与朱丽叶——成婚之前他们分别生活在朝廷对立的两个派系之中。

李商隐未到弱冠之年，其出众的才华就被天平节度使令狐楚看中，令狐楚对李商隐的照顾丝毫不亚于对自己的亲生儿子令狐绹，而令狐绹曾与李商隐一起游学，既是至交好友，又是手足兄弟，多年后，令狐绹更是成了当朝宰相。有令狐家这层关系网，李商隐在朝中又岂会一直碌碌无名。他能考中进士，不可否认他的才华，但也离不开令狐父子的影响和帮助。

就在李商隐中进士那年，令狐楚病逝。而后，李商隐应王茂元的聘请，成了他的幕僚。王茂元和令狐楚一样，对李商隐很是看重，甚至将小女儿王晏媄许配给了他。

在这个故事中，最令人看不透的一层关系是：王茂元和令狐楚是互相对立的两派官员。

李商隐和王晏媄，本该因为这层关系而参商分离，成就一段罗密欧与朱丽叶式的凄美爱情。可偏偏，李商隐在令狐楚尸骨未寒之时就轻易倒戈，娶了"仇人"的女儿，那么顺利，那么理所当然。

所以，李商隐没有机会像罗密欧一样，深情地为他的爱人吟诵："朦胧的夜色可以替我遮过他们的眼睛。只要你爱我，就让他们瞧见我吧；与其因为得不到你的爱情而在这世上捱命，还不如在仇人的刀剑下丧生。"但他为王晏媄写下的诗篇亦不在少数。

李商隐初见王晏媄，传说是在曲江的一次宴会上，王晏媄的容颜，只一次便令他相思如絮。宴会之后他赋《曲池》一首，记录了他们月下那场短暂的回眸：

> 日下繁香不自持，月中流艳与谁期。
> 迎忧急鼓疏钟断，分隔休灯灭烛时。
> 张盖欲判江滟滟，回头更望柳丝丝。
> 从来此地黄昏散，未信河梁是别离。

然而，一旦牵扯到朝廷的派系斗争，这样的爱情是不可能长长久久的。李商隐和王晏媄的婚姻虽看似顺利，却不乏暗涛汹涌。令狐家对李商隐可谓恩同再造，可李商隐似乎并不看重这份恩情，又或许，对他来说爱情弥足珍贵，为了心爱的女子，他不惜委身恩师的敌人。

令狐家对李商隐的背叛给予了最简单直接的惩罚，他虽考中进士，却要通过授官考试才能接受朝廷的任命，可是在复试的时候，他被除名了。这使得一心想在政治上崭露头角的李商隐万分沮丧。

为爱情而倒戈的这次选择，成了禁锢李商隐仕途的魔咒，他在朝堂原本可以光明到底的前路，至此中断。可纵观他为妻子所写的诗，他应该从未为自己的决定后悔过。他和王晏媄婚后有过一段时间的快乐日子，但他因去了蜀地任职，长期与妻子分隔两地，仅靠书信维系感情。

可惜，王晏媄红颜薄命。在嫁给李商隐十年之后，她生病去世，留下一双儿女。

李商隐一时难以接受妻子已经离去的事实，他只当她是睡着了，可自欺欺人的梦终归是要醒来的。梦醒之后，他仿佛是记叙生活的日常一般，写下了悼亡妻子的《房中曲》：

> 蔷薇泣幽素，翠带花钱小。
> 娇郎痴若云，抱日西帘晓。
> 枕是龙宫石，割得秋波色。
> 玉簟失柔肤，但见蒙罗碧。
> 忆得前年春，未语含悲辛。
> 归来已不见，锦瑟长于人。
> 今日涧底松，明日山头檗。
> 愁到天地翻，相看不相识。

蔷薇初开，花瓣上凝结着露珠，儿女尚不知生离死别的痛苦，正痴痴酣睡。望着熟睡的孩童，他想起了妻子的体贴与温柔。这样的夜里，他本该与妻子相拥而眠，可此时此刻，床上空留下她睡过的龙宫石枕和玉簟，她却再也回不来了。

王晏媄离世之后，李商隐没有再娶。他是个多情、重情之人，在遇到王晏媄之前，他也有过几段铭心刻骨的感情，然而能影响他一生的，始终是患难与共的妻子，只有她才是他命中注定的执手之人。

李商隐在仕途上始终郁郁不得志，直到四十五岁抱憾谢世。他对王晏媄用情之深，王晏媄对他的影响之深，从他留下的诗中全然可以看出。倘若再做一次选择，他应该还是会娶王晏媄这位"仇人"之女吧。

至于原因，除了李商隐自己，又有谁知道呢？

不过，李商隐最传奇的一段感情并非他的原配妻子。那个他一直心心念念无法放下的女子，是玉阳山的女冠，宋华阳。

时隔多年，他应该很想知道，昔日虔诚焚香的修道女子，如今可还安好。若重来一次，或许，最好的选择是未曾相识。

李商隐和宋华阳的恋情，背负了太多感情以外的枷锁，好似在夹缝中拼命汲取养分生长的种子，周遭环境越是恶劣，它渴求生命的欲望越是强烈。

然，生根又如何？发芽又如何？没有阳光与甘霖，依然开不出花，结不了果。

后来，他为他们的故事付以笔墨，永以为存。而凝结他们最好的爱情岁月的，是他最生涩难懂的三首《碧城》。

宋华阳之所以是李商隐诸多恋人中最受争议也是最神秘的一位，是因她的身份。唐朝道教盛行，无论男女，出家修道之风盛行，甚至连贵族女子也纷纷修建道观，带发修行。如唐玄宗时期的玉真公主和金仙公主，宰相李林甫的女儿李腾空。

公主不比寻常女子，身份尊贵的她们即便是出家，也是需要侍女贴身伺候的。于是，不少宫女会跟随公主一同前往道观修行，宋华阳便是玉阳山修行的某位公主诸多宫女中的一位。

那时候的李商隐还年轻，他在玉阳山东边山峰的玉阳观中学仙修道。玉阳山西边山峰的灵都观是宋华阳居住的地方，她和其他十余个女道士一起侍奉公主，日子就像无风的湖面，平静无波。而李商隐的出现好似突然落入湖中的巨石，不经意间激起巨浪，水花四溅，她的生活也发生了翻天覆地的变化。

李商隐和宋华阳的相遇，看似偶然，却也是注定会发生的事。玉阳山东西二峰相距不远，同在此山中，若注定有缘，迟早会有邂逅的那一天。

据说，他们是一见钟情。

粗布麻衣，难掩胭脂色。宋华阳长得很美，端庄秀丽，即便穿着宽松朴素的道士服，她的美貌也丝毫没有被掩藏。李商隐几乎在看到她的第一眼就陷入了一场无法自拔的爱情之中。

宋华阳的身份使得他们不能堂而皇之地来往，她是女冠，是修道之人，是侍奉神灵的，她的心也应该与她每日焚的香一样，溢满虔诚的气息。她明知不能僭越，却还是跨过了心里的那道坎，与心上人共赴禁忌的旋涡。

坠入爱河的李商隐和宋华阳，不可能像普通恋人一样日日缠绵，他们只能靠书信来往。在恋爱期间，李商隐为宋华阳写过不少诗词。

民国才女苏雪林在她的《玉溪诗谜》中大胆推测了李商隐和宋华阳的关系。她认为，李商隐这首《无题》，写的正是他与宋华阳心有灵犀的爱。

从诗词的字面意思来看，这似乎写的就是床第之欢了。昨夜，微风，画楼中，花前月下，红烛帐中，他与朝思暮想的她，多久才等来一次缠绵悱恻……

分开后，他们各自罹受相思之苦，他恨不得长出翅膀飞到她身边。尽管肉体不能在一起，至少他们是心意相通的。

每一段背负枷锁的爱情，都有着各自的无可奈何。

然而，有所禁锢，爱情也往往会比它合乎时宜的时候更张扬而激烈。唐朝的女冠们，拥有暧昧朦胧情感的，又何止宋华阳？

如玉真公主和诗佛王维，他们难以跨越身份，跨越年龄。

如李季兰和茶圣陆羽，他们吟诵风雅，志趣相投，却未成眷属。

如鱼玄机和温庭筠，却也是碍着师徒的身份，她落花有意，而他流水无情。

李商隐和温庭筠并称"温李"，他们写诗有着类似的缠绵，就连感情生活上也都有着与女道士相关的话题。

对李商隐来说，宋华阳美得像仙女一样，又是修仙的女冠，那自然是圣女了，所以他为她作了一首《圣女祠》：

　　　杳蔼逢仙迹，苍茫滞客途。何年归碧落，此路向皇都。
　　　消息期青雀，逢迎异紫姑。肠回楚国梦，心断汉宫巫。
　　　从骑裁寒竹，行车荫白榆。星娥一去后，月姊更来无。
　　　寡鹄迷苍壑，羁凰怨翠梧。惟应碧桃下，方朔是狂夫。

　　玉阳山上翘首等待相见的日子，像吹过四季的清风，如凝视沧桑的明月，不经意间，白驹过隙，转眼已到了尽头。而结束这段美好日子的，是一件让李商隐和宋华阳都觉得可怕的事——宋华阳怀孕了。

　　女道士怀孕，这无论在哪个时代都是违背伦常的事。尤其，宋华阳不是一般的女道士，她是当朝公主的侍女。在玉阳山这么神圣的地方发生这种事，传出去必定会激起千层浪。

　　纸包不住火，所以这件事还是被发现了。李商隐被赶出道观，宋华阳因与公主关系亲近，得以从轻发落。但这对恋人从此天各一方，再难有相见之日。

　　离开玉阳山的李商隐，辗转开始了他人生新的篇章。再接下来，他将会遇到另一段充满传奇色彩的爱情。似乎，他和宋华阳的故事至此就该终结。就连李商隐自己都没想到，多年后他会再次遇到宋华阳。

　　彼时的他们，都已人到中年。李商隐入仕当了不痛不痒的小官，宋华阳的身份依然是女道士。想起那段爱得无法自拔的曾经，已然褪去青涩外衣的他们都唏嘘不已。他们都经历了太多……

　　但无论怎么说，初恋的美好是没有什么能够比拟的。他们聊起曾经，各自都有说不完的话。月夜将至，她邀他与她和她的两个道士姊妹一同赏月。不知为何，他没有应约。

　　或许，他怕触碰内心最柔软的某个地方；

　　或许，他不想揭开已经结痂愈合的伤疤；

或许，他不能再次堕入那段没有结果的恋情之中；

……

不知原因为何，但他终归是没有去。他写了一首《月夜重寄宋华阳姊妹》作为回应：

> 偷桃窃药事难兼，十二城中锁彩蟾。
>
> 应共三英同夜赏，玉楼仍是水精帘。

他想告诉宋华阳的是，修仙求道与男欢女爱，一是超脱世俗，一是红尘俗世，二者就像鱼和熊掌，不可兼得。当年他们在玉阳山的往事虽然美丽，但也都是过去了。如今他本该与她们姊妹三人一同赏月，可她们修仙问道，他却是凡夫俗子，她们居住的玉楼于他来说是遥不可及的，就像隔着厚厚的水晶帘子，只可远观，不可亵玩。

时隔多年，他想通了。他不想重蹈覆辙，再犯一次当年的错误。

既然此生不可能再续前缘，那么，不如不见。

有人说，这是李商隐在追忆自己无果的初恋，因为"此情可待成追忆，只是当时已惘然"是对初恋最完美的解释。

读遍李商隐的诗，再细究他历来扑朔迷离而又精致婉转的感情世界，也许这个猜测是真的，也说不定。至少如此怅然若失，又带着青春气息的初恋，的确让人心生向往。

也有人说，这是他对自己身世的哀伤，他看似在感叹爱情，其实是为了抒发自己怀才不遇的惆怅和郁闷。

众说纷纭，难下定论。

李商隐本就是一个心思细腻而婉转的诗人，他信手拈来的一首诗，有时却包含了多种情感。而这些细节与感受，恐怕也只有当时写作的李商隐本人能够体会了，而后世的我们只能从这些诗句的字里行间，浅读他的愁思，轻触他的那颗七窍玲珑心。

锦瑟是一种乐器。《周礼·乐器图》记载:"雅瑟二十三弦,颂瑟二十五弦,饰以宝玉者曰宝瑟,绘文如锦者曰锦瑟。"

读之,脑中不禁浮现了有些诡异的一幕:一间华美却纱幔零落的房间内,一架雕花精致的锦瑟安静地躺在地上,寒风吹进屋子,纱随着风七零八落地摇摆,无人拨弄的锦瑟,却径自演奏出了绝美的乐章。

这首诗,以锦瑟之曲而起,却以怅然的暧昧情愫为终。

然,无论什么样的感情,终会因为岁月而变淡,只是回忆起当时的时候,会有一瞬间的恍惚。那些美好、纯净,最终成为回忆,而今想来,除却苦涩一笑外,也只剩下惆怅和迷惘了。

至于这首《锦瑟》是写给谁的,也至今无人能猜透。

有一种说法是,锦瑟的弦断,其实暗指妻子的去世,所以这是他写给亡妻王晏媄的悼亡诗。

诗意朦胧幽怨,说是悼亡,似乎颇有道理。

有一种说法是,《锦瑟》的女主人公正是一位叫"锦瑟"的女子。她是令狐楚府上的一名婢女,李商隐在令狐家居住时,曾和锦瑟有过一段恋情,但最终也因为某些原因而分开了。

很多人赞同这种说法,但我却存有疑问。令狐楚是李商隐的恩师,以他对李商隐的器重,会连区区一位婢女都舍不得赐给李商隐?若李商隐真看上这样一位婢女,他们理应喜结良缘才是,有什么天大的理由能让李商隐和锦瑟分开?

还有一种说法是,《锦瑟》根本就是写给宋华阳的。她是他的初恋,是他一生无法渡过的劫,是他心中永远的爱与痛,是他此生难再的惆怅与惘然……

如此说来,未尝不可,甚至可能性很大。他与宋华阳的爱情,不正是《锦瑟》所呈现的那般吗?若这真是一首写初恋的诗,那么,他写的应该就是宋华阳吧。

罢了,事过境迁,再多猜测也是徒然。

李商隐的诗如同他的人、他的感情一般难以捉摸，那些如昙花乍现的女子出现在他的生命里，又很快离开，有谁能够长长久久呢？

后人评价李商隐的诗，朦胧梦幻、缠绵悱恻、动人心弦……殊不知，若非有真情实感倾注其中，他又岂能创造出如此哀婉，如此轻易打动人心的凄美意境。

绮丽的语言，华丽的诗词，不过都是用他破碎不堪的感情换来的罢了。接连痛失所爱，对普通人来说已是伤心之事，更何况李商隐这般细腻多情的男子。他所承受的每一分痛，到头来，换来的是字里行间难以言说的凄美。

一日日，一年年，那些缱绻缠绵的传说最终随着他的离世而永远埋葬了，只留下一首首或甜蜜，或温馨，或伤感，又或悲愤的诗词，来隐约照出他前行道路上的波澜与曲折。

他一生有胸襟，却无处可开怀，他一生有多情，却留不住一人，只待回首时，岁月流转，人生已走到了尽头。

他以锦瑟写流年，以悲歌唱人生。黛玉说得对，义山的诗确实不讨喜。因为太写实，太虚弱，太萧瑟，让人不由自主地沉浸在他挥洒出的凄怆中，再难脱身。

天上谣

——天上白玉京，十二楼五城

天河夜转漂回星，银浦流云学水声。

玉宫桂树花未落，仙妾采香垂佩缨。

秦妃卷帘北窗晓，窗前植桐青凤小。

王子吹笙鹅管长，呼龙耕烟种瑶草。

粉霞红绶藕丝裙，青洲步拾兰苕春。

东指羲和能走马，海尘新生石山下。

——李贺《天上谣》

看李贺这首诗，我想他应该是个极浪漫的人，若非如此，怎能将他想象中的仙界描绘得如此瑰丽。那么，天上是什么样的呢？

李白说："天上白玉京，十二楼五城。仙人抚我顶，结发受长生。"这曾是我印象中最唯美的仙境。再看李贺的笔墨，却也不比太白逊色。在他们的幻想中，天上的世界是多姿多彩的，有玉皇王母、西天佛祖，有七仙女和天兵天将，银河两边是牛郎织女，月亮中住着美丽的嫦娥和她的玉兔。他们自然不会知道，几千年之后人类飞到了月亮上，但月中并没有嫦娥玉兔桂花树，只有寸草不生的环形山。也正是因为他们接触不到，才会有如此浪漫的幻想。

古人写游仙诗，绝大多数都是为了表达对现实社会的不满，他们希望能在诗中创造出一个理想的世界。屈原、李白、李贺笔下的仙界尤为出彩，屈原有香草美人，李白有云之君兮，李贺有玉桂清州……

最先知道李贺，是因为他那些有名的"鬼"诗。我一直觉得他适合描绘阴森之美，后来读了《李凭箜篌引》我才恍然明了，原来事实并非如此。他笔下的仙界和鬼界截然不同，鬼界美得森冷，仙界美得瑰丽，一曲《天上谣》就是一首音如梦幻的仙境之歌。

李贺的仙境跟我们想象中的相差无几，不过多了几分灵动和活力。

夜晚的星空璀璨绮丽，银河如带，细细凝视仿佛真能听到潺潺的流水声。那月宫中的桂花开得正烂漫，芳香四溢，沁人心脾。仙女们衣袂飘飘地飞入月宫，拎着小巧的花篮在桂树下摘桂花。她们挑选最美最香的花朵装进贴身佩戴的香囊中，又将香囊挂在衣带上，每走一步香囊中就发出阵阵幽香，萦绕在仙女们周身。而仙界的花是永远不会凋谢的，无论长在枝上还是存于囊中，她们会长长久久艳丽如新。当仙女们盈盈飞在天上，款款行在云间，桂花香便如影随形，人间最美的景色也比不上这一幕。

在天宫的另一座仙府中，弄玉公主正卷起窗帘，静静地眺望窗外景色。她本是凡间君王秦穆公的女儿，因精通音律，吹得一手好箫，华山的少年箫史与弄玉志同道合，特地前往秦宫与她相见，二人天天在凤凰台切磋吹箫技艺，久而久之便互生情愫。他们吹奏的箫声越来越动听，连天上的凤凰都被吸引了，后来他们就跟着凤凰一起飞到了天上，成了一对真正的神仙眷侣。转眼千年过去了，弄玉还是当年的弄玉，容颜倾城，丝毫看不出岁月的痕迹。太阳神的马车从天际飞过，天已经亮了，她看到窗外梧桐树上停着的小青凤，正是当年带着她和箫史来到天界的那一只。天宫就是这样神奇，时光仿佛被锁定在最美一刻，千万年不变。

雾色朦胧，空旷的云彩之上，仙人王子乔悠闲地吹着笙管。他的身世和弄玉差不多，也生在凡间的帝王之家，死后成仙，成就了一段传说，很多诗中都有提到他，如汉代古诗《古诗十九首·生年不满百》中的"仙人王子乔，难可与等期"。王子乔成仙后的生活比在人间要自在多了，他闲来无事便像这般吹着笙管，神龙们听到他吹奏的音乐，快乐地在云上耕作，播种瑶草。传说瑶草是一种吃了可以长生不老的仙草，只有天上才有。巫山神女瑶姬死后，精魂就在姑瑶山上化作了瑶草，也不知和这里的瑶草是不是同一种。

神龙们的瑶草还未播种完毕，就见一群仙女乘云飞过，她们穿着美丽的衣服，纷纷前往南海中的仙岛清州游玩。清州风景秀美，花开遍野，仙女们美得就像怒放的鲜花一样，她们偶尔偷闲来清州游玩，心情甚是舒畅。在花香之中，她们一边嬉笑一边采着花儿，怡然自得。

而这个时候，太阳神的马车又从天上飞过去了，驾车的是女神羲和，她是太阳的母亲，也是太阳的车夫。每天早晨她都要驾着太阳车在天上飞驰，为人间送去光明，到了晚上再把太阳带回太阳宫。她日复一日重复着这样的工作，时间也在太阳车转动的车轮中飞逝而去。光阴荏苒，东海神山四周的海水都干涸了，沧海化作了桑田，另一边又生出了别的海，如此反复交替，生生世世。

当凡间已经千万年过去，昔日的一切被新景象所取代，天上还是像以前一样瑰丽多彩，一点都没变：仙妾月宫采桂花，弄玉卷帘看青凤，王子云中吹笙管，神龙耕烟种瑶草，粉霞仙子踏清州，羲和驾车御太阳……所有神仙都依旧自得其乐，过着逍遥的日子。

李贺笔下仙界和其他诗人的又不太一样，似乎少了几分高不可攀的威严，多了几分人间烟火的亲切。让人读了之后觉得，原来仙女和凡间女子一样喜欢美丽芬芳的鲜花，喜欢在风景秀美的地方踏青，原来神仙也要耕耘播种……

细想来，这或许不是仙境，而是诗人理想中的"凡间"生活吧。

赠邻女

——得不到的永远在骚动

羞日遮罗袖，愁春懒起妆。

易求无价宝，难得有心郎。

枕上潜垂泪，花间暗断肠。

自能窥宋玉，何必恨王昌？

——鱼玄机《赠邻女》

鱼玄机其人，比她的诗有名多了。而她的一生，处处是传奇。

她幼年流落烟花之地，看惯人间薄情与多情。

她结识花间派诗人温庭筠，展露才华，得到温庭筠的提点。

她千不该万不该，爱上自己的老师，无奈只是单相思。

她嫁给李亿为妾，却不为李亿正妻所容，沦落道观。

她出家为女道士，却生性风流，迎来送往，拥有诸多男人。

她因妒杀婢，酿成大祸，终难逃死刑。

……

鱼玄机的岁月，凋落在二十六岁，花一样的年纪。而这个年纪，正是其他女子享受丈夫疼爱、子女承欢的时候。

都说鱼玄机生性风流，命该如此，但她的苦与痛，除却她，旁人怕是难以多明白一分。恐怕无人能够否认，鱼玄机是个爱憎分明的女子，也正是这太过明目张胆的爱恨之分，加速了她花样年华的枯萎。

她想得到的，未曾得到，或许也得到了一些吧，只是难逃失去的命运而已。旁人为她可惜，可谁又能肯定，她是否真的后悔？一生能像鱼玄机这般，酣畅淋漓地想爱就爱，恣意妄为地想恨就恨，未尝不是一件痛快的事，尽管饮鸩止渴的行为很快就为她带来了生命的终结。

得不到的永远在骚动，被偏爱的都有恃无恐。

如果非要说有什么一直在鱼玄机心头骚动着，我想，应该就是她的老师温庭筠吧。

认识温庭筠的时候，鱼玄机还不叫鱼玄机，她叫鱼幼微。"玄机"二字，是她出家当了道姑之后取的道号。

唐朝的风气开放，女性地位也是历朝历代中最高的。唐朝女子可以主动提出离婚并且改嫁，若是不想结婚，可以出家当道姑。尤其是贵族女子，若是对男女地位有所不满，她们随时可以选择出家。

于她们而言，出家未必是发自内心的虔诚，多半只是出于对自身权利的维护。因为她们不想一辈子守着一个男人，那样的爱情太虚假，也太疲惫。和金枝玉叶相比，道姑的身份更方便她们追求自由的爱情，她们需要的，是一种来自灵魂深处的爱与恨。

一如玉真公主，她跟当时两位著名的大诗人，王维和李白，都有着极其暧昧的关系，很难弄清楚他们之间到底发生过什么。

还有就是像杨贵妃那样，当一段时间的道姑后重新嫁人。杨贵妃的经历和武则天很像，唐太宗驾崩后，武则天在感业寺当了一段时间女尼，后又嫁给了唐高宗。太平公主年轻时为了避免去吐蕃和亲，也曾当过道姑。

久而久之，出家修道的风气从贵族女子这一群体逐渐向民间蔓延。

成为道姑之前的鱼幼微，曾流落烟花之地。不过她并非青楼女子，只因家贫，靠着在风月场所做一些粗活来补贴家用。《三水小牍》云："西京咸宜观女道士鱼玄机，字幼微，长安倡家女也。"

在烟花之地的这些经历，使得鱼幼微见惯了人情凉薄。很难说，长时间的耳濡目染会不会使年幼的她产生心理影响。迎来送往之地，很少有真情之说。这一切，或许是致使她成为风流道姑的原因之一。

童年之于鱼幼微，恍若夏日暴风雨前的天空，布满了阴云。温庭筠的出现，是她生命中最可贵的一束阳光，带给了她温暖和期望。

那时候，鱼幼微只是个初谙世事的小姑娘，温庭筠却已经是鼎鼎有名的花间派诗人。然而他有多博学，就有多丑陋，甚至外号曰"温钟馗"。其貌不扬的温庭筠，在遇见鱼幼微的时候，已经过了不惑之年，很难想象，鱼幼微会对这样一个"老而丑"的男人情有独钟。大概，这段师生恋，始于依赖。

鱼幼微认识温庭筠之前就已经会吟诗作文，并且渐渐传诵开来，其中以《卖残牡丹》最为知名：

> 临风兴叹落花频，芳意潜消又一春。
> 应为价高人不问，却缘香甚蝶难亲。
> 红英只称生宫里，翠叶那堪染路尘。
> 及至移根上林苑，王孙方恨买无因。

温庭筠偶然听闻鱼幼微的诗，便开始留意她。小姑娘长得明眸皓齿，看上去很机灵，虽是女子，胸中墨水却未必输给男儿。于是他以《江边柳》为题让鱼幼微作诗，想考考她。

鱼幼微很快就有了答案：

> 翠色连荒岸，烟姿入远楼。
> 影铺秋水面，花落钓人头。

根老藏鱼窟，枝低系客舟。

萧萧风雨夜，惊梦复添愁。

温庭筠见了，大为惊讶。无论从遣词用句，这都不像是一个十岁出头的小姑娘能写出的诗，甚至赛过许多寒窗苦读的学子。

发现了鱼幼微的才华，温庭筠便收她为弟子，教她读书写诗。对于这位聪明的女弟子，温庭筠几乎毫无保留，将一切传授给了她。而她也没有辜负他的期望，在长年累月的学习中，逐渐长成一位才貌双全的少女。

寒冬太长，等待春天时，春天迟迟不来，鱼幼微曾一度觉得自己的生活如寒冬般，不会再有阳光。她没有想过，某一天温庭筠让她感受到了春天的温暖和鸟语花香。

师徒二人志趣相投，经常写诗相和。在这一来二去的和诗中，鱼幼微对他产生了不一样的感情。

她仰慕他，因为他惊人的才华。

她依赖他，因为他带给他前所未有的温情。

渐渐地，她控制不住，犯下了一个致命的错误——爱上温庭筠。

起初鱼幼微并未意识到这点，温庭筠亦师亦友的身份，且对她照顾有加，她对他有特殊的情愫不足为奇。直到温庭筠去外地做官，他的离开让她觉得生命仿佛有了一道裂痕，缺少了最重要的东西。

思念潜滋暗长，如疯狂的藤蔓，将她紧紧包围，紧紧束缚。

温庭筠岂会意识不到鱼幼微对自己的感情。然而，她毕竟是他的弟子，又是个还未成年的小姑娘，再加上他年纪大而相貌丑陋，他是无论如何都不会允许这段感情继续下去的。

为了断了鱼幼微对自己的念想，温庭筠想方设法撮合她和李亿。

李亿是大中十二年（858年）的状元，也是温庭筠的朋友。他很欣赏鱼幼微不同于一般女子的才华，更喜欢她的倾城之姿。面对李亿这样一位才子，鱼幼微也慢慢动了心，所以即便李亿已经有了妻室，她依然决定嫁给他为妾。

曾有人提出疑问，鱼幼微究竟爱不爱李亿。她嫁给李亿，是真的变心爱上了他，还是因为温庭筠的疏远和刻意撮合，她负气之下草草做出嫁人的决定？

这一疑问不是没有依据。因为鱼幼微嫁给李亿之后，依然没有停止对温庭筠的思念。

那个冬天的夜晚，鱼幼微又想起了温庭筠，她提笔为他写了《冬夜寄飞卿》：

苦思搜诗灯下吟，不眠长夜怕寒衾。
满庭木叶愁风起，透幌纱窗惜月沈。
疏散未闲终遂愿，盛衰空见本来心。
幽栖莫定梧桐处，暮雀啾啾空绕林。

温庭筠，字飞卿。

何曾有学生以字称呼自己的老师？在鱼幼微心里，怕是根本没有把温庭筠当成自己的师长，他是男人，是她爱的一个男人。多年来，她那么努力地让自己变得更美好，也只是为离他近一步罢了。

他说她太小，没关系，她总会长大的啊。

他是声名显赫的诗人，也没关系，她可以努力，只为了让他多看她一眼，多为她露出欣慰的一笑。

终于，她长成了倾城少女，她才华卓著，跻身唐朝四大女诗人之列。

她以为他会接受她，可她等来的竟是他对她和另一个男人的拼命撮合。

至此，她绝望了，她也总算明白一个道理。

当你爱上一个人的时候，美貌、才华、声名……这令人艳羡的一切，不过是你能配得上他的条件。可是，如果他不爱你，再多优秀的条件又有何用？

她知道，他不爱她。

和外貌学识无关，和身份家世无关，和什么都无关。

他只是不爱她，仅此而已。

嫁给李亿后，鱼幼微开始了她新的人生。

她很清楚，她必须忘了温庭筠。纵使再爱，这个男人不属于她，永远不属于她。他希望她有个好归宿，有新的生活，那么如他所愿，她会努力把生活过得更好。

李亿对鱼幼微，起初是百般疼爱的。面对这样一个才貌双全的可爱女孩，谁会忍心对她不好？所以可以猜测，他们应该有过一段快乐的时光。而鱼幼微对李亿，也是有感情的。若不然她不会写这首《江陵愁望寄子安》，子安即李亿的字：

枫叶千枝复万枝，江桥掩映暮帆迟。

忆君心似西江水，日夜东流无歇时。

一看便知，鱼幼微写这首诗的时候心情并不好。她此般惆怅的心情，和李亿的原配妻子裴氏有关。

裴氏是个厉害角色，她很不喜欢鱼幼微。她知道，年轻漂亮又会吟诵风雅的鱼幼微待在丈夫身边，是她最大的威胁，没准哪一天就爬到她头上，取代了她原配的位置。因此，她时不时会翻出一些花样折磨鱼幼微。鱼幼微原以为离开温庭筠可以生活得更好，不料却是跳进了火坑。

她把希望全寄托在李亿身上，便写诗给他，希望他能明白她的苦。可偏偏李亿惧内，根本不敢在裴氏面前护着鱼幼微。他思来想去，只能想出一个不是办法的办法。他给咸宜观添了一笔数目不小的香油钱，然后悄悄将鱼幼微安排在观中当女道士，道号"玄机"。

从鱼幼微到鱼玄机，她生命的转折由此开始。

咸宜观是唐玄宗和武惠妃之女咸宜公主修葺的道观。咸宜公主嫁过两次，二度丧夫后，她年事已高，便在京城修了道观，出家修行，了却残生。不过真正使咸宜观在历史上出名的，不是咸宜公主，而是鱼玄机。

初到咸宜观，鱼玄机很不适应清冷的修行生活。她尘缘未了，又对感情有着太多牵挂，本就不适合出家。那一阵子她非常想念丈夫李亿，便写下了这首《寄子安》：

> 醉别千卮不浣愁，离肠百结解无由。
> 蕙兰销歇归在圃，杨柳东西绊客舟。
> 聚散已悲云不定，恩情须学水长流。
> 有花时节知难遇，未肯厌厌醉玉楼。

李亿不可能不明白鱼玄机时刻盼着他接她回去，可自打送她进道观那刻开始，就注定她再也回不去了。久而久之，鱼玄机也明白了这一点。她嗤笑着人情冷暖、世态炎凉，男人都一样，说什么爱不爱，不过都是哄骗人的话语。

她不再相信爱情，更不相信男人。

《全唐诗》中收录了鱼玄机最有名，也是最能反映她当时心情的一首诗——《赠邻女》。

这首诗是写给李亿看的。赠邻女，其实是赠她自己，诗中所表达的，皆是她内心的真实写照。

无疑，她是美丽的。同时，她是有才气的。美丽多情而又才华横溢的她，若要求得一件无价之宝，是再容易不过的事，可要找到一个一心一意对她的男子，为何如此艰难？

她是在恼恨李亿的无情，也是在替自己不值。为什么她动了心的两个男人，对她都是如此决绝？难道她鱼玄机这辈子只能在道观中凄凄惨惨、冷冷清清地度过一生？

不，她不甘心。凭什么伤害她的男人能够继续过潇洒快乐的生活，而她却要在灯下守着清规戒律！

她偏不认命！

她鱼玄机要才有才、要貌有貌，她就是要让他们知道，只要她愿意，宋玉也好，王昌也罢，她都能让他们臣服在她裙下！

再坚强的女人内心都是很脆弱的，更何况鱼玄机一连受到两个打击，加上幼年时在青楼所见到的虚情假意，她再也不想被男人玩弄于股掌，相反，她要成为主宰他们感情的人。

那以后，前往咸宜观的男人越来越多。他们都和鱼玄机有着非同一般的关系，他们无不是她的入幕之宾。她乐此不疲地在一堆情人中流连，享受他们的甜言蜜语，尽管她知道那些都是假的，但她不在乎。

咸宜观中的旖旎春事不胫而走，越来越多的人听闻，咸宜观的美艳道姑鱼玄机风流成性，情人无数。

造成这一切的，是温庭筠的决绝，还有李亿的无情……

鱼玄机有个婢女，名叫绿翘，这也是个骨子里就不安分的女子。她长期见到鱼玄机和男人们纵情声色，不免蠢蠢欲动，有了小心思。

鱼玄机的情人中有个叫陈韪的乐师，素来对她死心塌地。一日，陈韪去咸宜观找鱼玄机，恰好鱼玄机外出，没有碰上。绿翘觉得这是个绝佳好机会，便大着胆子，学鱼玄机对付男人的那一套去勾引陈韪。

绿翘虽然没有鱼玄机的美貌，但多了一分青涩和可爱。身为男人的陈韪在她的挑逗下自然把持不住，他们背着鱼玄机在观中缠绵欢爱。

鱼玄机回来后，听绿翘说陈韪来了又走了，不免觉得奇怪，因为以前陈韪没等到她是绝对不会离开的。她狐疑地打量起了绿翘，见她满面通红，目含春色，便猜到了是怎么回事。

如她这样的女子，爱恨分明，眼睛里容不得一粒沙子，她是绝不会允许自己的婢女抢她风头的。她狠狠瞪着绿翘，多看一眼心里就多一分怒火。她此生已经受够了背叛，如今区区一个小丫头，也要背叛她，她岂能善罢甘休！

入夜后，鱼玄机罚绿翘跪在地上，拿着鞭子使劲鞭打，任绿翘怎么求饶都不肯饶恕。她肆意地宣泄心中的怒火，到最后鞭打已经满足不了她，她扔了鞭子，抓起她绿翘的头往墙上撞，狠狠地撞……

等她发泄得差不多，她才察觉，绿翘竟然没气了。她这才感到害怕，她知道，她杀了人，这辈子也算是完了。

为了掩盖罪行，她偷偷把尸体偷偷拖到院子里，挖了个坑埋在了树下。

几日后，来咸宜观寻欢作乐的人发现院子里有一群绿头苍蝇，它们总是在同一处飞来飞去，怎么赶都赶不走。他们觉得奇怪，就在绿头苍蝇所在的位置往下挖，挖着挖着，居然挖出了一具女尸。这些人被吓得惊慌失措，赶紧去报了官。

鱼玄机杀婢之事，因此曝光。她被带上了公堂，自知瞒不过去，便一五一十交代了罪行。京兆尹温璋根据大唐律，以杀人罪判了她死刑。

那一年，她二十七岁，还很年轻。

释迦牟尼说，人生有八大苦。生、老、病、死，怨憎会，爱别离，五阴炽盛，求不得。而怨憎会，爱别离，求不得又被称为人生的三大悲，似乎，这正是鱼玄机一生的写照。如她所说："易求无价宝，难得有心郎。"若她能遇见一个一心一意对她好的男子，也不会走到这一步。

苏小小墓

——若解多情，便是无情

幽兰露，如啼眼。

无物结同心，烟花不堪剪。

草如茵，松如盖。

风为裳，水为佩。

油壁车，夕相待。

冷翠烛，劳光彩。

西陵下，风吹雨。

——李贺《苏小小墓》

长居杭州，每逢路过苏小小墓，总忍不住会去想，人死后是否真有魂魄？若有，还会记得生前的种种吗？若是记得，已然成为幽魂的她和他，会不会执着那段本该放下的情感？

显然，李贺并不觉得苏小小死后能够解开自己身上的情感束缚，凄清幽冷的西湖水畔，她孤寂地飘荡着，慢慢回忆前尘往事。风雨夜，钱塘柳，香魂夜中泪染袖……罢罢罢，去也终须去，万般无奈，唯有放手。

李贺写苏小小，诗名叫《苏小小墓》，内容也扣准这个"墓"字。

此时的苏小小不再拥有鲜活的生命，她只是墓中一缕芳魂，偶尔执念往事，轻轻低诉。幽兰滴露，如她含泪的眼；萋萋芳草，似她的茵褥；青翠松木，像她的伞盖；微风轻剪，是她的衣袂；潺潺流水，即她的环佩。逝去的她跟活着的时候一样美，婀娜多姿，风采不减。这段对苏小小外形的刻画，让我想起了杜牧《沈下贤》中的一句话："一夕小敷山下梦，水如环佩月如襟。"

死后化作幽魂的她，再不能像生前那样肆意随性，也不能在西泠桥畔与心上人结同心。留在西泠的，只有幽冷的烛光和冷风吹着细雨。或许是因为"无物结同心"的遗憾，死后的她芳魂不散，时常出没人间。据说宋朝有书生梦见一女子夜间唱歌，问其名，答曰西陵苏小小。问所唱是何歌曲，答曰《黄金缕》。

这一传说跟《聊斋》倒有几分相似，带着森森阴冷之气，却又不乏香艳色彩。无论是真有其事，还是捕风捉影的传言，使苏小小墓又增添了几分神秘。

对苏小小这位钱塘名妓，我时常会在书中找到她的影子。同是妓，苏小小没有秦淮八艳那么大的名声，亦不曾有轰轰烈烈的爱情。她的一生就像是一朵空谷幽兰绽放的过程，无刻意的喧嚣，无过分的浮华，花开时芬芳四溢，虽招惹过蜂蝶，却也只是匆匆而来，匆匆而去，终在风雨中悄然凋零，化作一缕芳魂。

因出生时长得太过娇小，她被称作小小，名如其人。年幼时苏小小家境殷实，即便称不上大家闺秀，也算得上是小家碧玉了。然没几年之后，父母相继去世，苏小小和乳母贾姨变卖家产，迁移至钱塘西泠桥畔。她长得美，心如美玉，玲珑剔透，又喜好诗词，很受文人雅士的欢迎。小小生性烂漫，不愿受世俗眼光拘束，对于诗友的拜访她毫不避讳，小楼中常常是欢声盈盈，笑语满满。自那时起，钱塘名妓苏小小的名号便传开了。

小小喜爱西湖秀丽的风景，她常常在西泠桥畔一边漫步一边观赏山水，为了方便出行，她请人为自己做了一辆油壁香车。偶然天气晴朗，她乘着油壁香车出门游玩，随心所欲，览尽钱塘美景。这样的生活无拘无束，是小小人生中最惬意的时光。

春日的杭州城万紫千红，风景如画，杨柳风拂面，杏花雨沾衣，燕子声声呢喃，花瓣如雨纷纷而下。小小一如既往地乘着她的油壁车在外踏青，她心情甚好，正要撩起帘子往外看，突然车子一阵颠簸，她赶紧稳住身子，待下车时，只见一英俊少年从受惊的青骢马上下来，朝她行礼道歉。

那一眼，二人都已深深将对方刻在心上。

少年乃是当朝宰相的公子阮郁，那日一别，他始终忘不了小小的情影，他四处打听小小住处，次日便登门拜访。此后二人朝夕相处，日久生情，在西泠桥许下了白头誓言："妾乘油壁车，郎骑青骢马，何处结同心，西泠松柏下。"

不久之后，阮郁在钱塘日日与歌妓在一起的消息传到了金陵，阮郁的父亲震怒，他表面同意儿子与小小往来，心里却有了另外的打算。阮郁见父亲不反对，也就放宽了心。几日之后京城又来了信，说是父亲病重，让他速速回去探望。阮郁信以为真，岂料等他回到家中，父亲非但没事，还把他软禁起来，不许他再见小小。阮郁心有不舍，又无法拂逆父亲的意思，他没想到，这一分开竟是他和小小的永别。

等不到心上人的小小日盼夜盼，病倒在床榻之上。虽然难受，但她心里跟明镜似的，知道阮郁是不会再回来了。期盼无果，她也就断了念想，继续跟文人雅士来往，家中的小楼再次门庭若市。被负心人伤了心的她，依然是那个才高貌美的钱塘名妓苏小小。

在这一点上，我觉得苏小小实在太聪明。她不像一般女子，爱上一个人便把所有心思放在他身上，一旦被负便茶不思、饭不想，仿佛没了男人就活不下去一样。身体发肤受之父母，何必因为他人而不去珍惜？

和小小相比，一心求死的杜十娘太过痴傻，她没想过，其实带着她的钱财好好过日子，活得比以前更潇洒，才是对负心男子的最大报复。

还有那心有郁结的霍小玉，为一男人生生病死，实为不值，就凭她死前那句"李君李君，今当永诀！我死之后，必为厉鬼，使君妻妾，终日不安"，即便化作幽魂，她也不可能再放下了。

阮郁是苏小小生命中的匆匆过客，但不可否认他给苏小小带来了致命的打击。被爱情伤过一次的苏小小，恐怕也难再像以前一样轻易付出自己的真心了。

有一个晴朗的日子，苏小小在西湖畔遇见一位叫鲍仁的书生，衣着朴素，看似十分清苦。打听之后她才知道，原来鲍仁因为穷困，没有足够的盘缠进京赶考。小小惜才，主动提供财物资助鲍仁，鲍仁很感激，暗暗发誓，若他日高中，必定不忘小小的恩情。

我想，老天爷要是垂怜这个可怜的女子，就让鲍仁高中之后和她长相厮守吧。可偏偏事与愿违，红颜似乎都摆脱不了"命薄"二字，第二年的春天小小便咯血而死，年仅十九岁。被小小资助的书生鲍仁不负所望，终于金榜题名而归，他未曾想到自己赶到钱塘之时，见到的却是小小的棺木。想起当年的种种，鲍仁抚棺而泣，心痛不已。慕才亭苏小小墓碑上的字本是鲍仁亲笔所题，只是几经毁建，再也看不到原先模样。

苏小小的故事常被后人提起，有书生在西湖畔为她写了以下诗句："妾本钱塘江上住，花落花开，不管流年度。燕子衔将春色去，纱窗几阵黄梅雨。斜插犀梳云半吐，檀板轻敲，唱彻黄金缕。望断行云无觅处，梦回明月生南浦。"不过我还是觉得白居易的那首《杨柳枝》最符合我心中苏小小的形象：

> 苏州杨柳任君夸，更有钱塘胜馆娃。
> 若解多情寻小小，绿杨深处是苏家。

若解多情寻小小，绿杨深处是苏家。自是多情才女，无情风雨，一代名妓苏小小，留给后人的除了意犹未尽的传奇之外，还有一段绮丽的梦。

题都城南庄

——问世间，情为何物

去年今日此门中，人面桃花相映红。

人面不知何处去，桃花依旧笑春风。

——崔护《题都城南庄》

　　他是在那一年的清明遇见她的。那个时候，他刚刚参加完科考，原本信心满满，未料结果却是名落孙山。

　　博陵崔护，生于书香世家，自幼熟读诗书，文采风流，出口成章，是当地数一数二的才子。想当初他临走之时，家乡父老都以为他可以金榜题名，满载而归。如今科举落地，他无颜回乡面对亲友，遂定居长安，发愤图强，以期下次能够一偿夙愿。

　　是日，正是一年一度的清明节。连日苦读的他没有注意，窗外竟然已经是一派桃红柳绿的春日景象。眼前，鸟儿啼叫，百花争艳，甚是醉人。

　　他伸了伸懒腰，决定小憩半日，去城郊踏春赏景，也当是让自己放松放松。

　　城郊的景色比先前院中所见，更加宜人。十里桃花开遍，春草离离惹眼，让人仿佛置身仙境。他喜不自胜，多日的疲惫在此刻一扫而光。

于他而言，没有什么比这大好春光更加醉人的。偷得浮生半日闲，若不好好欣赏美景，岂对得起这宝贵时光？

他沿着桃花林一直往前漫步，脑中想起了陶渊明的《桃花源记》，而他就像是寻找世外桃源的武陵渔人。

走得久了，他觉得有些口渴，便四处寻找人家，想要讨点水喝。而他的运气也甚好，没多远的地方，正好有一户庄园。

那庄园很大，占地约一亩，墙内桃花灼灼，就算是在外面，也不难看到那满园春色。

他上前，轻叩门扉，然而半晌无人答应。他以为家中没人，正要转身离开，却听到有女子的声音，问了句："是谁啊？"

他回头，只见一个明眸皓齿的少女从门缝往外看，眨巴眨巴眼睛望着他。他心跳一滞，不由得看呆了，他还从未见过如此明亮美丽的眼睛。

意识到自己失态，他马上作了个揖，如实回答："博陵崔护，出门踏春到此，有些口渴，不知姑娘是否方便给我一碗水喝？"

少女应允，开了门让他进去。

那女孩不过二八年华，身段窈窕，容貌端庄，眼波流转……那样的美丽，便是这满园的桃花，也及不上她万分之一。

少女端了水上来，他接过，指尖不小心触碰到了她的肌肤。刹那间，她如触电般将手缩了回去。他怔怔愣在原地，忘了喝水。

"请喝水。"女孩有点不自然，忙提醒他。

他喝了水，将碗递给少女，双眼却停在她的脸上，再也收不回来。

少女顿时明白了他的意思，羞涩着低着头，时不时抬眼，小心翼翼地看看他。

他们就这样立在原地，久久凝视对方。直到夕阳西下，他不得不起身告辞。

然，仅仅一面之缘，少女的倩影却生生刻在了他的心上，他时不时会想起她来。他尽量克制自己，他知道，眼下对他最重要的是努力读书，考取功名。至于儿女情长，只能暂且放在一边。

世间的许多爱情，如星星之火，一旦燃烧，便会带着燎原的趋势，一发不可收拾。

第二年春天，依旧是清明节。崔护不由自主地，再一次想到了城郊桃花园中的那位少女。多少个日日夜夜过去，他却分明记得她明亮如水的眼眸。

他难以抑制心中的思念之情，打定主意去找她。

他与她已经错过一年，他不想错过一辈子。

他循着记忆来到了城郊，果然找到了那户庄园。园中桃花开得旺盛，一如往昔。少女的面容再次浮现在脑海中，他笑了，走上前叩门。

一下，两下，三下……

柴扉紧闭，半晌又半晌，依旧没有人应答。

他心下怅然，于是提笔在门上提了一首诗，便是让崔护的名字流传千古的《题都城南庄》。

去年的今天，我在这扇门中遇见了那位美丽的少女。她的容颜与盛放的桃花一般美好，相得益彰。今年的今天，我再次来到这扇门前，昔日美丽的少女不知身处何处，只有满园的桃花在春风中微笑绽放，一如往昔。

他写下这首诗，原本只想抒发心中的惆怅之情，孰料，却害死了他心心念念的姑娘。

寻人不遇的崔护带着满心失落回到家中，那几日他辗转难眠，若不再见少女一次，心中的结怕是再难解开。带着这样复杂的情绪，他终于决定，再去城郊找她一次。

他再一次站在那扇门前。这一次不同以往，他才走近便听到里面传来一阵哭声，异常哀怨。他觉得奇怪，伸手敲门。

开门的是一个老者。

他不解地向他询问原委。

老者没有回答，而是反问："难道你就是在我家门上写诗的崔护？"

他回答："正是。"

老者痛不欲生："就是你害死了我女儿呀！"

原来，自从去年清明一别后，那少女就开始心情低落，时常精神恍惚。父母以为她到了适婚年龄，该嫁人了。可是给她说了几门亲事，都被她拒绝了。直到几天前看到门上的诗，她一病不起，绝食而死。

他大为吃惊，当下又悲伤又自责。他向老者请求进门去拜祭死者，老者念他是女儿喜欢的人，就答应了。

进门后，看到躺在床上的姑娘，他不由得失声痛哭。边哭边说："就是我啊，我在这里，我回来找你了。"

奇怪的事情就在这时候发生了，那少女居然睁开了眼睛，她活了过来。全家人又惊又喜，老者更是喜不自胜，立刻决定将女儿许配给了崔护。

这原本是一个很悲伤的故事，却因为传奇性的结局而成了喜剧，崔护的这首诗也流传千古。

不知究竟是故事丰富了诗句，还是诗句点缀了故事，"人面桃花相映红"逐渐成了千古名句。后世之人夸赞女子美丽，也经常会以"人面桃花"形容之。

爱情，无论悲喜，总是因人而变得美好。也正是因为带着传奇的色彩，崔护和他的桃花姑娘得以被后人熟知。而这个故事也被演变成多个版本，出现在各种书册中，他们在描述这个故事的时候给少女取了个动听的名字，叫绛娘。

"人面桃花"的故事固然美好，却美得有点不真实。人死而复生，显然是不符合常理的，有人说，那是后人为了让他们有个美好的结局而动了笔墨，特意增添了传奇的色彩罢了。

类似的故事，我更喜欢南朝乐府中的《华山畿》：

华山畿，华山畿，

君既为侬死，独生为谁施？

欢若见怜时，棺木为侬开。

诗中的故事是这样的。

宋少帝时，南徐的一个士子从华山边前往云阳，途中，他见客舍有一位十八九岁的少女，亭亭玉立，美丽动人。他无法自拔地沉浸在了对少女的思念当中。即便离开后很久，他还是满心想着少女，并因此相思成疾。

士子的母亲见他日渐消瘦，觉得奇怪，就追问他。他如实相告，说他爱上了客舍的这位少女。

母亲担心再这样下去儿子的病情会越来越严重，便去华山一带寻访这位女子。按照士子的描述，她果然找到了那位美丽的少女。

母亲把士子爱上少女并因相思成疾的事说给少女听。女子听了，十分感动，当即解下围裙交给母亲，让她带回去偷偷放在士子的席子下面。说只要这样做，士子的病就会很快痊愈。

母亲如言这么做，不多日，士子就能下床了。

有一天，士子整理床铺的时候发现了围裙，他想起了曾经见过少女穿着它，便抱着围裙想吞食它，吞食未成，他却被噎死了。

这个情节想必很多人不能理解，为什么士子看到围裙会想到去吞食？围裙又不是食物……换作他人，看到之后第一件事应该是向母亲追问少女的事啊！

不过，不奇怪也就不是传奇了。

士子死后，母亲按照他临终遗言，安葬他时，要用车子载着他的遗体从华山经过。

载着士子遗体的车到了少女家门口，拉车的牛却再也不动了，无论怎么抽打它都没用。女子听到声音，开门从屋子里出来，她对母亲说："暂且等我一会儿。"

她进屋沐浴，洗漱完毕后方才出门。然后对着棺木唱道"华山畿，华山畿，君既为侬死，独生为谁施？欢若见怜时，棺木为侬开。"

奇怪的事就在这个时候发生了，棺木居然应声而开。女子见了，立刻跳了进去，棺木刹那间合上，之后就再也无法打开了。

后来，两家人把他们合葬在了一起，他们的墓被称作"神女冢"。

这个故事大概就是后来《梁祝》的原型吧，何其相似的结局，当然，除了更具神话色彩的化蝶之外。

《华山畿》的故事，较之崔护的"人面桃花"，虽然少了一分浪漫，却因悲剧效果的结局而更打动人。就像是断臂的维纳斯，有一种缺憾美，让人时刻去惦记，去感慨。太完美的东西，反而失了这样一分味道。

这大概就是悲剧的力量吧，唏嘘的结局总是令人扼腕，甚至想着去美化它，或是臆想一个理想中的结局。

莎士比亚的四大悲剧，不也正是这般，比他的喜剧更能感染人吗？

崔护的成名，几乎完全依靠他那首《题都城南庄》。诗本身写得好是自然，但不可否认，诗中的故事所起到的感染作用更大。

可是，抛开成名作《题都城南庄》不说，关于崔护的生平，历史上的记载少之又少，甚至连他的出生年月都未曾提到。只能大概知道他是晚唐时期的诗人，于贞元十二年（796年）考上进士，于大和三年（829年）官拜京兆尹。

崔护的官运还算不错，继京兆尹之后，他又担任了御史大夫和岭南节度使等官职。

至于崔护的妻子绛娘的身份，也一直存在很多种说法。绛娘家那占地一亩的庄园，实非小户人家可以拥有，可以看出她家底还算丰厚，并且绛娘的父亲一直没有对崔护言明他的身份。他显然不是官，没有官员会住在如此偏僻的地方。他也不是当地乡绅，更不是靠经商致富的商贾……

有一种被接受比较多的说法是，绛娘的父亲曾是朝中官员，因得罪人而遭到排挤，他不得已才隐姓埋名，带着家人隐居在城郊。不过，无论他们的身份如何，一点不影响这个故事的美丽和浪漫。

故事的最后，崔护带着绛娘前往岭南，夫妻生活一直非常恩爱和睦。

绛娘是个非常贤惠的女子，她时常会给崔护提建议，帮助他处理一些琐碎的事务。在妻子的帮助和监督下，崔护为官清廉，深受当地百姓拥戴。而他和绛娘的爱情，也在历史的长河中逐渐演变成一个不朽的传奇。

除了《题都城南庄》，崔护留下的作品很少。全唐诗中仅收录了六首，其中艺术成就比较高的，如这首《五月水边柳》：

> 结根挺涯涘，垂影覆清浅。
> 睡脸寒未开，懒腰晴更软。
> 摇空条已重，拂水带方展。
> 似醉烟景凝，如愁月露泫。
> 丝长鱼误恐，枝弱禽惊践。
> 怅别几多情，含春任攀搴。

这首诗虽然没有他的《题都城南庄》来得出名，却也是不俗之作。

五月水边的柳树，摇曳多姿，温柔多情，似在烟霞美景中沉醉，又像因忧愁而粘满露水……春日柳树的姿态，由此而展现得淋漓尽致，仿佛那不是柳树，而是一位化作柳树的绿衣少女。

由此，崔护的文采可见一斑。他不愧是博陵县的才子，人生中那次科考落地，或许是注定。若非如此，他又怎会遇到命中注定的姑娘？

我一直信奉一句话：不是你的，即便是抢来了，最终也会失去；若是属于你的，即便是你不小心把它弄丢了，它兜兜转转，最终还是会回到你身边。

命里有时终须有，命里无时莫强求。

这，大概就是我们常说的"命中注定"吧。

凉州词

——乘彼垝垣，以望复关

黄河远上白云间，一片孤城万仞山。

羌笛何须怨杨柳，春风不度玉门关。

——王之涣《凉州词》

王维的一句"劝君更尽一杯酒，西出阳关无故人"，令阳关闻名千古；王之涣的一句"羌笛何须怨杨柳，春风不度玉门关"，使玉门关留名至今。

巧的是，阳关和玉门关离得很近，直线距离不过八十多公里。阳关的遗址保存得还比较全面，但是玉门关早已不复盛况，只剩下一座孤零零的木质关门，独自屹立于茫茫戈壁中。如今玉门关能被那么多人所熟悉，王之涣功不可没。

"凉州词"和"长相思"、"行路难"一样，被不少诗人写过。唐朝有曲名为"凉州"，《凉州词》是专门为这首流行曲填的唱词。凉州还有另外一个名字——西凉，即中国古时候所说的西突厥。清人所著小说《说唐三传》中的女主人公，唐朝名将薛丁山的妻子樊梨花，就是西凉国的女将军。以《说唐三传》为蓝本的影视作品频频出现荧幕，"西凉"二字对于很多人来说，恐怕比凉州来得熟悉。

一直以来，我对凉州的概念都比较模糊，只知道那是中国古代的西北边塞，在如今甘肃河西走廊一带，但从来没有去探究过她的详细地理坐标。

多年以后，我在旅途中结识了一位朋友，他的家乡在甘肃省武威市。我当然知道武威是青铜器"马踏飞燕"出土的地方，那里有著名的罗什寺塔。当他告诉我武威就是凉州的时候，我多多少少有些惊讶。凉州和武威我都有所了解，但就是没想过她们其实是同一个地方。大概是西北与我的家乡江南相隔太远的缘故，南京的旧称金陵、秣陵、建业我就很清楚。

纵使汉唐王朝的都城长安离凉州很近，至少在当代人的眼中是相当近的，但凉州依旧算是偏远之地。古代不兴旅游，那时候凉州的人气远没有现在这么旺盛。诗名为"凉州词"，诗中所写的却是凉州以西的玉门关。

凉州尚且偏远，玉门关就更不用说了，除了戍边的战士还有前往西域的商旅，谁会闲来无事往那边跑。古时候出玉门关的概念跟现在出国是一样的，出国需要护照，出关也需要"关照"。"关照"又叫通关文牒，《西游记》中唐僧师徒去西天取经，每经过一个国家就得在通关文牒上盖当地的国玺，不然就无法前行。

在王之涣的眼中，"一片孤城万仞山"就是玉门关的写照。周遭没有繁华的城阙，没有密集的人口，玉门关就这样孤零零地坐落在高山之上，萧瑟孤独。汉武帝派张骞出使西域，设河西四郡，立关卡。而西域盛产玉石，向中原运输玉石必须经过玉门关，玉门由此得名。汉武帝好战，曾派卫青、霍去病多次西征匈奴，后又派李广利征大宛夺汗血宝马，所以在汉朝历史上，玉门关是出现频率极高的一个关名。

去敦煌旅行的时候，我因"春风不度玉门关"这句诗，特地跑了趟玉门关。和莫高窟相比，玉门关的游人实在是少得可怜。确实，如今的玉门关已经没什么可看的了，只因她是通往雅丹国家地质公园的必经之路，所以还是有不少游人前往。

玉门关门是木质的，比一般的牌坊都小。关门不远处有汉长城的遗址。汉长城和我们所熟悉的万里长城不一样，不是用巨石所筑。戈壁中少有绿洲，树木极其珍贵，巨石也很难运送到如此偏远的地区，于是古人就用当地比较常见的植物红柳为原料，编制框架，中间置入沙石，一层一层往上堆积。

经过千年的风吹雨打，汉长城早已不复旧貌，走近看还能清楚地看到泥土堆积的城墙里面有干枯的柴草。若是事先没人告诉我这是汉长城的遗址，我肯定把会她当成普通的土堆。断墙残壁，甚是凄凉。面对此般情形，当时我想起的竟是《诗经·卫风·氓》中的一句是诗——

乘彼垝垣，以望复关。

戍边的将士们年复一年守在玉门关，离家千万里，思而不得回，他们的心中该有多苦。好不容易说服自己定下心来，哀怨羌笛声似有似无传入他们的耳中，所奏之曲正是《折杨柳》。吹羌笛的或许是当地的百姓，或许是送亲友出关至此的人，又或许是戍边的其他士兵，偏偏这曲声被思乡将士听到了，他们心中的愁苦又被勾了起来。

古人有折杨柳送别的风俗，北朝乐府《折杨柳枝》中就有这样一句歌词："上马不捉鞭，反拗杨柳枝。下马吹横笛，愁杀行客儿。"

听到这么哀怨的送别曲，将士们的离愁别恨顿时全涌上心头。于是诗人劝他们，何必要去怨恨呢，怨了也是没用的呀，因为春风根本吹不到玉门关，玉门关也没有杨柳可折！不只是将士们无奈，王之涣的诗也是很无奈的。谁都不想离开家人到这么远的地方来，奈何形势所逼，再怨再恨也是徒劳。

和王之涣相比，唐代诗人王翰的《凉州词》又是另一种情感：

葡萄美酒夜光杯，欲饮琵琶马上催。

醉卧沙场君莫笑，古来征战几人回？

    凉州敦煌一带盛产葡萄酒，夜光杯是当地人用来喝葡萄酒的专用杯，用墨玉（祁连玉）所造。可能不少人跟当初的我一样，以为夜光杯和夜明珠一样，在晚上会发光。其实不然，只是因为夜光杯轻薄如纸片，葡萄酒倒在里面就跟水一样，在月光下剔透鲜亮，如发出奇异的光芒，故有此叫法。

    如果说玉门关要感谢王之涣让世人记住她，那么酒泉和敦煌的夜光杯生产商要对王翰千恩万谢了。去那一带旅行的人，买得最多的纪念品就是夜光杯了。我在敦煌市内的沙洲市场一次性买了大大小小二十几个夜光杯，那通体透绿得太惹人喜爱了，何况又有古诗为记。

    诗词之中记载了太多的历史，秦时明月汉时关，那么慷慨那么辉煌的曾经，如今留下的只有这孤独的残垣断壁。千年之后的我们，也只能从文字中聆听历史的只言片语。

李凭箜篌引

——此曲只应天上有

吴丝蜀桐张高秋，空山凝云颓不流。

江娥啼竹素女愁，李凭中国弹箜篌。

昆山玉碎凤凰叫，芙蓉泣露香兰笑。

十二门前融冷光，二十三丝动紫皇。

女娲炼石补天处，石破天惊逗秋雨。

梦入神山教神妪，老鱼跳波瘦蛟舞。

吴质不眠倚桂树，露脚斜飞湿寒兔。

——李贺《李凭箜篌引》

李贺这首写声乐的诗，倒是和杜甫《赠花卿》有异曲同工之妙。杜甫说："此曲只应天上有，人间能得几回闻。"李贺虽未言明，但那一连串关于神仙幻境的描写，想必他对李凭箜篌技艺的评价，已在杜甫之上。

李凭是唐朝宫廷乐师中的佼佼者，一手箜篌弹得出神入化，轰动京城，甚至比盛唐著名歌唱家李龟年还要红，有"天子一日一回见，王侯将相立马迎"之说。如此高的待遇，若活在现代，李凭毫无疑问是巨星级别的乐师了。

钟子期能够从俞伯牙的琴声中听出"巍巍乎若太山,洋洋乎若江河",是以被俞伯牙当作知音。听过李凭弹箜篌的人不在少数,其中不乏欣赏他的人,也有叶公好龙凑热闹者,但是只有李贺能领悟到如此境界,他应该也算是李凭的知音之人吧。

清朝人方扶南评价李贺这首诗的时候说:"白香山'江上琵琶',韩退之《颖师琴》,李长吉《李凭箜篌引》,皆摹写声音之至文。韩足以惊天,李足以泣鬼,白足以移人。"

白居易号香山居士,因而被称作白香山,韩退之指的是唐宋八大家之首的韩愈,退之是他的字,李长吉就是李贺。他们三人都有写过关于声乐的诗,白居易的《琵琶行》自是不必说,韩愈的《听颖师弹琴》也是唐朝音乐诗中的名篇。不过白居易和韩愈的音乐诗以写实为主,李贺虽未明着写李凭的箜篌之音如何如何,但是他用了极其丰富的想象,从侧面把李凭技艺之高超形容得天上有人间无。

方扶南把李贺跟白居易、韩愈放在一起,对他们的音乐诗分别做出了"惊天、泣鬼、移人"的评价,他对此三人的赞誉都是极高的。

江南素来是丝竹之音的圣地,李凭的箜篌用江南吴地的丝和蜀地的桐木作材料,深秋之际,奏出的音乐随风飘散开来,优美悦耳,连天上的白云都凝聚在一起,忘了向前流动。"空山凝云颓不流"一句和王勃"纤歌凝而白云遏"艺术效果是相同的,都是化用了《列子·汤问》中"歌唱家秦青抚节悲歌,天上的行云都为之停留"的典故,比喻看似夸张,却极具说服力。

李凭的音乐声不仅能挽留住天上的行云,天上仙境中的神仙们也纷纷为之动容。舜帝的两位妃子娥皇、女英,听到李凭的箜篌声,感动得泣泪而下,泪落在湘妃竹上,留下斑斑痕迹;那上古神女乐师素女听到李凭的箜篌声,蹙起眉头无端生出了哀愁……

关于素女,《汉书》上还记载了这样一个故事。据说秦始皇让一个叫素女的女乐师弹瑟,她弹奏的曲调声很悲,秦始皇听得心里难受,便叫她停下来，但是素女沉浸在音乐中太深了，没听到秦始皇的话，秦始皇大怒，叫人把她的瑟劈成两半，由五十弦变为后来的二十五弦。李商隐有诗云"锦瑟无端五十弦"，说的就是秦之前的瑟。

能让娥皇、女英和素女感动落泪的音乐，究竟是什么样的呢？它像昆山的美玉碎裂一般清脆，像凤凰的鸣叫声一般嘹亮，时而低回，时而轻快，如芙蓉花在露水中轻轻啜泣，如兰花在风中静静绽放。

李凭弹箜篌时，长安城东南西北十二道门前的寒光冷气全都被音乐声融化了，整座长安城都沉浸在优美的音乐声中。箜篌的二十三根弦被轻轻拨动，音符跳跃而出，天上最尊贵的神都被吸引了。当年女娲炼五彩石补天，天从此牢固，千万年不破。可一旦李凭的箜篌声响起，五彩石受到震惊，纷纷碎裂，漫天洒起了秋雨。

读完全诗，终于明白为什么方扶南要说李贺这首诗能"泣鬼"了。天宫没有仙乐？当然不是。飞天反弹琵琶，在漫天如雨的花瓣中鼓瑟吹笙，月中仙子嫦娥在仙乐中翩翩起舞……可是李凭却做到了让神仙为之动容，曲声有多美，可想而知。

《搜神记》中有记载一位喜爱音乐的女仙——成夫人。成夫人技艺高超，尤其擅长弹奏箜篌。可是李凭却在梦中得到成夫人的请求，让他传授箜篌绝技。还有那湖里的老鱼和瘦蛟闻此乐声，都浮出水面，和着曲声跳起舞来。月中的吴刚树不砍了，靠着桂花树听曲；玉兔也不捣药了，听曲听得入迷，连寒露滴在身上都不顾。

"梦入神山教神妪"这一句，我想，应就是化用了唐玄宗梦见龙女求曲的典故吧。唐玄宗喜欢诗词歌赋，他自己就是个作曲家，所作之曲无不令人折服，比如大名鼎鼎的《霓裳羽衣曲》。传说一次睡梦中，有龙女向唐玄宗求曲子，唐玄宗即兴而作，梦醒之后依稀还记得自己所写的旋律，遂赶紧记录下来，取名为《凌波曲》。

李凭有这样一门绝技，难怪能名噪一时。不知他看见李贺为自己写的这首诗后，作何感想？有知音如此，也算不枉此生了吧。

酬乐天扬州初逢席上见赠

——山中一日，人间千万年

巴山楚水凄凉地，二十三年弃置身。

怀旧空吟闻笛赋，到乡翻似烂柯人。

沉舟侧畔千帆过，病树前头万木春。

今日听君歌一曲，暂凭杯酒长精神。

——刘禹锡《酬乐天扬州初逢席上见赠》

唐敬宗宝历二年（826年），刘禹锡和白居易在扬州相逢，两位大诗人都深知对方的遭遇，惺惺相惜。一番感慨之后，白居易写诗一首，赠予刘禹锡：

醉赠刘二十八使君

为我引杯添酒饮，与君把箸击盘歌。

诗称国手徒为尔，命压人头不奈何。

举眼风光长寂寞，满朝官职独蹉跎。

亦知合被才名折，二十三年折太多。

刘禹锡自然明白白居易的意思，回首往事，他苦笑着写下这首诗作为答酬。

　　那时的刘禹锡，刚刚结束他二十三年凄苦坎坷的生活。他空有文采，却得不到重用，被朝廷一贬再贬，多年徘徊于巴山楚水之间。唐朝的中心在北方的长安洛阳一带，再往南，巴楚之地都是十分偏僻荒凉的，朝廷贬官经常往那一带贬。比如武则天的二儿子李贤，被他伟大的老妈贬为庶人之后就流放到了巴州。

　　如此不毛之地，刘禹锡一待就是二十三年，人生中最美好的年华全蹉跎在这里。等他再次回到家乡，恍然发现一切都变了：房屋街道尽是陌生的样子，昔日的儿童已长大成人，昔日的很多老朋友都已离世……当年嵇康被诬陷杀害，向秀经过嵇康故居，听到邻居家传来哀怨凄凉的笛声，有感而发，遂写下《思旧赋》来追悼嵇康。如今刘禹锡能做的，唯有效仿向秀，以《思旧赋》悼念逝去的友人，也不枉朋友一场。在刘禹锡这些过世的朋友当中，有我们很熟悉的文学家柳宗元。

　　古人诚不欺我也。都说物以类聚，人以群分，痞子喜欢跟混混玩，而才子就喜欢跟文人来往，这应了孔子的一句话：与善人居，如入芝兰之室，久而不闻其香，即与之化矣；与不善人居，如入鲍鱼之肆，久而不闻其臭，亦与之化矣。那时候的大文豪大诗人，他们的朋友大多不是泛泛之辈。刘禹锡和柳宗元是好朋友；温庭筠跟李商隐来往密切；苏轼喜欢和秦观、黄庭坚把酒言欢……

　　老朋友们都去了，只留下他一个人孤零零的，再无人一起赏月喝酒，吟诗作画。多年时光仿佛是做了一场梦，而他就像烂柯人王质，一入深山几十年，蓦然回首世道变。

　　烂柯人的典故，最早出自南朝《述异记》。樵夫王质去石室山砍柴，路上碰见两位童子在树下下围棋，王质觉得有意思，便坐在旁边一边休息一边观看。其中一个童子拿了一个像枣核一样的东西给王质吃，王质吃了之后竟然一直没有饥饿之感。等到一局棋下完，童子问他："你怎么还不走啊？"王质这才回神，他起身寻找自己带来砍柴的斧头，一看，顿时愣住——斧柄竟然已完全腐烂。等他下山回到居住的地方，与他同一时代的人都不在了，一切都不复旧时模样。

沧海桑田，有时候短暂如一瞬间。

《聊斋志异》中，秀才贾奉雉的经历跟王质类似，但与之相比，更加曲折。贾奉雉科考意外中举人，却不再留恋功名利禄，反而冒出了去深山里隐居的念头。他之前偶然结识的秀才郎生见他有此想法，便带他入山拜师，修长生不老之术。可惜贾奉雉没有通过师父的考验，第二天就被赶下山了。谁知他下山之后，发现村子里那些老人小孩竟然没有一个是他认识的，原先居住的房屋也已经破得不成样子了。他向一个老翁询问，老翁不知道他是贾奉雉，便告诉他，当年贾奉雉离家出走，过了几年之后，他的妻子一睡不醒，直到一个月前才醒过来，算算时间，已经一百多年过去了。贾奉雉又惊又奇，遂以真实身份相告。老翁大惊，半信半疑地带着贾奉雉去见他的孙子贾祥。贾祥已经是五十多岁的老人了，见贾奉雉那么年轻，担心他是骗子，于是把贾奉雉的妻子叫了出来。夫妻见面相认，顿时抱头痛哭。村里很多人都跑来看热闹，啧啧称奇。

山中方一日，人间已千年。

和王质、贾奉雉相比，相信男士们会更加喜欢刘晨、阮肇天台山遇仙女的故事。

汉明帝永平五年（62年），刘晨、阮肇二人入天台山采药，不小心迷了路，在山里面兜兜转转十三天，饿得只剩下一口气了。这时候他们突然看见山上有一棵桃树，树上结满了硕大的桃子。二人欣喜若狂，费了好大的劲儿才爬上山，摘了桃子充饥。等体力稍稍恢复，他们下山用杯子取水喝，却看见小溪中有芜菁叶流下来，不一会儿又有一个杯子流了下来，杯子里有胡麻饭。有吃的东西，就证明离人群居住的地方不远了，刘晨和阮肇都很开心，就像沙漠中的人看到海市蜃楼中的水源一般，铆足劲开始翻山。

过了一座山之后，他们看见一条很宽的溪流，两位美丽的女子各拿着一个杯子，面对他们就像是相识已久的老朋友一样，笑着说："刘郎和阮郎拿回刚才的杯子了。"继而又撒娇道，"怎么这么晚才回来呀？"

刘阮二人丈二和尚摸不着头脑，不知道是什么情况，但是美女当前也不敢失态。美女请他们去家里，他们就跟了上去。两位美女的家也跟她们的人一样美，她们各自有侍奉的婢女，姿色都不平庸。刘晨、阮肇和美女们坐下来享用了一顿丰盛的宴席，这时候外面有一群拿着桃子的女子进来，向两位美女祝贺，恭喜她们的郎君回来。众人喝酒奏乐，异常热闹。刘晨和阮肇尚在梦中还没醒来，两位美女又分别领着他们去睡觉，宛如夫妻一般。突然捡到天上掉下来的馅饼的刘阮二人云里雾里，不过心里还是很开心的，除了有些想家之外。

十几天后，他们向两位女子言明，表示想回家了。二女又费尽心思挽留了他们半年，终究敌不过他们的思乡情切。她们没有办法，只得给他们指明回家的路。谁知刘晨和阮肇回到家之后，惊讶地发现山下已经不是他们原先生活的那个世界了，打听一番之后，他们找到了自己的七世孙。原来山中半年，世间已近千年。彼时他们才恍然大悟，在山中与他们结为夫妇的两个女子是仙女，大为惋惜。二人原路返回，想去山中寻找仙女妻子，却再也找不到了。

刘阮二人的故事和《桃花源记》很像，还多些浪漫的调调，比较小资。词牌名"阮郎归"就是由此而来，后世很多人用过这个典故，比如蒲松龄在贾奉雉的故事里面就提到过。化用此典故，一般用以感慨沧海桑田，物是人非。

巴楚徘徊二十余载，也难怪刘禹锡会心生沧桑之感，洛阳依旧繁华，家乡也还是那个家乡，只是人事都已变了，就跟贺知章《回乡偶书》中所写的那样："儿童相见不相识，笑问客从何处来。"那么多年过去了，家乡亲友怕是都认不出他了吧，更别说是在他离开后才出生的后辈小孩们。

"沉舟侧畔千帆过，病树前头万木春"是整首诗中最出名的，也是点睛之笔，说是千古名句一点都不过分。刘禹锡写这两句是为了回复白居易诗中的"举眼风光长寂寞，满朝官职独蹉跎"，让他不必为自己担心。他以沉舟和病树自比，看似豁达，又像自嘲，隐隐还有些自勉的意思。不知在写下这句诗的时候，刘禹锡怀着的是怎么一种百味陈杂的心情。

　　古代文人似乎很喜欢以诗相赠，礼尚往来，白居易和关盼盼的燕子楼组诗也属于这种情况。从末联"今日听君歌一曲"就能看出这是一首酬答诗，好吧，其实这句是废话，人家诗题里面就明明白白写着是"酬乐天"呢。

　　像李白、杜甫、白居易、苏轼、范仲淹等等，大部分以诗文闻名后世的诗人学者都有过被贬的经历，那时候犯罪讲连坐，文人当官多多少少会涉及政治，稍不小心就会被牵扯进一件案子里，随之而来的就是贬官流放。刘禹锡一贬就是二十多年，受尽了漂泊思乡之苦，但还是比客死异乡的杜甫幸运得多，好歹还能回到家乡。刘禹锡七十二岁去世，在古人中算是很长寿的了。

金陵晚望

——画着你，画不出你的骨骼

曾伴浮云归晚翠，犹陪落日泛秋声。

世间无限丹青手，一片伤心画不成。

——高蟾《金陵晚望》

"一片伤心画不成"应该算是高蟾最出名的诗句了。

心有忧伤时，尤其是如林黛玉一般敏感纤细的女子，最容易这般哀叹。我眼角凝结的哀愁，是你毫下生花的笔墨永远无法触及的角落。纵丹青再好，伤心难画成。然韦庄却站出来跟高蟾唱了句反调，高蟾谓伤心难画，他却偏偏说，谁说伤心是画不成的，我就见过画伤心！

金陵图

谁谓伤心画不成，画人心逐世人情。

君看六幅南朝事，老木寒云满故城。

说起韦庄，大家应该都知道他那首脍炙人口的《思帝乡》："春日游，杏花吹满头。"他是晚唐词人，也经历过混乱的五代十国，《金陵图》是他的题画之诗。据说他看了六幅以南朝为内容的画，有感而发，才作了这么一首诗。从第一句"谁谓伤心画不成"就能看出，他这首诗是在和高蟾的《金陵晚望》"叫板"。

六朝金粉，靡丽繁华。有淝水一战惊天，兰亭笔墨生香，乌衣王谢留名，石崇王恺争富，竹林七贤齐辉，俊男靓女荟萃，才子才女扎堆……可以说，六朝是历史上十分绚烂的一段时期，故谓之六朝金粉。可就是这么绚烂多彩的六朝，终还是毁于一旦，在历史的尘埃中呻吟，瑰丽不再，往昔难寻。

不过画金陵图的这位画家并没有把侧重点放在金陵城的繁华之上，反而在画中加了很多凄冷的元素，比如老树，比如寒云，看着就像危城一般。这六幅画所反映的金陵和流传下来那些描写金陵繁华靡丽的诗词截然相反，没有一点六朝金粉的味道，使人望之生愁，心有忧伤。

韦庄在看完这组画之后，也有了伤心之感。想起高蟾的"世间无限丹青手，一片伤心画不成"，他瞬间觉得，其实不然，伤心也是可以画出来的啊，自己所看到的不正是画中的伤心吗？

画金陵图的这位画家，历史上并没有留下他的名号，既然他的画能推翻高蟾的"伤心画不成"之论，一定是位很有观察力并且很有想法的画手。历史上的金陵，众说纷纭，世人记住的，多是她的声色犬马，粉黛笙箫，画者却独独从她的另一面入手，挖掘世人所忽略的片段。

与艳丽光线的六朝金粉相比，画中落寞凄冷的景象，无不令人想起六朝的湮灭，再绚烂，也是过往，再繁华，也是曾经，她最终还是被光阴带走了。这颓然惆怅的心情，难道不正是画中的"伤心"所致吗？

高蟾生活的年代在韦庄之前，韦庄也是看见六幅金陵图后，继而联想到高蟾的诗，才会留此诗作。试想，若他们是同一时代的人，没准还会来一场辩论会，正方谓，伤心难画，反方曰，伤心可画，然后叫上一帮同混迹于文坛的亲朋好友充当二辩三辩，最好是来个以诗辩论，这样一来我们这些后人可就有福啦。

再来看高蟾的这首诗。"一片伤心画不成"是很伤感很无奈的句子，但上联"曾伴浮云归晚翠，又陪落日泛秋声"却很美，丝毫未提及伤心事。

那是在一个秋天的傍晚，浮云漫天，落日余晖斜照，洒在浮云之间，放眼望去，天际一抹红，高蟾登上城头，望着落日余晖，突然就伤感起来，他这么易伤感，本来很美的浮云和落日也跟着变沧桑了。金陵这座六朝古都，留下了多少古今之事。世间丹青妙笔者无数，画夕阳之沧桑、浮云之落寞容易，想要把他心中的伤心画进去就难啦。彼时世间还没有韦庄这个人，高蟾认为伤心难画，也没人出来反驳他。以至于到后来，人一伤感就会想起他的这句诗。

发表一下我的个人看法，高蟾说的不无道理，但我还是比较倾向于韦庄。伤心不能直接画，却可以在画中融入伤心啊。女子对镜悲白发，红颜易老是伤心；十里长亭送亲友，折柳惜别是伤心；清明坟头除杂草，天人永隔是伤心；郊外路边望黍离，故国不在是伤心……画了这些，虽不是直白的伤心，但怎能叫人看不出伤心？

世间丹心无数人，若是有心，亦可画伤心。

寄扬州韩绰判官

——念桥边红药，知为你生

青山隐隐水迢迢，秋尽江南草未凋。

二十四桥明月夜，玉人何处教吹箫？

——杜牧《寄扬州韩绰判官》

扬州自古繁华，文人墨客、贾巨富、歌妓美人，甚至达官显贵也都颇爱此地，有"腰缠十万贯，骑鹤上扬州"之说。富庶至此，不愧是江南名城。大诗人李白一句"烟花三月下扬州"，成就了今日一到农历三月，扬州游人摩肩接踵的盛况。

再来说一说杜牧吧，杜牧和他的十里扬州有着难以言明的密切关系。一如苏轼之于杭州，刘备之于荆州，范仲淹之于岳阳，他们的名字是被无形的丝线拴在一起的。才华横溢如杜牧，曾挥毫写下千古名篇《阿房宫赋》，而他怀念扬州的所有诗词，无不让人深深折服。

文人墨客，迁客骚人，多多少少和烟花之地脱不了干系。大才子柳永闲来无事就喜欢逛烟花巷，他的词也多被烟花女子传诵。在烟花女子们心中，他才高八斗，无人能及。传说柳永死后没有钱下葬，是爱慕他才华的烟花女子们凑钱为他立的墓碑。杜牧也一样，他喜欢歌妓们的欢声笑语，舞姿娉婷，更喜欢听她们夸赞他的才气。他留下的诗作，也有不少是为她们而写。比如这首《遣怀》：

> 落魄江湖载酒行，楚腰纤细掌中轻。
> 十年一觉扬州梦，赢得青楼薄幸名。

人生不得意之时，他四处漂泊，作诗饮酒，常年混迹烟花之地，陪伴在他身边的只有那些烟花女子。当年楚王好细腰，宫中多饿死，只为求一婀娜身姿，以博君王一笑。汉成帝皇后赵飞燕，体态轻盈，能于掌中起舞，舞动时体态轻盈，风姿绰约。

杜牧借"楚王好细腰"和"飞燕掌中舞"之事来说明自己在扬州纵情声色的时光，意味深长。十年已过，到头来一切就像是梦一场，他不知自己究竟有何作为，唯一能肯定的是，他在青楼女子心中倒留下了一个美名。

幸也，不幸也？

扬州的歌舞升平总能让人忘记烦忧，就如春日里的花红柳绿，莺歌燕舞，冥冥之中有着安抚人心的作用，怨不得才子们都喜欢往青楼跑。而古时候的扬州和金陵城一样，繁华绮丽，多烟花巷柳，多歌妓美女。谁要是有了钱，首先就是想去这些地方享受人生。纵使腰缠十万贯，但为博佳人一笑，一掷千金，也是挥霍不了几时的吧。

姜夔说，"杜郎俊赏"、"豆蔻词工"。看，在后人心中，杜牧就是属于扬州的，他用词的绮丽和扬州的繁华分不开，他词中的情愫和俏丽的歌女也分不开。多情，却似总无情。他曾在分别之际为一位相好的烟花女子赋诗《赠别》，情深意切：

> 娉娉袅袅十三余，豆蔻梢头二月初。
> 春风十里扬州路，卷上珠帘总不如。

豆蔻年华的少女，才十三四岁，正是含苞欲放的花骨朵，枝头生香，比起已然怒放的芬芳，别有一番风情。她尚且年幼，却婀娜娉婷，容颜俏丽，十里扬州的青春佳丽没有一个比得上她的。这位女子在杜牧心中一定有着非同一般的地位，说是无人能及也不过分。才子佳人，佳人才子，才子和佳人注定是天生一对，但才子们往往都不只有一位佳人相伴。白居易有樊素，亦有小蛮。苏东坡有王弗，还有朝云。诗题为"赠别"，彼时的杜牧想必正处在分离的痛苦之中，纵使"春风十里扬州路，卷上珠帘总不如"，那又如何？到头来还是得天各一方，相思想念却不能相见。

这是扬州留给杜牧的爱，也是扬州留给杜牧的痛。杜郎杜郎，他日二十四桥再见，你是否会想起昔日之情？

二十四桥和竹西亭，怕是最能代表扬州的建筑了。竹西亭得名于杜牧的诗句"谁知竹西路，歌吹是扬州"，后来姜夔就在他的《扬州慢》中形容扬州是"淮左名都，竹西佳处"。至于二十四桥，它究竟是一座桥的名字，还是代表二十四座桥，至今仍存在争议。

沈括在《梦溪笔谈》中记载，扬州二十四桥的名字分别为茶园桥、大明桥、九曲桥、下马桥、作坊桥、洗马桥、南桥、阿师桥、周家桥、小市桥、广济桥、新桥、开明桥、顾家桥、通泗桥、太平桥、利园桥、万岁桥、青园桥、参佐桥、山光桥。但清人李斗却认为，二十四桥即吴家砖桥，又名红药桥。这红药桥，想必是因附近盛产红药花而得名的吧，姜夔有诗云："念桥边红药，年年知为谁生。"

无论真相如何，她终究随着历史湮没在时光的大海之中，二十四桥已毁，桥边红药，是否依然年年绽放？如今的扬州二十四桥是后来新建，也因杜牧这句诗而为人熟知。

曾经，有二十四位美人在桥上吹箫，后人就以此事来为桥命名。二十四桥明月夜，玉人何处教吹箫。月色朦胧之中，美丽的女子穿着轻纱长裙，箫声隐隐在空中飘散，那该是多美的一幅画！这二十四位美人究竟是何人，她们为什么要在桥上吹箫？没有人知道确切的答案。不过寻常女子是不可抛头露面在外吹箫的，再结合扬州古时多烟花之地，这二十四位女子的身份也就不难猜测了。

据说这二十四位歌女于明月夜集体聚在桥上吹箫奏乐，恰巧被杜牧碰上。杜牧在青楼女子中是极负才名的，于是她们特地请杜牧赋诗。此情此景，优美而浪漫。后人得以在诗中追寻到这般美丽的画面，杜牧功不可没。

那一年的深秋，青山隐隐，流水迢迢，江南草木青翠，花仍未凋。月色下的二十四桥如笼罩轻纱，一如既往地美丽，依稀还有玉人的箫声萦绕在桥畔，不知你是否能听到。

听筝

——只是因为在人群中多看了你一眼

鸣筝金粟柱，素手玉房前。

欲得周郎顾，时时误拂弦。

——李端《听筝》

"曲有误，周郎顾。"这是流传至今的一句话。

周瑜，周公瑾，仪表俊朗，文采风流，是当时众多女子心驰神往的对象。她们何其羡慕那个叫小乔的女子，嫁给周瑜的她，必定是生而被命运眷顾的吧，尽管她本身也美得像朵永远不会荼蘼的花，英雄美人，千古佳话。

不仅如此，周瑜还精通音律。

《三国志·吴书·周瑜传》记载："瑜少精意于音乐，虽三爵之后，其有阙误，瑜必知之，知之必顾，故时有人谣曰'曲有误，周郎顾'。"即便是在酒过三盅之后，只要弹奏着出一丁点儿差错，周瑜都能察觉出并回头观望弹琴之人。因而，许多弹琴女子为了吸引周瑜的注意，常常故意拂错琴弦。

周郎顾曲，自古有之，周瑜周公瑾也成为继俞伯牙之后又一位和琴曲息息相关的人物。在他故去五百多年后，一位名叫李端的诗人以他入诗，写下了成名曲《听筝》。

金粟柱所造的古筝，纤细修长的双手。

她优雅地弹古筝。

她是如此的美丽，她的琴声是如此动听……而她心爱的他，正凝神倾听着这堪称完美的曲子。

然而曲终人散，他还是要离开的吧。

他为什么就不知道呢？她之所以用心弹奏出天籁之曲，并非想让他陶醉其中啊！

她不过就是想让他注意到自己这个弹奏之人罢了。为何，他就不能看她一眼？

她的眼中闪过一抹狡黠。她指尖一动，故意拨错了一个音。宫、商、角、徵、羽，瞬间被打乱了顺序。

他忽然眉头一皱。精通音律的他怎么会听不出这拨错的一个音呢？他的眼神不由得落到了她身上，彼时，她似乎不经意间也抬眼望了他一下。四目相对，眼波流转，她从容地收回目光，继续将心思放在琴弦上，仿佛那拨错的一个琴音真的只是不小心而为之。

她的嘴角不自觉地上扬，心里有了一丝小小的满足。果然啊，他是自己的知音人。不过是细微的一个音调错误，他却第一时间捕捉到了。只可惜，你为什么就不懂我的心思呢？

欲得周郎顾，时时误拂弦。这女儿家的小心思，在李端的笔下如被倾注了灵魂，在字里行间灵动起来。

听筝。听的究竟是曲，还是人心？

听筝。花脸云鬟坐玉楼，十三弦里一时愁。

无论是在跃然纸上的文字形象中，还是婉转悠扬的弦上曲声中，弹筝的女子总能让人产生一种安静忧愁的美。若没有特别强调，我都习惯性默认，素手弹筝的她一定是位极美的女子。

李端因一首《听筝》，曲中获姻缘，那位弹筝女子是驸马郭暧府上的婢女。

唐朝名将郭子仪之子郭暧，尚唐代宗第四女升平公主。这对皇族夫妻至今都非常出名，只因一出戏剧，名为《打金枝》。

升平公主深受唐代宗宠爱，平日素来倨傲。嫁给郭暧后，依然不改公主作风。平常百姓家中，儿媳妇见了公婆要行礼，但公主身为天子之女，是君，郭子仪官再大，在公主面前也是臣子，所以按照君臣之礼，郭子仪夫妇见了公主理应下跪行礼。郭暧觉得父母身为长辈却要给自己的儿媳妇下跪，十分不满。

郭子仪寿宴，儿子儿媳纷纷拜寿，唯独升平公主迟迟不出现。郭暧心中气愤，在寿宴上多喝了几杯，回去便和升平公主吵了起来，他借酒壮胆，伸手打了妻子，并说了一句非常大逆不道的话："别仗着你是帝女就目中无人，我父亲只是不愿意当皇帝罢了。"

升平公主怒火中烧，当下便摆驾回宫，和父亲唐代宗告状去了。所幸唐代宗是位明君，他并未因郭暧酒后一句胡话而降罪郭府，而是安慰女儿道："郭子仪若有这样的野心，天下岂能是我们李家的。"说完还劝升平公主回郭府，莫要往心里去。

自升平公主盛怒离开，郭府便炸开了锅。郭子仪诚惶诚恐，将郭暧捆绑上殿，向唐代宗请罪。唐代宗劝慰郭子仪，儿女闺房口角不必当真，此事便一笑了之。然郭子仪心中怒气难平，回府后还是狠狠惩罚了郭暧。

在戏曲中，郭暧和升平公主不仅没有因此事生了嫌隙，反而感情更胜从前。

而郭暧其人，史载贤明宽厚，意趣高雅，素来喜欢结交才情高尚的名士。因此，郭府常常聚集一批诗文出众的文人雅士，歌舞酒宴，诗文会友，不胜欢乐。李端是当朝进士，又跻身大历十大才子之列，他深得郭暧赏识，是郭府常客之一。而李端对郭暧的风流俊逸，也极是仰慕。郭暧俊朗的形象曾出现在他《咏驸马都尉郭暧》一诗中：

青春都尉最风流，二十功成便拜侯。

金距斗鸡过上苑，玉鞭骑马出长楸。

熏香荀令偏怜少，傅粉何郎不解愁。

日暮吹箫杨柳陌，路人遥指凤凰楼。

可见，郭暖和李端是相互欣赏的。

一日，郭府举行酒宴，李端自然也受邀其中。

对李端而言，那日的酒宴和往常很不一样，造成这"不一样"的，是在一旁弹筝助兴的婢女。

这位婢女非常端庄秀丽，她的容颜之美早已盖过了娴熟的弹筝技艺。正在和诗友交谈的李端起先是被曲声吸引，慢慢地，他的注意力转移到了弹筝女子身上，忍不住多看了一眼又一眼。

李端这一暧昧举动，自然没有逃过郭暖的眼睛。郭暖爱李端之才，遂有了成人之美之心。他笑着对李端说："我这位婢女无论容貌还是弹筝的手艺，在府上都是极其出众的。先生素来以诗闻名，不如就应应景，写一首听筝的诗让在座各位尽兴。若诸位都觉得先生的诗写得好，我就将这位弹筝的婢女转赠给先生，不知先生意下如何？"

听了此话，李端当即明白郭暖的一番好意。他不胜欣喜，不多时就作诗一首，引得在场所有人举杯称赞。

郭暖也极是欢喜，他没有食言，按照约定将婢女赠送给了李端。

一首曲，一首诗，一段缘。大唐的浪漫优雅，莫过于此。

琴棋书画，诗酒年华。曲中有思，诗中闻音。古人引以为雅的，听曲赋诗赫然在列。

自古，不少文人雅士以曲入诗，写过脍炙人口的名句。如白居易《琵琶行》中的"别有幽愁暗恨生，此时无声胜有声"，如杜甫《赠花卿》中的"此曲只应天上有，人间能得几回闻"，如李贺《李凭箜篌引》中的"昆山玉碎凤凰叫，芙蓉泣露香兰笑"。

李端一曲《听筝》，令"欲得周郎顾，时时误拂弦"广为流传，周郎顾曲的典故更是深入人心。

除却李端，与筝有关的诗作，如唐朝诗人李远的《赠筝妓伍卿》：

轻轻没后更无筝，玉腕红纱到伍卿。

座客满筵都不语，一行哀雁十三声。

和李端的《听筝》相比，李远这首诗除了刻画筝妓端庄温婉的形象外，更注重体现她的高超技艺。能让在座宾客屏息聆听，可见曲声之动人。

这是唐诗中的筝曲。

到了宋代，苏轼也以"听筝"为题，写过一首《江城子·湖上与张先同赋时闻弹筝》：

凤凰山下雨初晴，水风清，晚霞明。

一朵芙蕖，开过尚盈盈。

何处飞来双白鹭，如有意，慕娉婷。

忽闻江上弄哀筝，苦含情，遣谁听！

烟敛云收，依约是湘灵。

欲待曲终寻问取，人不见，数峰青。

若论意境，我自是更喜爱苏轼的词。

彼时的苏轼正和张先泛舟西湖，欣赏美景。美景尚在眼前，湖上很合时宜地传来一阵空灵的筝曲，声音之美，让人感觉到这弹筝之人必定是位容颜明丽的佳人。不知她的真实容貌如何，但听到此曲，总让人忍不住一睹芳容吧。

然而一曲完毕，曲终人散。弹筝女子飘然而去，再难听到任何关于她的声音，唯留下江上风景。她弹筝技艺之高超，曲声之动人，不仅人为曲醉，就连那对不知从何处飞来的白鹭也似十分倾慕弹筝佳人的美丽，它们在湖上盘旋，徘徊不忍离去。

只可惜这曲声太过哀婉，让人没来由地心中泛起一丝悲凉。湖上朦胧的雾霭听了，慢慢收敛而去，天上绚丽的云朵听了，也渐渐退了颜色。如此哀婉的曲调，仿佛是湘水女神湘灵所奏，她默默诉说着自己的哀伤，无意感染他人，却在冥冥中唤起了他人的共鸣。

这大概就是景中有曲，曲中有景了吧。

同样的曲子，不同的人，不同的心境，听了之后也必是有不同的感悟吧。李端当时的心思或许根本不在"筝"上，而在"人"上。他所在乎的，不过是弹筝女能像故意误拂琴弦以吸引周郎注意的女子那样，将他当作知音之人。

弹筝女对李端的心思，我们不得而知，但是以李端之才，相信很少有女性会对他一点感觉都没有吧。

既然故事没有提起，那我便固执地相信，他爱慕她，她也是倾慕于他的。

她赠他以曲，他赠她以诗，而他们共同赠予对方的，是情。

泊秦淮

——六朝的记忆，欲说还休

烟笼寒水月笼沙，夜泊秦淮近酒家。

商女不知亡国恨，隔江犹唱《后庭花》。

——杜牧《泊秦淮》

秦淮水岸，脂粉凝香。金陵城墙，旧影残光。拨开重重时光，谁又能看到千年前的纸醉金迷？

烟笼寒水月笼沙，游走在光阴之中的秦淮河，自古不乏喧嚣。六朝金粉，繁华靡丽，文人墨客纷纷宿醉于此，听歌女琴弦上的宫、商、角、徵，看舞姬步履下的霓裳羽衣。月夜下，江水上，画舫灯火辉煌，伊人倚窗轻笑，慢点胭脂，蛾眉粉黛，眼波流转。那水巷中的青石小路，是谁撑着油纸伞，雨湿苍苔，提裙步阶，悠悠行至小石桥，说是清愁，欲说还休。

只是如今的秦淮，是否还留有六朝的记忆？犹记当年秦淮水畔，"花似雪草如烟，春在秦淮两岸边，一带妆楼临水盖，家家粉影照婵娟"。桨声灯影中，秦淮八艳神韵未消，董小宛、李香君、陈圆圆、柳如是、马湘兰、顾横波、卞玉京、寇白门，一个个名字宛如镌刻在金陵旧梦之中，凭后人回忆。乌衣巷仍在，夫子庙未衰，逝去的却不只是千年时光。

当年的秦淮河，何其繁华。河面上的画舫船只，比起现在大马路上的私家车，毫不逊色。歌妓们就宿在画舫之中，弹琴唱曲，吟诗作画，迎来送往，日日门庭若市，夜夜灯火通明。文人雅士，谁不爱这销魂蚀骨之地？

杜牧夜泊秦淮河岸，临近酒家，听到了从里面飘出来的阵阵歌声，歌女所唱之曲，正是南陈的亡国之音《玉树后庭花》。刘禹锡在他的组诗《金陵五题》中也有提及此曲：

> 台城六代竞豪华，结绮临春事最奢，
> 万户千门成野草，只缘一曲后庭花。

这首曲子是南朝陈后主为他的宠妃张丽华所写。传说，隋军攻入皇城之时，陈后主依旧沉浸在声色犬马之中，日日与张丽华游戏后宫，莺歌燕舞，最后曲终人散，国破家亡。因此《玉树后庭花》被称作亡国之音，和绝世美女张丽华一起，在历史上留下了一笔胭脂色。

张丽华出生在穷苦人家，父亲以织席为业，家境清贫。眼看女儿容貌如此出众，却过着这样的苦日子，张丽华的父母于心不忍，遂把她送入宫中，以求温饱。那一年陈叔宝还不是皇帝，那一年张丽华才十岁，是太子良娣孔氏的婢女。孔氏本身就是位大美女，陈叔宝对太子妃沈氏没什么感情，却很宠爱孔氏和龚氏。曾有一次，他曾对孔氏说："古称王昭君、西施长得美丽，以我来看，爱妃你比她们美。"可是在陈叔宝眼里比西施、王嫱更美的女人，在一次机缘巧合下却被她身边的小婢女给比了下去。

那一日陈叔宝到孔良娣宫中休息，无意中发现一位美艳绝伦的小宫女，他心里已经有了自己的想法，便对孔良娣说："如此天姿国色的女子，爱妃怎么偷偷藏起来，没有让我看见（此国色也。卿何藏此佳丽，而不令我见）？"

孔良娣怎么可能不知道陈叔宝心里想些什么，虽然不开心，但还是挤出笑脸说："我觉得殿下现在见到她，仍然太早呢（妾谓殿下此时见之，犹嫌其早）。"陈叔宝不明所以，问她为什么这么说。孔良娣回道："她年纪还小，恐怕还太过稚嫩，不足以被殿下采摘（她年纪尚幼，恐微葩嫩蕊，不足以受殿下采折）。"陈后主觉得孔良娣说得不无道理，也就没有再多说什么。此后他心里一直记挂着张丽华，常用金华笺写词送给她。张丽华天资聪颖，怎么会不明白陈叔宝的心意？

张丽华究竟有多美？据说她肤如凝脂，白皙如雪，明眸细眉，光彩照人，发长七尺，黑亮夺目。

随着年龄的增长，张丽华越来越明艳动人，也终于得偿所愿嫁给了陈叔宝。婚后张丽华生下一子，是以虽出身低位，但还是母凭子贵，在陈叔宝即位后被封为贵妃。原先最受宠的孔良娣，后晋升为孔贵嫔，但自从张丽华出现以后她也就被取而代之了。

陈叔宝和南唐后主李煜一样，是个爱美人不爱江山的皇帝，他喜欢诗词歌赋，喜欢轻歌曼舞，更喜欢大美女张丽华，他对张丽华的信任和喜爱，在陈书陵叛乱一事上很能体现。

皇家子弟，争权夺位已经不是什么新鲜事了。陈叔宝的弟弟陈书陵想当皇帝，一早就蠢蠢欲动。宣帝驾崩时，趁着陈叔宝跪在宣帝面前哭的时候，拔出佩剑朝他脖子砍去。可能陈书陵注定没有当皇帝的命吧，都到这一步了，换作是别人，早成功了。可偏偏愚钝的侍从没有看出他的反意，为他取剑的时候取的是平日装饰用的木剑。陈叔宝捡回一条小命，但早已吓得魂飞魄散。养伤期间他不许任何人在自己身边，除了张丽华。

昔日汉武帝欲盖金屋藏陈阿娇，陈叔宝觉得他们所居住的宫殿配不上天人之姿的张丽华，于是大兴土木，建造更豪华的宫殿。后来建造的临春、结绮、望仙三阁，极尽奢华，用檀木做窗户，珠宝金玉为点缀。

这三座宫殿,临春阁为皇帝陈叔宝居住之地,结绮阁被赐给张丽华居住,望仙阁则是孔妃和龚妃的寝宫。由此可见张丽华在陈叔宝心中的地位有多高。说到这,忍不住为之前的太子妃,后来的皇后沈氏叫屈,沈皇后贤良淑德,虽没有张丽华和孔妃、龚妃的美貌,但好歹是一国之母,居然被陈叔宝忽略至此。这还不算什么,按规矩,立嫡立长,沈皇后之子(不是她亲生的,是陈叔宝妾室所生,后过继给皇后)应该被立为太子,可陈叔宝爱屋及乌,立了张丽华的儿子陈深。沈皇后名为皇后,实际上还不如普通的妃子得宠,张丽华才是后宫真正的掌权者。

能让陈叔宝迷恋到这一地步,张丽华靠的显然不只是美貌。她是个颇有心机的人,懂得察言观色,适时讨好陈叔宝。不仅如此,张丽华的记忆力超人,陈叔宝不善于处理政事,就把张丽华抱到自己膝上,让她帮自己批阅奏折。

陈叔宝当皇帝不及格,写诗作词却很有一套,他专门为张丽华写了一首《玉树后庭花》,供美人吟唱:

> 丽宇芳林对高阁,新装艳质本倾城;
> 映户凝娇乍不进,出帷含态笑相迎。
> 妖姬脸似花含露,玉树流光照后庭;
> 花开花落不长久,落红满地归寂中!

陈叔宝和张丽华就这样日复一日在后宫寻欢作乐,国家日益衰败。杨广带领的隋军攻入皇宫的时候,陈叔宝才忙不迭地带着张丽华和孔妃躲入花园一口枯井之中。隋军搜遍皇宫,最后还是找到了他们,放下箩筐将他们三人拉了上来。传说由于井口太小,三人爬出来的时候,张丽华的胭脂蹭在了井口上。后来这口井被称作胭脂井。

隔了那么多年,张丽华的美丽和她所唱的《玉树后庭花》一直流传着。到了晚唐,统治者昏庸无能,朝廷奸臣当道,一日不如一日,像极了当年的南陈。偏偏在这个时候，酒家之中传出了《玉树后庭花》的歌声，杜牧第一时间就想到了陈后主亡国之事，痛心不已。可惜他一介文人，无力回天，只能将心中的无奈与悲凉寄予笔墨。

秦淮犹在，家国何处寻？唯有河上的脂粉余香中，空留昔日残梦。

金缕衣

——她在曲中大放异彩

劝君莫惜金缕衣，劝君惜取少年时。

花开堪折直须折，莫待无花空折枝。

——杜秋娘《金缕衣》

烟雨江南，温婉秀丽，自古最不缺的就是才貌双全的女子，杜秋便是其中之一。

杜秋是金陵人。六朝古都金陵城，脂粉余香秦淮河。生长在金陵这样一个旖旎生香之地，杜秋的一生也充满了艳丽的色彩。

杜秋最初的身份是歌舞妓。卑微的出身和出众的容貌，使她不得不接受命运的安排，做了这倚门卖笑之人。后人称她为杜秋娘，因为她曾经的歌舞妓身份，更因为她传奇的人生。

在唐朝，歌舞妓的地位是十分卑微的，她们生活在社会的底层，有着各种身不由己。

然而，历朝历代知名的才女，却往往诞生在歌舞妓这一群体。秦淮八艳自是不必说，她们的名声早已随着秦淮河的水流向各地。此外，如钱塘名妓苏小小，红笺女校书的薛涛，多情才女薛素素，燕子楼主人关

83

盼盼……

杜秋娘的命运相比这些才女，可谓精彩得多。

一般的女子入了歌舞妓一行，多半只会听天由命，其中聪明点的，无非是靠着出色的才艺和外貌，寻一可靠之人，托付终身。

杜秋娘不仅拥有令人艳羡的出众容貌，还有一颗七窍玲珑心。她懂得审时度势，韬光养晦，在必要时刻大放异彩，扭转自己的命运。

杜秋娘能歌善舞，能诗会画，还会填词作曲。色艺双绝的她很快名动江南，多少富贵子弟盼着能一亲芳泽，镇江节度使李锜就是这样被她吸引的。

李锜听闻杜秋娘艳名，便花了一大笔钱财替她赎身，将她带回府充当自己的私人歌舞妓，也就是唐朝非常流行的家姬，就像白居易府上的樊素、小蛮，还有唐传奇《步非烟》中的女主角步非烟一样。

起初，李锜的心态和众多达官贵人一样，不过是想以美丽的家姬充当门面，家姬的作用和他们府上精美的瓷器一样，只是摆设。

进了节度使府之后，杜秋娘的日子比以前好了许多。她不必再像以前那样，挖空心思研究诗词曲赋并且努力微笑去讨好客人。她只需要做一个美丽的花瓶，府上有专门负责谱曲写词的文人，也有教她们唱歌跳舞的老师。

如果只是配合老师的安排，唱唱歌跳跳舞，杜秋娘很可能一辈子都只是一个家姬。为了引起李锜的注意，她酝酿许久，想到了一个办法。

她充分利用了自己的才华，写了一首《金缕衣》。

不得不说，这首诗写得确实好，朗朗上口又意味深长。

写完后，杜秋娘又为这首诗谱了一首曲子。对她来说，写诗谱曲并非难事，这得感谢早年在教坊的经历。

她把《金缕衣》读了一遍又一遍，自己也觉得十分满意。而她接下来要做的，就是让李锜听到这首诗。

机会很快就来了。一次节度使府举行家宴，杜秋娘找机会将《金缕衣》唱给了李锜听：

> 我劝你不要顾惜华美的金缕衣，我劝你要珍惜自己的青春年少。
> 花开了可以折的时候就赶紧去折，不要等花凋谢了只剩下空枝。

其中深意，李锜怎会听不出来？"君"指的是李锜，而那朵等待着被折的娇花，不正是她杜秋娘吗？。

杜秋娘确实聪明，她不会像其他稍有姿色的女子，为了博出头，不惜使出浑身解数去吸引男人。她只需动动歌喉，就能让男人主动去关注她。

她唱《金缕衣》，不过是想告诉李锜：你已年过半百，为何不趁着现在好好享受人生？我这朵花已经盛开了，你为何不赶紧折呢？若再不折，花凋谢了，你也老了。

果然，李锜听完杜秋娘的歌之后，仿佛一下子年轻了十几岁。他觉得杜秋娘说得对，以他的年纪，眼下不及时享受，更待何时？

那一天的李锜心情格外好，他将杜秋娘叫到跟前，仔细端详了她的容貌。他宣布，从今往后她不需要再为旁人献艺，他要收她为侍妾，让她从此只对他一个人笑。

当时杜秋娘只有十五岁，李锜却已过知天命之年，二人年龄悬殊却十分恩爱。李锜一直很宠杜秋娘，将她当至宝一样呵护着。

身为歌舞妓，杜秋娘能有如此命运，已是不凡，可人生若止于此，她也不配被称为奇女子了。

汉武帝的生母王娡王美人，在嫁给当时的太子刘启之前，曾与农户金王孙结为夫妇，并生有一女金俗。后来，王娡的母亲找相士为女儿卜卦，相士说王娡是大贵之命，将会生下天子。

因相士一句话，母亲将王娡送进太子府。不知是相士的卦太准还是机缘巧合，王娡果真生下胶东王刘彘，也就是后来的汉武帝刘彻。

皇宫内院，选妃子是十分严格的，莫说是曾嫁人生子，就算是非处子之身的女子，也是很难通过层层筛选入宫为妃的。王娡是一个特例，而杜秋娘，是另一个特例。

从歌舞妓到侍妾，再到宫奴，最后一跃成为皇妃，杜秋娘人生跨度之大，令人叹为观止。促使杜秋娘命运再度扭转的，恰巧也正是她的《金缕衣》。

彼时，在位的皇帝是唐顺宗李诵。历朝历代，不少皇帝位于万人之上，身体却不是很好。原因不外乎纵情声色，或沉迷丹药。唐顺宗的身体也很不好，他即位不过八个月，就对皇位产生了深深的厌倦。于是他卸下肩上的担子，将皇位传给了儿子李纯，即唐宪宗。

唐宪宗和唐顺宗不同，他在朝政之上非常有自己的主张。才登基，他便开始了一场大整顿。时下的大唐，藩镇割据局面非常严重，唐宪宗为了巩固权力，决定削减各地节度使的兵权。如此一来，李锜的权力就受到了威胁。

李锜是唐高祖李渊的后人，也算是皇族之后。他认为，多年来他对朝廷忠心耿耿，立下不少功劳，好不容易得以安度晚年，唐宪宗却突然开始削减兵权，他如何能咽下这口气！

心中存有不满的官员大有人在，各地节度使均是敢怒不敢言。唯有李锜胆大，居然将怒气付诸行动——他起兵谋反了。

朝廷无论是兵力还是财力物力，都远远要比地方充足，自古以来，因对朝廷不满而谋反的将领不在少数，成功的例子却几乎没有。再者，朝廷只是削减节度使的权力，并非赶尽杀绝。李锜此举确实太过草率，想来也是盛怒之下的决定。

结果可想而知，李锜兵败，死于战乱之中。好不容易翻身的杜秋娘失去了可以倚靠的大树，再度跌入人生的谷底。李锜死后，她以罪臣家眷的身份被送进后宫当宫奴。

唐朝历史上，谋反一向是重罪。唐高宗年间，高阳公主曾撺掇一众皇亲国戚谋反，朝中不少权贵牵连其中，谋反失败后，高阳公主、巴陵公主还有丹阳公主夫妇全部被赐死，吴王李恪和赵王李元景也没能幸免，而他们的府中的家眷死的死，流放的流放，几乎都没什么好下场。

李锜起兵反抗朝廷，在君为臣纲的唐代是十分大逆不道的。杜秋娘是李锜的侍妾，也是他最亲密的人，在如此重罪下她却只被判入宫为奴，算是不幸中的万幸了。或许，她还应该感谢这场兵变。

宫奴分很多种，杜秋娘因有一技之长，免去了劈柴洗衣之苦，她在宫中的身份和从前一样——歌舞妓。而那首曾改变她命运的《金缕衣》，再一次起到了扭转乾坤的作用。

进宫为奴的杜秋娘并没有心灰意冷，她很善于利用自己的优势。当时她还年轻，依然是才貌双全的佳人。她很清楚，李锜会被她的美貌与才华吸引，唐宪宗未必会是个例外。

在一次宫中宴会上，借着为唐宪宗表演歌舞的机会，杜秋娘深情地唱了《金缕衣》。唐宪宗于人群中一眼就看到了杜秋娘，他为她出众的才貌折服，深深地被她吸引住了。

接下来的事，顺理成章。杜秋娘得到了唐宪宗的宠爱，被免去了奴籍。她将自身长处发挥到了极致，时而歌舞，时而诗词，唐宪宗对她的迷恋越发深沉。不久之后，他下诏封杜秋娘为秋妃。

渺小卑微的歌舞妓，罪臣家眷，曾经的人妇，顶着这三重身份，杜秋娘居然还能一跃飞上枝头，成为皇帝的宠妃。美丽与才华自然不可少，但不可否认，起到关键作用的还是她的聪明才智。

经历重重坎坷，杜秋娘终于攀上了她人生的巅峰。后宫佳丽无数，唐宪宗却丝毫不介意杜秋娘之前的身份，他对她恩宠有加，恨不得时时刻刻黏着她。

杜秋娘很清楚，再受宠的妃子也会有色衰爱弛的一天。为了在皇宫之中立足，她必须变得更强大，让唐宪宗离不开他。她不再满足于诗词歌赋，而是慢慢将她的才华过渡到了朝政上。

之所以说杜秋娘聪明，是因为她不像一般的浮华女子，只懂得卖弄色艺，她有着非常敏锐的政治细胞。在享受唐宪宗宠爱的同时，她时刻注意着朝堂的动向，并利用自己的机智为唐宪宗解决了不少朝政难题。

唐宪宗刚继位时，为了扭转藩镇割据的局面，使用过不少强硬手段，杜秋娘的前任丈夫李锜正是这样才谋反的。杜秋娘心想，既然李锜心存不满，其他节度使肯定也一样。为避免出现第二个李锜，她给了唐宪宗很多建议。唐宪宗讶于她的见识，不由得拍案叫绝。他采用杜秋娘提出的办法，遂改放宽了藩镇政策，使得大唐得以稳若泰山。

有杜秋娘这么美丽且聪明的女子相伴，唐宪宗甚是知足，常自言："我有一秋妃足矣。"

唐朝中晚期，朝廷动荡，藩镇割据局面日益严重，早已不复昔日盛世。因而，杜秋娘享受皇妃殊荣的时间并不长。

唐宪宗驾崩，唐穆宗李恒继位。由于杜秋娘之前帮着唐宪宗处理过不少事情，朝廷上下对她还是十分敬重的。所以，尽管唐宪宗故去，杜秋娘却如旧在后宫过着安稳日子。她唯一的遗憾是没能在唐宪宗在位时为他生下子嗣，这使得她后半辈子失去了依靠。

随着年纪越来越大，膝下无子的杜秋娘全部的母爱倾注在了唐穆宗第六子李凑身上。唐穆宗见她疼爱李凑，便任命她为李凑的傅姆。

不久之后，唐穆宗李恒驾崩，继位的是他的长子，唐敬宗李湛。没过多长时间，李湛被宦官谋杀。那段时间大唐政局混乱，皇帝换了一个又一个，实权全攥在宦官手中。

为了彻底根除宦官势力，杜秋娘联合当朝宰相宋申锡，想把漳王李凑推上皇位。不料，杜秋娘还未行动，事情就败露了，李凑被贬为庶民，杜秋娘也被废除了妃子身份，放归故乡。

兜兜转转，一代传奇女子杜秋娘，最终还是回到了她的起点——金陵。

对于杜秋娘来说，这未免不是一个好的结局。皇权更替，血雨腥风，那看似繁华的宫廷不过是一座黄金牢笼，多少人挣扎着想要逃离。她能在晚年远离那个是非之地，其实是保住了自己的性命。如果能重新选择一次，不知她还会不会谱写那一曲改变她命运的《金缕衣》。

然，也正是因为这首《金缕衣》，杜秋娘和她的金缕衣才得以在史上留名，为后人称颂。杜牧的《杜秋娘诗》写到"老濞即山铸，后庭千双眉。秋持玉斝醉，与唱金缕衣"。

杜秋娘最后一次出现在文字记载中，就是杜牧的《杜秋娘诗》了。那时候杜牧路过金陵，遇见杜秋娘，杜秋娘已经是个老妇人了，再无半点昔日光彩。杜牧感慨之下便为她写了一首诗，并在诗序中介绍了她的身世。

英雄不论出身，女子若是有才有德，也无须太过苛责其身世背景。青楼女子中，青史留名的不在少数。杜秋娘就是这样一位传奇女子，凭着她的智慧和才貌，她终究还是曾将命运掌握在了自己手上。

古从军行

——自古美人如名将

白日登山望烽火，黄昏饮马傍交河。

行人刁斗风沙暗，公主琵琶幽怨多。

野云万里无城郭，雨雪纷纷连大漠。

胡雁哀鸣夜夜飞，胡儿眼泪双双落。

闻道玉门犹被遮，应将性命逐轻车。

年年战骨埋荒外，空见蒲桃入汉家。

——李颀《古从军行》

自有历史记载起，战争就没真正消失过。上古有蚩尤和黄帝、炎帝的逐鹿之战，后有商灭夏，周灭商，刘邦、项羽楚汉相争……战事一起，百姓去国离家，不少人在离乱中妻离子散，生活过得尤为凄苦。对于生活在那个时代的人来说，最怕看到的场景莫过于烽火台狼烟四起。烽火点燃，意味着边境告急，战争即将爆发。因此，周幽王为博得美人褒姒一笑，随意点燃烽火台的时候，各地诸侯才会急得策马奔腾，乱作一团。

烽火台是古代最重要的军事警报器，有专门的士兵日夜看守，就像诗中所说的那样："白日登山望烽火。"边塞是最需要士兵的地方之一，大批的士兵甚至常年戍边驻守，一旦有战事爆发，他们就更回不了家了。怨不得古人这么怕，也这么恨战争，生在和平年代的我们怕是很难真正明白。

大概是出了李广、卫青、霍去病这些名将的缘故吧，汉朝在我的印象中是个战争频繁的时期，征匈奴、征大宛、征夜郎……不想打的话，那就讲和，和亲就是这样来的。昭君出塞的故事人尽皆知了，作为四大美人之一，王昭君被歌颂得广为流传，以至于提到和亲，大多数人脑子里冒出的第一人便是她。然，汉朝第一个有姓名记载的和亲公主是武帝时期的刘细君，封号江都公主。"公主琵琶幽怨多"这一句，所指的"公主"正是刘细君。

刘细君是江都王刘建之女，刘建生性残暴，没做过什么上得了台面的大事，若非生了刘细君这么个女儿，他的名字估计也就湮没在时光之中了。值得一提的是，据说赵飞燕姐妹的生母姑苏郡主就是刘建的孙女。

刘建谋反失败后，自杀死了，刘细君由高高在上的郡主沦为罪臣之女，流落民间。恰逢汉武帝想联合乌孙抵抗匈奴，为表示友好，武帝允诺嫁一位公主到乌孙去。就这样，刘细君被封为公主，嫁给年迈的乌孙王。两年后老乌孙王死了，按照当地的风俗，刘细君又嫁给了老乌孙王的孙子。在那个时期，北方很多地方都有"父死，妻其后母"的风俗，也就是说，父亲死后，儿子要把后妈娶了。在这一点上，王昭君的命运和刘细君十分相似，她一开始嫁的是呼韩邪单于，呼韩邪单于死后，她又嫁给了其子复株累单于。

和亲公主们出嫁后的生活远没有我们想的那么好，虽然身份尊贵，但毕竟去国离乡。刘细君在乌孙语言不通，日日在寂寞中度过，思乡心切，悲歌连连。她曾作《悲愁歌》，远在长安的汉武帝听闻之后，也忍不住心生伤感：

> 吾家嫁我兮天一方，远托异国兮乌孙王。
> 穹庐为室兮旃为墙，以肉为食兮酪为浆。
> 居常土思兮心内伤，愿为黄鹄兮归故乡。

然而，和亲远嫁的公主无论有多思念故乡，几乎是没有可能回去的。她们哀怨心伤，每日以思乡之泪洗面。公主琵琶，幽怨几何。

　　连年不断的战争，使得百姓流离，公主和亲，将士征战。西北荒芜之地条件艰苦，甚至比不得中原的普通乡村。李颀一句"胡雁哀鸣夜夜飞，胡儿眼泪双双落"，恰如其分地描绘出了边塞的凄苦，土生土长的胡雁、胡儿尚且为环境的恶劣而哀叹，更何况是千里迢迢去戍边的战士呢。

　　征战之苦，在百姓，也在士兵。为了保家卫国，他们在蛮荒之地忍受着恶劣的气候，粗糙的伙食，思乡的痛苦，还有无尽的寂寞。军旅生活千百年如此，一成不变，谁都无能为力，军旅题材的诗也往往读之令人心酸落泪。除了李颀的这首《古从军行》之外，北朝诗人卢思道的《从军行》也很能体现行军之苦：

朔方烽火照甘泉，长安飞将出祁连。

犀渠玉剑良家子，白马金羁侠少年。

平明偃月屯右地，薄暮鱼丽逐左贤。

谷中石虎经衔箭，山上金人曾祭天。

天涯一去无穷已，蓟门迢递三千里。

朝见马岭黄沙合，夕望龙城阵云里。

庭中奇树已堪攀，塞外征人殊未返，

白雪初下天山外，浮云直上五原间。

关山万里不可越，谁能坐对芳菲月。

流水本自断人肠，坚冰旧来伤马骨。

边庭节物与华异，冬霰秋霜春不歇。

长风萧萧渡水来，归雁连连映天没。

从军行，军行万里出龙庭，

单于渭桥今已拜，将军何处觅功名！

汉武帝好战，雄才大略，早在继位前就有彻底灭匈奴的雄心，他不喜欢用屈辱性的和亲来换取国家安宁。堂堂大汉王朝，为什么非得牺牲一个女子来委曲求全？虽然他也曾派江都公主刘细君和亲乌孙，但不能否认，他骨子里流淌的是征服的血液。在汉武帝的认知中，唯有战胜匈奴，让匈奴臣服于大汉，才是最有利的解决办法。所以他在位期间，派卫青、霍去病三次大规模攻打匈奴，最终解除了匈奴的威胁。

除三战匈奴之外，武帝还为汗血宝马出兵征讨过大宛。因张骞出使西域回来说，大宛的汗血马奔跑速度如风驰，出汗如血，是难得一见的宝马。汉武帝听完不淡定了，他派使臣带着用纯金打造的和真马一般大小的马前往大宛，希望能换回马种。可大宛非但不换，还暗中杀掉了使臣，夺走了金马。区区边塞小国如此猖狂，汉武帝大怒，当即就派李广利带着数万骑兵征讨大宛。

李广利不像卫青和霍去病，他压根就不是带兵打仗的料，这一点汉武帝未必没看出来，只是李广利是他最爱的宠妃李夫人的哥哥，李夫人死后他一直想给她娘家人弄个一官半职，趁着这次机会正好让李广利表现一下，他就能心安理得地给李广利封官拜侯了。

在李广利的带领下，士兵们饿死的饿死，累死的累死，到大宛已经损失惨重，几仗下来更是损兵折将。李广利无奈，灰溜溜带着剩下的士兵返回敦煌，给汉武帝上书请求退兵。汉武帝气得不行，派人去玉门关下令，李广利一行人有谁敢踏进玉门关就砍掉谁的脑袋。几个月后，汉武帝又派兵支援李广利，并让周边小国也出兵帮忙。李广利沾了汉武帝的光，这才得胜而归。

"闻道玉门犹被遮，应将性命逐轻车"说的就是汉武帝把李广利堵在玉门关外的典故。

只是这样的征战，带来的是什么呢？年年有无数士兵战死沙场，尸骨遍野。无数百姓失去亲人，流离失所。换回来的只是西域的葡萄被传入中原，满足了王侯贵族们的享受欲望。百姓的苦难和统治者的享受，对比异常讽刺。

可怜无定河边骨，犹是春闺梦里人。

骊姬墓下作

——罂粟美人，乱世传奇

骊姬北原上，闲骨已千秋。

浍水日东注，恶名终不流。

献公恣耽惑，视子如仇雠。

此事成蔓草，我来逢古丘。

蛾眉山月苦，蝉鬓野云愁。

欲吊二公子，横汾无轻舟。

——岑参《骊姬墓下作》

中国古代有四大美人之说，也有四大妖姬之说，四大妖姬分别是亡夏的妹喜、灭商的妲己、倾周的褒姒、乱晋的骊姬。她们同是帝王的宠妃，同样以美色迷惑君王，致使国家混乱，最终走向灭亡。其中妲己姑娘因为《封神榜》的广为流传，一跃成为四大妖姬中出镜率最高者。

国家兴亡，其实本不关女子什么事，不过是君王昏庸，不能明辨是非，国人硬是把罪名扣在女子头上罢了。商纣夏桀，还有那脑子里全是糨糊的周幽王，哪个是合格的君王？牵强地说，唯一自己动手祸乱到国家的，也就一个骊姬。

骊姬姑娘要多美就有多毒，就像一朵罂粟花，偏偏能让人上瘾。晋献公原本虽算不上明君，但也不算昏庸，晋国在他的统治下还挺强盛，三十六计之一的"假道伐虢"就出自他向虞国借道讨伐虢国的典故，但自从得了骊姬之后，晋献公被她迷得神魂颠倒，对她言听计从，完全像是变了一个人。

岑参的这首《骊姬墓下作》就是在骊姬墓前写的，说的是骊姬死了那么多年了，尸骨都已经化作尘埃，她留下的恶名却永远抹不去。一个女人能完全掌控皇帝，并且做了那么多坏事，骊姬完全对得起她"妖姬"的称号。

《史记》记载，晋献公攻打骊戎之前请占卜官卜了一卦，卦象特别奇怪，显示的是此战大捷，结局却是大大的不吉利，卦辞云：祸害源自小人的谗言。晋献公思索了一番之后，还是维持先前的决定——讨伐骊戎。

骊戎区区小部落，自然不是晋国的对手，晋献公如卦象所言，大获全胜。为了讨好晋献公，骊戎首领献上了两个美女——骊姬和少姬。得了美人的晋献公自是不亦乐乎，他万万没想到，就是这样一个看似柔弱的美女，生生把强盛的晋国给扰乱了。

骊姬心机颇深，而且异常贪婪。嫁给晋献公之后，她很快就生下了儿子奚齐，晋献公本就宠爱她，得了儿子之后更是把她捧到了天上。不过骊姬还是不满足，她是个聪明之人，经常给晋献公吹枕边风，晋献公很信任她，不多久封她为夫人，并且让她参与朝政。自古以来，妇人都是不得干政的，对于晋献公的这一决定，群臣怨声载道。晋献公被骊姬迷得七荤八素，整颗心都被骊姬攥在手上，哪里听得进去大臣的话。

当上晋国夫人之后，骊姬有了另一个如意算盘，那就是让自己的儿子奚齐当上太子。当时晋国已经有了太子，是前夫人的儿子申生。太子申生忠孝两全，对国事也很上心，是个标准的帝王之才，朝中大臣们没有不服他的。骊姬知道，要达到自己的目的，申生就必须死。

晋献公有个很宠爱的戏子叫小施,和骊姬有私情。小施是个口蜜腹剑的小人,一肚子坏水,他和骊姬勾结起来,又拉上了朝中其他几个品行不怎么样的大臣,一齐出谋划策,准备除掉太子申生,再支走公子重耳和夷吾,这样一来,奚齐就能顺理成章当上太子了。

计划好之后,一日上朝,大夫梁五向晋献公进言,建议派人去守曲沃、浦地和屈地,曲沃是晋国祖庙所在地,浦地、屈地也是边境要塞,所以都不能小觑。晋献公深以为然,示意梁五继续说下去。梁五趁热打铁,又提出,像这么重要的三个地方,当然不能随随便便派个人去,曲沃是晋国的第二都城,派太子申生去镇守再适合不过,至于浦地和屈地,就让公子重耳和夷吾去吧。晋献公虽然不忍心让三个儿子去那么远的地方,但深思熟虑之后,又觉得梁五说得对,于是同意了他的请求。

太子前脚刚走,骊姬就开始在朝中散播谣言,说太子之所以会被派到那么远的地方去,是因为晋献公已经不信任他了,太子很快就要换人了。这一谣言愈演愈烈,到后来很多人都信以为真。到了晋国祭祀大典的时候,晋献公因为身体不适没有出席,太子申生无法从遥远的曲沃赶回来,最后大典是由奚齐主持的。按照规矩,只有国君和太子才有资格主持大典,群臣一见奚齐担当了这个重任,再加上之前的谣言,心里立刻就炸开了锅。

很难说晋献公身体不适不能出席祭祀大典是不是她搞的鬼,晋献公这么信任她,她随便撒个娇,哄他喝点什么药,易如反掌。

为了陷害太子申生,骊姬和她的"智囊团"可花了不少心思。据说一次她让晋献公召回太子,全家一起出去郊游。骊姬事先在身上涂了蜂蜜,到了郊外,蜜蜂一群一群赶来,骊姬就让太子申生帮她赶走蜜蜂。这一幕被晋献公看见,晋献公想起之前骊姬说的太子想调戏她之事,气得肝都颤了,一怒之下要杀了太子。骊姬却假意求情,说了很多好话,晋献公这才罢休,不过心里已经做了废太子的决定。

又一次,骊姬派人告诉太子,说晋献公梦见晋国前夫人,也就是太子的生母，想让太子回来祭奠一下自己的母亲。太子信以为真，就在曲沃举行了祭奠仪式，并且把祭奠的酒肉送回都城给晋献公吃。骊姬事先在肉中下了毒，等到晋献公要吃的时候，她说以防万一还是要试一下有没有毒，晋献公对她言听计从，自然应允。于是骊姬让人牵了一条狗来，把肉丢给狗吃，狗一吃就吐白沫了。

晋献公以为太子申生要杀他，大惊失色。骊姬火上加油，说了很多太子的坏话，边说边哭。宠爱妻子的晋献公心疼得不得了，这一次果断决定要除掉太子。

在晋献公的人到达之前，太子申生已经接到密报，逃出了曲沃。他心知肚明，要杀他的不是父亲而是骊姬。但是他太孝顺了，知道父亲宠爱骊姬，知道真相后肯定受不了。为了顾全大局，他最后选择了自杀。除掉太子申生之后，骊姬又将矛头对准了公子重耳和夷吾，两位公子也不是傻子，知道骊姬是不会放过他们的，于是逃出晋国，四处流亡。

至此，骊姬终于如愿以偿让奚齐坐上了太子之位，不久之后晋献公死了，奚齐就当了国君。但是善恶到头终有报，晋国的大臣终于看不下去骊姬的所作所为，一齐发动政变，把骊姬母子都给杀了。

国不可一日无君，太子申生和奚齐都死了，剩下的只有公子重耳和夷吾。大臣们迎回了夷吾，让他当了国君，也就是后来的晋惠公。不过夷吾命不好，没当几年皇帝就死了，死后他的儿子晋怀公继位。

那段时间的历史用一个字概括就是"乱"。晋怀公还是太子的时候，在秦国当质子，娶了秦穆公的女儿怀嬴公主。秦穆公既然肯把女儿嫁给他，照理说不会对他怎样，可他一听说老爹晋惠公死了，赶紧从秦国逃了出来，快马加鞭回晋国继位。秦穆公气得要死，为了教训一下这个忘恩负义、过河拆桥的女婿，他将流亡在外的公子重耳接回了秦国，把怀嬴公主又许配给了重耳。重耳和夷吾是兄弟，怀嬴是晋怀公的妻子，按辈分该叫重耳叔叔。要不怎么说春秋战国很乱呢。

得到了强大的秦国的帮助，再加上重耳吃了这么多苦，意志已经被磨炼出来了，他很快就推翻了晋怀公的统治，成了晋国新任国君，后来又成了春秋五霸之一，史称晋文公。

究其因果，这一切的一切都因骊姬而起。骊姬一个女人能把晋国搅得像一锅粥，手腕还真不是一般的厉害，岑参说她"恶名终不流"是很客观的评价。相比之下，妺喜、妲己、褒姒虽然也有骂名，但比起骊姬"亲力亲为"的坏，还是有区别的。

陇西行
——女儿柔肠男儿胆

誓扫匈奴不顾身，五千貂锦丧胡尘。

可怜无定河边骨，犹是春闺梦里人。

——陈陶《陇西行》

　　陈陶是唐代诗人，但这首诗总给我一种汉诗的感觉，因为"匈奴"二字在汉朝历史上出现的频率实在太高了，动不动就是匈奴来犯，或者讨伐匈奴，要么就是送女子去匈奴和亲，比如昭君出塞。汉武帝时期，大将军卫青、霍去病先后带兵大规模攻打过匈奴，均取得了不朽的功绩，这也使得他们二人青史留名，成为历史上最有名的大将之一。

　　当然，跟匈奴的战争并非每次都能取得大捷，飞将军李广的孙子李陵，在跟匈奴的交战中就败了，不得已投降匈奴。司马迁就是因为替李陵辩护，惹得汉武帝大怒，受了腐刑。还有汉武帝宠妃李夫人她哥李广利，战败投降匈奴后换来了一时的富贵，但终没逃过一死。

　　除此之外，人尽皆知的还有苏武牧羊的典故。苏武出使匈奴却被匈奴人无故扣留，让他去北海边放羊，说是等公羊生出小羊再放他回来。公羊生小羊简直是天方夜谭，这跟秦二世的宠臣赵高指鹿为马一样，分明就是以强权逼迫人嘛。匈奴人其实就是想告诉苏武，你小子永远也别想回家了。不过苏武命好，终于在汉昭帝时期回到了长安，又因拥立汉宣帝而被封关内侯。

经过两汉和魏晋，匈奴已基本被肃清，但后世还是习惯称呼入侵的胡人为匈奴，比如岳飞《满江红》中"壮志饥餐胡虏肉，笑谈渴饮匈奴血"，这里的匈奴指的其实是金兵。而陈陶这首《陇西行》中的匈奴，指的应该是突厥或者吐蕃，因为唐朝前后期边境最主要的敌人就是东西突厥和吐蕃。

题目"陇西行"是乐府诗的旧题。陇西指的是甘肃宁夏陇山以西的地方，也就是古代的边塞，所以以此为题的诗，内容自然跟边塞战争脱不了干系。唐朝诗人王维也写过同名诗，王维虽名号比陈陶响亮得多，但个人认为他的《陇西行》比起陈陶的这首，还是少了点什么，只因我太喜欢"可怜无定河边骨，犹是春闺梦里人"这一句，它以极大的反差说明了战争的残酷，而这一句也是陈陶这首诗中艺术成就最高的。

上联"誓扫匈奴不顾身，五千貂锦丧胡尘"描写了悲壮的战争场面。战士们奋勇杀敌，抛头颅，洒热血，豪气冲天。每打一场战争，总会有无数士兵战死在沙场上，马革裹尸。尽管如此，还是有数以万计的士兵不断地向边境出发，前仆后继，誓死保卫者祖国的疆土。

战争的残酷，从另一方面却让后人见识了将士们的壮志雄心。但凡是边塞诗，除了体现思乡和残酷之外，总能给人一种热血沸腾、心潮澎湃的感觉。

我本来就对战争没什么兴趣，但是看着那些写战争的悲壮诗词，总忍不住热血沸腾一把。而战争也不光是热血男儿的事，战争的成败关系到整个国家所有人的命运，其实就是所谓的"牵一发而动全身"。秦始皇费了那么多人力、财力、物力去修筑万里长城，不就是为了守住边境吗？一旦边境被攻破了，敌军很快就会杀到都城来。

边塞诗之所以高昂，正是因为所有将士都知道自己身上的担子很重，他们觉得自豪，写诗的诗人也以他们为荣。

南宋诗人陆游，身为文人，却也有过戎马生活，时刻牵挂着国家的战事，我对他那首《诉衷情》记忆尤其深刻：

> 当年万里觅封侯。匹马戍梁州。
>
> 关河梦断何处，尘暗旧貂裘。
>
> 胡未灭，鬓先秋。泪空流。
>
> 此生谁料，心在天山，身老沧洲。

战争对百姓的生活影响是极大的，纵战场远在千万里，却时时刻刻关乎着每个人的生活。一旦战争爆发，朝廷就得征兵役、徭役，多少白发老人流着泪送儿子、孙子出征，多少女子夜以继日盼望丈夫回来。这样的事情自古就有，一直未曾中断，这也是为什么会有那么多写思妇念征夫的诗。

《诗经·卫风·伯兮》写的就是女子思念远在边塞服役的丈夫，思念的同时，她又为自己的丈夫感到自豪，因为他是为保卫国家而去的，那是全家人的光荣。一首诗读完，心中尽是辛酸。

陈陶一句"可怜无定河边骨，犹是春闺梦里人"实在太精妙，完完全全写出了那些因战争而被迫分离的夫妇的悲哀。在他人看来，河边枯骨只是死于战争的普通人，谁又会知道，也许这些死去战士的妻子，正在天一方的家里等着他回去呢？

甚至有些人新婚当天就出发去了战场，还没来得及过洞房花烛夜。孟姜女的丈夫范喜良就是如此，不过不是每个女子都有孟姜女的执着，也不会每个人都能像她一样哭倒长城，找到丈夫的尸骨。她们终其一生，能做的只有等待。

然而死于战争的人太多太多，只有级别高的将军才会被朝廷褒奖，将其尸骨运回家安葬。而那些默默无闻的战士死去多年也不会有人知道，闺中妻子似乎已经习惯了等待，她们年复一年等下去，梦中都惦记着丈夫早日回来，但是有可能直到白发苍苍她们都不会等到一个圆满的结局。

一边是美好的愿望和热切的期待，一边是长埋地下的累累白骨。战争最大的残酷，莫过于此。

白雪歌送武判官归京

——愿你离去，后会有期

北风卷地白草折，胡天八月即飞雪。

忽如一夜春风来，千树万树梨花开。

散入珠帘湿罗幕，狐裘不暖锦衾薄。

将军角弓不得控，都护铁衣冷难着。

瀚海阑干百丈冰，愁云惨淡万里凝。

中军置酒饮归客，胡琴琵琶与羌笛。

纷纷暮雪下辕门，风掣红旗冻不翻。

轮台东门送君去，去时雪满天山路。

山回路转不见君，雪上空留马行处。

——岑参《白雪歌送武判官归京》

江南已经不再年年有雪了。曾记小时候，一大早起来拉开窗帘，外面已是银装素裹，白雪积得很厚很厚，踩下去会嘎吱嘎吱作响。在去学校的路上，年纪相仿的小孩们嬉笑着在雪地里追逐打闹，自得其乐。后来，雪下得一年比一年少了，有时候整年看不到一片雪花。

江南的雪是温柔的，轻飘飘，如柳絮飞扬，用才女谢道韫那句"未若柳絮因风起"来形容江南雪再合适不过。我没有在北方过过冬,也不知道"北风那个吹,雪花那个飘"究竟是怎样一种情形。不过大概可以猜测,跟江南的雪相比,北方的雪肯定要厚重得多。

唐朝的都城在长安,也就是今天的西安,那时候全国的中心就在北方,诗人们写雪景,也多为北方雪。"燕山雪花大如席,片片吹落轩辕台",这般来势汹汹的雪,南方的天空怕是承受不起的。至于"千里冰封,万里雪飘",也不在南方人的视线范围内。读诗如看画,那么大气的雪,那么开阔的意境,若是有机会能亲眼见上一见,也不枉我在脑子里将北方雪和南方雪这么比较一番了。

唐朝天宝十三年(754),岑参在新疆轮台为友人送别,当时的西北大雪纷飞,雪满天山路,于是岑参的送别诗中就有了"忽如一夜春风来,千树万树梨花开"的千古名句。

西北给我的感觉是比较萧瑟的,我曾多次去过西北戈壁一带,放眼望去,千里戈壁,万里黄沙。初次抵达甘肃是在十月底,祁连山上白雪连绵不绝,我瞬间就被震惊了,不过那是积在山上的雪,并非当场下的。若能亲眼见见西北的雪,那才过瘾。

边塞诗总是给人一种心酸的感觉,想那士兵们常年镇守边关,所见之景不外乎风沙蔓延,狼烟漫天。独独岑参这首诗让我眼前一亮,气势磅礴的风,瑰丽浪漫的雪,还有送别时的温情,顿时就让人觉得,他歌颂的不是边疆荒凉,不是战士疾苦,也不是离愁别绪,仅仅是想将当地瑰丽的雪景用文字描绘下来,供人欣赏。

时值八月,江南还是绿树成荫的盛夏,塞北却已经雪花漫天,呼啸的北风吹弯了满地白草。草的颜色非绿即黄,只有降霜的时候草上才会结一层薄薄的白色霜花。八月降霜下雪,在我印象中倒是件神奇的事,难怪有句话叫"十里不同天",百里千里之外就更不用说了。漫天大雪纷纷扬扬而下,落在树枝上,白茫茫一片,仿佛一夜之间春风将梨花全吹开了。如此想象,又美丽又浪漫,春风既然可以"又绿江南岸",为什么就不能"又开边塞花"呢。

很小的时候我就知道化雪要比下雪冷，但是南方的雪天再怎么冷都是不能跟塞北比的。塞北温度低，雪的来势又凶猛，一阵风刮来几乎能把人吹跑，轻盈如赵飞燕，恐怕都能像风筝一样吹上天了。

古时没有暖气，他们的御寒方式只有多穿衣服，而动物的皮毛就是他们最有利的御寒工具，比如狐裘。只是在那么冷的风雪天，狐裘也起不了多大的作用，慵懒如我肯定选择窝在被子里不出门。但将士们没有别的选择，天再冷雪再大，他们还是得巡逻操练。然后就如岑参诗中所描绘的那样：将军和都护们拉不开弓，盔甲冰得穿不上身，大漠万里全部凝结了寒冰，天空阴暗，难得有阳光出现。

边塞条件如此恶劣，除了西行商人和戍边战士，一般人是不愿意去的。岑参出塞是为了上任，他一到，前任武判官就该卸任返京了。于是岑参带着众将士一起饮酒奏乐，为武判官举行热闹的欢送会。将士们都很豪气，他们弹着胡琴，吹着羌笛，喝着美酒，恶劣的天气并没有影响到他们的高昂情绪。此一别，也许今生今世再无缘相见，他们只求在最后一场酒宴上多喝上几杯，也不枉共事一场。

天下无不散之筵席，酒宴之后，即是别离。将士们送武判官到辕门之外，风雪依旧很大，没有因为有人要离开而停下，旗杆上的红旗被冻得发硬了，呼啸的北风也无法将它们吹得飘起来。红旗被冻硬的情形倒是很熟悉，冬天我把毛巾挂在挂钩上，第二天早上要用的时候，毛巾成了僵硬的一块。

天虽冷，将士们骨子里的血却是滚烫的。他们在边塞见不到亲人，无法享受亲情，因而也就更重视友情。武判官在轮台任职的时候，想必和他们培养了很深的感情。要不怎么离开的时候，将士们会如此依依不舍？

他们集体目送武判官上路，直到武判官的身影消失在雪地中，还是不肯离去，眼前白茫茫的雪地上，只留下一行马蹄的痕迹。此时此刻，他们的心里空荡荡的一片……

送君千里终须别，看风吹落天边雪。

乌衣巷

——将五十年兴亡看饱

朱雀桥边野草花，乌衣巷口夕阳斜。

旧时王谢堂前燕，飞入寻常百姓家。

——刘禹锡《乌衣巷》

　　我曾有一段时间对元曲很感兴趣，算是带着一点点叶公好龙的心思吧，尽管隔了几百年的时光，很难再去追寻他们在戏台上咿咿呀呀吟唱时怀着的是一种怎样的情感。较之唐诗，元曲不够精练，较之宋词，元曲不够绮丽，但她从不乏惊艳人的片段：枯藤老树昏鸦，小桥流水人家；晓来谁染霜林醉，总是离人泪……从唐朝开始，似乎越到后来，流行文学的篇幅就越长，宋词比唐诗长，元曲又比宋词要长，再到明清小说，以及现在的网络文学。

　　"曲"这一艺术形式虽然不像唐诗宋词那般长时间、大范围流行，但也一直没有没落，清初戏曲家孔尚任的《桃花扇》就着实火了一把，秦淮八艳的风姿，改朝换代的萧条，奈何时光变迁，物是人非。《桃花扇》结尾的这段《哀江南》给我的印象特别深刻：

俺曾见金陵玉殿莺啼晓，秦淮水榭花开早，谁知道容易冰消！眼看他起朱楼，眼看他宴宾客，眼看他楼塌了！这青苔碧瓦堆，俺曾睡风流觉，将五十年兴亡看饱。那乌衣巷不姓王，莫愁湖鬼夜哭，凤凰台栖枭鸟。残山梦最真，旧境丢难掉，不信这舆图换稿！诌一套《哀江南》，放悲声唱到老。

之所以说"那乌衣巷不姓王"，是因为魏晋时期的乌衣巷是当时最显赫的两个家族，王家和谢家的居住地。刘禹锡诗中"旧时王谢堂前燕"也有这层意思。

曾经的六朝金粉，歌舞丝竹，全都随着岁月而流失，秦淮水榭不复旧貌，乌衣古巷断壁残垣，夕阳正老。秦淮河和金陵城，伴随着他们曾经的靡丽一起被刻进历史，文人歌咏，后人追忆，徘徊徘徊，一去不复返。

刘禹锡曾游金陵，忆往昔繁华，写下了金陵五题。他在组诗的序中说道："余少为江南客，而未游秣陵，尝有遗恨。后为历阳守，跂而望之。适有客以《金陵五题》相示，迫尔生思，欻然有得。他日友人白乐天掉头苦吟，叹赏良久，且曰《石头》诗云'潮打空城寂寞回'，吾知后之诗人，不复措辞矣。余四咏虽不及此，亦不孤乐天之言耳。"《乌衣巷》就是《金陵五题》中的第二首，也是最有名、传唱最多的一首。

乌衣巷，顾名思义，是金陵的地名。北京的胡同、上海的弄堂、江南的小巷，这些隐藏在繁华都市中的平静之地，经常都有一些很有意思的名字。汪曾祺在《胡同文化》一文中提到不少有趣的胡同名字，像石老娘胡同、无量大人胡同、手帕胡同、羊肉胡同等等。又比如，杭州有哑巴弄，还有孩儿巷。

三国时期，东吴君王孙权迁都南京，改南京旧称秣陵为建业，又在这里修筑石头城。历朝历代，军队士兵都穿统一颜色的衣服，东吴的士兵穿黑衣，所以石头城的驻军之地就被称作"乌衣营"。八王之乱后，乌衣营成了王谢两个大家族的居住地。一般，军队驻扎的地方才叫营，彼时没有了军队，自然不能再以"营"来作称呼了，遂"乌衣营"被改为了乌衣巷。

乌衣巷位于现在南京市的夫子庙附近，秦淮河南岸。若非诗文记载，谁又会想到这条再普通不过的小巷子竟然有过那么光辉的历史。

在魏晋，没有比王家和谢家更辉煌的家族了。这两大家族简直到了把名人当作流水线来生产的地步，上至皇亲国戚，下至朝中文武百官，还有诗人学者书法家等等，几乎没有哪个领域是他们不曾涉及的。

琅琊王氏，簪缨世家，显赫一时。这一家族所出的历史名人多得令人瞠目结舌，纵观之，恐怕没人会再怀疑基因遗传的力量之大。先来说说朝臣界，王羲之的姨父王导是东晋开国皇帝司马睿最倚重的臣子，位及宰相，功名卓著。王导祖父王览的弟弟王祥，官拜太尉、太保，他是个大孝子，"卧冰求鲤"说的就是他的故事。文学界，如竹林七贤之一的王戎，他也曾任朝廷官员，官至司徒。书法界，书圣王羲之就不用多说了，他的儿子王献之继承父业，也是大名鼎鼎的书法家，同时兼职皇亲国戚，是东晋简文帝的女儿新安公主的驸马。王羲之的另外两个儿子，"雪夜访戴"的王徽之，还有咏絮才女谢道韫的丈夫王凝之，都不是泛泛之辈。

至于谢家，他们一家子的主要闪光点在军事界和文学界。淝水之战的总指挥谢安，以八万兵力大破前秦百万雄师，成就了军事界的一大传奇。抛却军事上的才能不说，谢安还是个风雅之人，他经常组织子侄辈一起讨论诗文。在他这些后辈们当中，最出名的是侄女谢道韫和侄子谢玄。谢道韫因一句"未若柳絮因风起"才名远播，留名千古；侄子谢玄外号"谢家宝树"，有经国才略，是淝水之战的主帅。再往后，有中国山水诗的鼻祖、李白的偶像谢灵运，还有和谢灵运并称大小谢的诗人谢朓。

王谢两大家族就像两棵会长金子的树，名人名事层出不穷，把同时代其他望族甩出好几公里远，就连出过苏轼、苏洵、苏辙这三大文学家的苏家，在我看来与谢家相比也都稍逊一筹。

子孙都如此争气，王谢两家不显赫谁还能显赫？套用一下刘禹锡《陋室铭》中的话："山不在高，有仙则名；水不在深，有龙则灵。"乌衣巷其实就是一个普通的小巷子，之所以这么有名，也是因为这里曾经住着王谢两大超级世家。

只是这曾经繁华一时的乌衣巷，在历史的变迁中终于还是蹉跎了下来。一如诗中所描述的那样，朱雀桥凄冷萧条，桥边长出了许多野草野花，哪里还有一点昔日的人声喧嚣？乌衣巷残墙断瓦，夕阳慵懒地落在青石砖上，还是当年门庭若市的王谢旧地吗？树倒猢狲散，家败燕子飞，旧时王家、谢家豪门深院，飞阁流丹，燕子都喜欢在那里筑巢，而今王谢之家不再，燕子们找不到昔日栖息之地，只得于百姓的屋檐下另觅住处。诗中只字未提人，却字字透露出人事变迁之愁。没有了王谢之家的乌衣巷，还是乌衣巷吗？

光阴逝，夕阳老。六朝古都金陵城，王谢旧地乌衣巷。曾经的靡丽繁华，终究与我们隔着跨不过去的千年时光。

生查子·春山烟欲收

—— 一袭绿罗裙，一段长相思

春山烟欲收，天澹星稀小。

残月脸边明，别泪临清晓。

语已多，情未了，回首犹重道：

记得绿罗裙，处处怜芳草！

——牛希济《生查子》

对于女子，文人总是不会吝啬溢美之词，尤其是美丽的女子。就连女子随身之物，也会因此得了美丽的前缀，女子所穿的袜子叫作罗袜，如曹植的《洛神赋》："凌波微步，罗袜生尘"；女子的衣袖称为罗袖，如晏几道的《点绛唇》："分飞后，泪痕和酒，占了双罗袖"；女子衣服上的带子名为罗带，如秦观的《满庭芳》："当此际，香囊暗解，罗带轻分"。至于女子的裙子，自然就是罗裙了，最为人熟知的便是牛希济这阕词中的"记得绿罗裙，处处怜芳草"。

一般来说，提到女子衣饰妆容的，要么是闺怨诗，要么是约会诗，要么就是写男女分别的诗了。晏几道那首为怀念情人而写的《诉衷情》，其中有提到女子罗裙，那便是发生在他们某次幽会时：

长因蕙草记罗裙，绿腰沉水熏。

阑干曲处人静，曾共倚黄昏。

风有韵，月无痕。暗销魂。

拟将幽恨，试写残花，寄与朝云。

"长因蕙草记罗裙"，因为她的罗裙和这遍地的芳草一样，都是翠绿的颜色。而回忆中常常出现的绿罗裙，不过是一个代称，真正令他怀念的，是身穿绿罗裙的佳人。

晏几道是个大情种，他怀念的女子没有十个也有四五个，因此他的词有绝大部分都是为怀念佳人而写的，也不知道这阕词中穿绿罗裙的佳人是哪一个。之所以费这么多笔墨去说晏几道的《诉衷情》，是因为上阕的"长因蕙草记罗裙，绿腰沉水熏"和牛希济词中的"记得绿罗裙，处处怜芳草"，都是从同一首诗中化用而来。

赋庭草

雨过草芊芊，连云锁南陌。
门前君试看，是妾罗裙色。

江总妻这首诗写得很通俗，她是第一个将青草与罗裙联系在一起的人，从她开始，后人再写到女子罗裙时，若罗裙是绿色，肯定会提到青草或是芳草。

不过和晏几道记忆中的甜蜜不一样，虽然都突出了女子身上穿的绿罗裙，但牛希济词中所展现的，却是一幅离别的画面。柳永说得很对，多情自古伤离别，情人间的分别总是很折磨人。一别多年，不知何时是归期，空留相爱的两个人天各一方，相思肠断。

柳永的《雨霖铃》中，他与心爱之人的分别是在一个寒蝉凄切的傍晚，牛希济和这位绿罗裙女子的分别，则是在一个东方破晓的黎明。

春天的清晨，只有一点朦朦胧胧的亮光，不是很清晰。远山的薄雾起起伏伏，仿佛笼月的轻纱，正一点一点褪去。东方的天空渐渐露出的鱼肚白，朦胧的晨光越来越亮，唯一留在天上的几颗星星也黯淡了下去。看着样子，天应该马上就要亮了。可是对即将分别的恋人来说，他们的心情依旧是黑暗的。因为天一亮，就意味着他们的别离。

女子面带泪水，时不时抬头看看天，总希望能把时光留住，希望天能亮得慢一点。随着她抬头，残月的亮光照在了她的脸上，眸中闪动的泪光如此明显，词人看得于心不忍，却又无可奈何，只能在这仅存的一点时间里和她再待一会儿。

不用说，这个时候他们的心中肯定都有千言万语，然到了分别之际反而说不出话来了。才开口，话未说，眼泪已经先一步流了出来。终于在最后一刻，她细细道出了藏在心中的话，千言万语，不过是一腔相思。等到天已大亮，马嘶声起，催人行。

词人已准备好翻身上马，女子却突然回过头来，最后叮嘱了一句："记得绿罗裙，处处怜芳草。"意思是无论生在何方，只要看见了青青芳草，一定要想起我呀！

情深至此，便是天涯之远，也挡不住一缕相思。

世间痴情的女子太多，而每每看见绿衣女子，我总是莫名地将她们与牛希济词中这位痴情的女子联系在一起。元朝吴衍的《绿衣人传》也讲了一位痴情的绿衣女的故事。

甘肃书生赵源前往杭州求学，住在西湖边的葛岭上，临近宋代奸臣贾似道的旧宅。一日傍晚他看见一位十五六岁的绿衣女子从东面走来，女子梳着双髻，长得很漂亮。赵源看得入神，心里对她生了好感。就这样见过几次面之后，有一天，赵源终于忍不住，找了个机会与绿衣女搭话。他问女子家住哪里，女子笑称与他是邻居。赵源不免有些怀疑，以为她是哪个大户人家的姬妾，所以也没多想。

久而久之，赵源与绿衣女开始交往，他们情投意合，经常厮守在一起。女子一直没有对赵源提起她的家世，直到有一次赵源喝醉酒说错了话，女子才哭着道出了她的真实身份，原来，她并非尘世中人。

绿衣女自言曾是宋朝丞相贾似道家中的侍女，与当时同为贾家仆人的赵源相爱。贾似道生性残暴，他的侍妾曾因夸了一位少年长得好看，他就把那位侍妾的脑袋砍了下来，装在盒子里向其他侍妾示警。所以当绿衣女与赵源的恋情被人告发后，二人双双被贾似道赐死在西湖断桥下。

后来，赵源得以转世为人，绿衣女的名字却一直在鬼簿之上，无法投胎。她一直忘不了心上人，思来想去，只能以灵魂之躯与他再续前缘。

为了证明自己所说的话是真的，绿衣女还说了很多当年贾似道家发生的事，仿佛亲眼所见。而她又把在贾府学到的棋艺传授给了赵源，赵源下棋的水平一天比一天提高，很多人都比不过他。

不过，魂魄终究不能长久存在于人世间，绿衣女过了三年就卧病不起，终撒手而去。赵源给她下葬的时候，发现棺木很轻，打开一看，竟然只有衣服饰物，哪里还有女子的影子！他被绿衣女的深情所打动，终身没有再娶妻，后来在灵隐寺出家当了和尚。

情不知所起，而一往情深。痴情的人总是会继续痴情下去，不管生在哪一世都一样。女子如此，男子亦如此。

虞美人·春花秋月何时了

——亡国恨，何时灭

春花秋月何时了？往事知多少。

小楼昨夜又东风，故国不堪回首月明中。

雕栏玉砌应犹在，只是朱颜改。

问君能有几多愁？恰似一江春水向东流。

——李煜《虞美人》

虞美人，即项羽的宠妃虞姬。霸王别姬后，项羽策马战场，水深火热，最终被困垓下，留下一首绝命诗《垓下歌》。南唐灭亡，李煜被俘，囚禁于汴京，他没有料到，这首《虞美人》会成为他的绝命词。

都城灭，故国亡，昔日荣华不再，空对寂寞墙。被俘后的李煜，整日被愁苦困扰，无比怀念从前的日子。只可惜那一切就像东流之水，一去不复返。若早知有今日，他还会荒废国事，沉迷于诗词声乐之中吗？

作为一个帝王，李煜失败得很彻底。他没有在他正确的位置上做出丰功伟绩，甚至可以说碌碌无为。很肯定地说，李煜不是一个好君王，虽不至于像夏桀商纣那样，因残暴而被人恨得咬牙切齿，但是在某一层次上，他和夏桀商纣是一样的，那就是亡国之君。

在《汉书》八表的《古今人表》中，夏桀和他的妃子妹喜排在倒数第二的"下中类"，而商纣和妲己则排在最末位的"下下类"。这个《古今人表》和武侠小说中的《百晓生兵器谱》差不多，就是把将历史上的各类名人，比如说女娲、伏羲、比干、商纣，孔子、老子、孟子、庄子等等，分一个等级列入此表。夏桀和商纣同是亡国暴君，排名却不在一个层次，不免令人费解。可见世人对"亡国之君"的定义，并非只看一个方面。李煜是一个亡国的君主，却很少为后人诟病。相反，纪念他、敬仰他并且专门为他著书立传的，倒是有不少。

一切的一切，皆因他的才华。

世人对李煜的评价，大多是"他不是一个好君王，却是一个再出色不过的词人"。正所谓"术业有专攻"，李煜钻研的不是权术，他也不喜欢玩弄权术，他只想无忧无虑地和他的后妃们待在一起，闲来弹弹琴写写诗，小日子过得有滋有味，何必成天忧国忧民、钩心斗角？所以李煜最大的错就是投错了胎，帝王这个位置，于他来说太不合适。

不过"投错胎"的皇帝不止李煜一位，比如宋高宗赵构，政治上虽然昏庸无能，在书法上的造诣却令人折服，若不是误生在帝王家，没准就是一位和王羲之一样名垂千古的书法家。再比如宋徽宗赵佶，绝对够奢侈、够荒淫的了，可他的画却是一绝。

《红楼梦》第四十四回，《尴尬人难免尴尬事 鸳鸯女誓绝鸳鸯偶》中描写了这样一个情节：贾赦看上了贾母身边的丫鬟鸳鸯，让邢夫人去做说客，起初鸳鸯没有吭声，邢夫人以为她是害羞，又让鸳鸯的嫂子去劝说，恰好鸳鸯去找了袭人和平儿说心事，鸳鸯的嫂子过来说要跟鸳鸯说些好话，结果鸳鸯急了，反驳道："什么'好话'！宋徽宗的鹰，赵子昂的马，都是好画儿。"

赵子昂即元朝著名画家赵孟頫，楷书四大家（欧阳询、颜真卿、柳公权、赵孟頫）之一，他的妻子管道升也是很有名的画家，在古代女书法家中地位仅次于王羲之的老师卫夫人。连鸳鸯这种出身低微，没读什么书的小丫鬟都知道赵孟頫和宋徽宗的画是好画，可想而知宋徽宗在古代的知名度是很高的，足以和专攻书画的名家相提并论。

历史上还有一位皇帝中的"奇葩"，那就是明朝的熹宗皇帝朱由校。他不理朝政，天天沉迷于刀锯斧凿油漆的木匠活，而且手艺非常好，很多能工巧匠都望尘莫及。据说，凡是他所看过的木器用具，他都能亲手做出来。如此技艺，当皇帝实在太"屈才"了。

和以上三位奇葩皇帝一样，李煜去当皇帝，也委实"屈才"了。王国维《人间词话》有云："词至李后主而眼界始大，感慨遂深，遂变伶工之词而为士大夫之词。"

不难发现，李煜的词大多写的是离愁别绪，亡国哀怨。当然这与他的人生经历是密不可分的。生于盛唐的李白，诗中体现的无不是当时的繁华与昌盛，相反，同为唐朝著名诗人的杜甫，因一生大部分时光都在安史之乱以后，所以他的诗则忧国忧民得多。

同样的道理，身为一个亡国的君主，李煜怎能不追忆过去的荣华，怎能不感叹时下的惨痛？

春日花开，秋日月圆，曾经的一切是那样美好，可是却匆匆结束了，快到令人无法回忆起它到底是什么时候结束的。遥想当年，他是一国之主，权力无边，可以享受世人艳羡不已的富贵荣华。身边有美人为伴，有美酒歌舞可享。心情好的时候，他可以揽着心爱的女子，在御花园赏赏花，或是看看歌舞，一有兴致就提笔写几首风花雪月的诗词，无忧无虑，别无他求。他从不在国事上多费功夫，哪里会想到这么快南唐就灭亡了？

战乱就像一阵龙卷风，瞬间摧毁了一切，也结束了他的安稳日子。无力反抗的他被赵匡胤囚禁于汴京的小楼中，春风吹来，春花开放，于是他开始怀念，怀念昔日的春花秋月。明知回不去却斩不断心中的愁苦，这种精神上的折磨最难承受。他无时无刻不在追怀南唐的故国家园，还有那段无忧无虑的岁月，若是可以，他愿意用一切去交换。

然而，一切只是他的幻想。灭亡了就是灭亡了，世间再无南唐，他再也回不去了。金陵华丽的宫殿依旧在，琼楼玉宇，飞阁流丹，没有生命力的它们是不会因为天下易主而伤心的，照样将自己的华贵与美丽展示与人。倒是宫中那些宫女，朱颜已改，不复旧日倾城色。

美丽的女子易老，美好的日子也易消逝，再难追寻。这怎能令他不伤心，不难过！他是堂堂一国之君，却落得个阶下囚的下场，那些曾经是他子民的百姓，恐怕都在笑话他吧。可命运天注定，已然发生的事，谁又能改变呢？问心中愁绪几许，恰如东流之水，长此以往，滔滔不断。

无论是措辞还是语调，这首《虞美人》都堪称词中翘楚。可偏偏这么美的一阕词，却断送了李煜的性命，也斩断了他还未全部施展的才华。据说，宋太宗赵光义看了这阕词后，因其中"故国不堪回首月明中"一句，终于下决心要把李煜除掉。

以赵光义的手段，他怎么能容忍一个已经沦为阶下囚的亡国之君去怀念他的故国！在一次宴会上，赵光义命人将毒药牵机下在李煜的酒中，李煜喝了之后，腹部剧痛，肌肉萎缩，身体因痉挛而蜷缩成弓形，一直不停地抽搐着，直到窒息而亡。

如此惨烈的死法，看来赵匡胤对李煜还是很痛恨的，活着不让他好过，连死都不给他一个痛快。而赵光义之所以这么恨李煜，除了他是前朝国主之外，估计还跟小周后有关。小周后那么出众的美女，他一心将她据为己有，无奈只能得到她的人，因为她的心永远在李煜身上。

一代才子就这样魂归西天了，不免可惜。若是他再多活几十年，不知会创造出多少伟大的作品。

无论如何，撇去其他因素不说，李煜的确是一个才华横溢的词人，他可以轻而易举地把任何景物、任何情感都化作笔下的诗词，如此才情，又有几人能与之比拟。

菩萨蛮·花明月暗笼轻雾

——李煜和小周后的爱情故事

花明月暗笼轻雾，

今宵好向郎边去。

划袜步香阶，手提金缕鞋。

画堂南畔见，一向偎人颤。

奴为出来难，教君恣意怜。

——李煜《菩萨蛮》

这阕《菩萨蛮》，是李煜跟尚未成为他妻子的小周后幽会时所写。词的背景不怎么光明，措辞却相当美，尤其是"划袜步香阶，手提金缕鞋"一句，完完全全写出了女子的灵动之美。

李煜这个名字在史册上留下的最浓厚的笔迹，除了那些"离别愁亡国恨"的诗词外，也就是他与大小周后这对姐妹花的风花雪月了。我们在说"才子"二字的时候，都喜欢加上前缀"风流"，仿佛才子天生就该风流。李煜是才子，所以他的风流在世人眼中似乎也是理所当然的，风花雪月算什么，声色犬马算什么，只要他是才子，那就足够了。

小周后是李煜的第二任皇后，也是大周后的胞妹，历史上没有留下她的确切名字，据说为周嘉敏，一说周薇。后经考证，确定大周后名宪，字娥皇；小周后名嘉敏，字女英。李煜目有重瞳，似虞舜，而大小周后姐妹的字正好是娥皇、女英，不知是不是冥冥之中的天意。

大周后成婚的时候，年方十九，比李煜长一岁，彼时小周后才五岁，是个什么都不懂的黄毛丫头。历史记载，周娥皇不仅面若芙蓉，而且是全能型的女才子。她歌喉婉转似夜莺，舞姿堪比汉宫飞燕，一手琵琶弹得出神入化，把后宫其他妃嫔甩出不知道多少公里远。当时的皇帝是李煜的父亲李璟，他听大周后弹了一曲琵琶后，高兴地把自己收藏多年的宝贝烧槽琵琶赐给了她。大周后还擅长跳盛唐著名的霓裳羽衣舞，舞动起来如九天仙子，嫦娥下凡。

然而大周后并非只会风月，她能写诗、会作画，知历史、懂棋艺……总之女人应该会的，她没有一样不会。正好李煜喜好的也是诗词歌赋，与大周后志同道合，两人简直是天造地设的一对。成婚后，李煜和大周后过了一段神仙般的甜蜜日子。

据说有一次大周后邀李煜一起跳舞，李煜假装难为她，说你要是能写首歌出来我就听你的。大周后信手拈来，很快就写完一首《邀醉舞破》，李煜赞不绝口。李煜对歌舞一向很感兴趣，他费了好大的劲弄到唐玄宗《霓裳羽衣曲》的谱子，但经过那么多年，乐谱已经残缺不全了。大周后凭着自己的音乐天赋，居然能够将其复原，这可着实把李煜给乐坏了。二人重现盛唐大型歌舞，其盛况光是想想就令人心驰神往。

李煜为大周后写过不少绝妙的词，最能体现大周后风情的是以下这阕《一斛珠》：

> 晓妆初过，沉檀轻注些儿个。
> 向人微露丁香颗，一曲清歌，暂引樱桃破。
> 罗袖裛残殷色可，杯深旋被香醪涴。
> 绣床斜凭娇无那，烂嚼红茸，笑向檀郎唾。

词中所描写，是大周后喝醉酒的情态。娇憨可人，美丽风情的女子活脱脱跃然纸上，难怪李煜对她如此痴迷。

这样的幸福日子持续了好几年，直到有一天，大周后病倒了。在对抗病魔的同时，大周后万万不曾想到自己人生中最大的劲敌出现了，而这个劲敌竟是她的亲妹妹。

过了那么多年，当初稚嫩的女童已经出落成亭亭玉立的大美人。在容貌上，周嘉敏丝毫不比姐姐逊色。李煜的母亲钟太后很喜欢周嘉敏，正好大周后生病，就做主把她接进宫给姐姐做个伴。再次见到周嘉敏，李煜仿佛见到了年轻时的大周后，男性荷尔蒙一下子就被激发了。

一天午后，李煜按捺不住蠢蠢欲动的心，主动跑去瑶光殿看望周嘉敏。当时周嘉敏在榻上小憩，李煜刚掀起珠帘就被眼前的睡美人图给摄了魂。闻着美人的体香，他不由得痴了，正想往里走，不经意间碰响了珠帘，清脆的声音惊醒了梦中的周嘉敏。周嘉敏急忙起身行礼，见李煜含情脉脉地看着自己，猛然惊觉她居然穿着睡衣，春光半泄，甚是诱人。

为了纪念与周嘉敏那次特殊的相会，李煜回到宿处，信手拈来一阕词：

菩萨蛮

蓬莱院闭天台女，画堂昼寝无人语。

抛枕翠云光，绣衣闻异香。

潜来珠锁动，恨觉银屏梦。

脸慢笑盈盈，相看无限情。

不用说大家都明白，词中的"天台女"正是周嘉敏。李煜对这阕词格外满意，欣赏了几遍之后，便差人给周嘉敏送去。周嘉敏一看就知道姐夫心里打的什么主意，她本就羡慕姐姐能找到这么好的男子相伴，潜意识里，对李煜这位姐夫有着难以言明的情愫。如今李煜把心思挑明了，她也不推辞，一来二去二人便好上了。

见佳人半推半就默许，李煜又写了信约周嘉敏在御苑红罗小亭相会。

是夜，正如词中所写的那般，花明月暗，轻雾朦胧，周嘉敏悄悄前往李煜和她相约的地方。毕竟是偷情，姐姐还好生生活着，自己就跟姐夫暗通款曲确实不像话，周嘉敏心里也有些害怕，但更多的是刺激和兴奋。为了不引起他人的注意，她脱下金缕鞋，轻手轻脚走向红罗小亭。亏得李煜把这一情形记录词中，生在后世的我们才有机会"目睹"。接下来的一切，顺其自然，二人在小亭中成了好事。

这阕《菩萨蛮》，李煜是以周嘉敏的视觉来写的。不难看出，情窦初开的周嘉敏对姐夫非但没有抗拒的心里，还欢喜得很。不然也不会一见面就扑进李煜的怀中轻轻发颤，撒娇道："我出来一趟好不容易，你要好好怜爱我呀。"（奴为出来难，教郎恣意怜。）

半夜三更，才子佳人，难免令人想入非非，怨不得研究野史八卦的人这么喜欢挖掘李煜和小周后这段香艳的历史。他也着实够大胆的了，和小姨子偷情也就罢了，居然还写了这么一首香艳的纪实性的词，就不怕自己的正牌夫人大周后发现吗？

世上哪有不透风的墙？这厢李煜和周嘉敏打得火热，那厢病榻上的大周后就听到闲言碎语了。自从大周后生病，李煜一心扑在周嘉敏身上，后宫早就怨声载道了，那些吃飞醋的妃嫔唯恐天下不乱，拿了李煜为周嘉敏写的两首《菩萨蛮》去给大周后看，其中添油加醋是肯定少不了的。

大周后起初还不相信，一边是最亲的妹妹，一边是最爱的丈夫，他们怎么会这样对她？但出于女人敏感的天性，大周后还是把周嘉敏叫了去，旁敲侧击问她最近为何不来看自己。周嘉敏回答得有些牵强，说什么来了好几次都碰上姐姐在睡觉。聪明的大周后马上明白了一切，她心如死灰，扭过头去没有再跟妹妹说一句话。

在丈夫和妹妹的双重背叛下，大周后的病情日益加重，原先面若桃花的美人早已不在，留下的只是一具形容枯槁的躯壳。在这段时间，李煜若是好好陪伴大周后，兴许她的病情还能好转。但是风流的丈夫日日与妹妹黏在一起，大周后自己首先就放弃了活着的念头，不久便撒手人寰了。

民间传说，大周后的病情其实根本没那么严重，她是被李煜和小周后给气死的。这种说法虽欠缺考据，但也不无道理，换作是谁也受不了被最亲的妹妹给挖了墙脚啊。而且大周后自从知道周嘉敏和李煜的事之后，头都朝向里面，也就是不想看到他们，直到死的那一刻，她都没有回头。一代佳人香消玉殒，至死她都没有原谅丈夫和妹妹。

大周后死后，李煜这才重新想起她的好，那么美妙的一个人儿，怎么突然就烟消云散了？小周后虽然容貌不输大周后，但是论才艺根本及不上其十分之一。李煜让她唱歌跳舞，她都不会，只是稍微懂点棋艺。想当年大周后一跳起霓裳羽衣舞，场景是何等的壮观！

半是追忆半是爱，李煜日渐忧愁，为大周后写了很多诗词，亲手写下两千多字的祭文，甚至在她的墓碑上刻下"鳏夫煜"，以示自己对发妻的爱。但是这一切还有什么意义呢？人活着的时候没懂得珍惜，等到她死了，你就算再深情她也是看不到的。

后人经常讨论，在大小周后之间，李煜更爱哪一个。个人认为，他应该还是爱大周后多一点，毕竟他们志趣相投，互为知己，毕竟他们生活多年，知根知底。只是时间长了，浓郁的爱情会转变为亲情，恩爱恩爱，爱情之中，常常存在着很大一部分"恩"。他们成婚近十年，哪还能日日像新婚宴尔那般耳鬓厮磨，长相厮守。

而小周后天真烂漫，美丽多情，是个男人都会喜欢，况且李煜刚跟她好上的时候，说得好听点是幽会，说得难听点就是偷情，又刺激又新鲜。他跟小周后，还是比跟大周后少了那么一点共鸣，也就是所谓的灵魂交流吧。

大周后死后，过了一年多钟太后也死了。李煜身为儿子，需得为太后守孝三年。姐姐去世之后，周嘉敏等了四年才名正言顺地嫁给李煜，因她与周娥皇是姐妹关系，二人被后人称为大小周后。

我们所注意的，一般都是小周后和李煜还有大周后三个人之间的事，殊不知，天真烂漫的小周后在后宫争宠方面还挺有一套。成为皇后的周嘉敏对李煜看得很紧，估计是怕自己重蹈姐姐的覆辙吧。很多被李煜临幸过的宫女到死都没能得到名分，她们有的被小周后遣送出宫，有的比较惨，在宫里就被弄死了。

李煜的女人里面，除了大小周后，比较有名的就是野史中提到的窅娘了。窅娘貌似是混血儿，长得很美，舞也跳得特别好。她用白帛把自己的脚裹成了三寸金莲，擅长跳自创金莲舞，很讨李煜喜欢。

据说南唐灭亡后，她和李煜一起被掳到了汴京，宋太宗赵光义命她跳金莲舞，跳完舞之后，为了避免被赵光义玷污，紧接着她就跳进了荷塘。窅娘是个聪明的人，她选择干净地死去，成全了她对李煜的爱，尽管李煜真正爱的人并不是她。小周后就没她那么幸运了，不得不苟且偷生，受尽赵光义的百般凌辱。

小周后一生唯一的污点就是对姐姐的不忠，她和李煜因偷情而在一起，还气死了大周后，为很多人所不齿，她和李煜成婚时就有不少大臣写诗嘲讽。尽管如此，她对李煜却是一片真心。李煜被赵光义毒死，她失去了活下去的希望，也随着赴了黄泉。

述亡国诗

——是红颜，却并非祸水

君王城上竖降旗，妾在深宫那得知。

十四万人齐解甲，更无一个是男儿。

——花蕊夫人《述亡国诗》

谙熟历史的人都知道，外号花蕊夫人的女子有两名，一位是前蜀开国皇帝王建的妃子；另一个是后蜀皇帝孟昶的宠姬，歌妓出生的才女费贵妃，也是《宫词》和《述亡国诗》的作者。

本文的女主角，正是这位费贵妃。为了还原她在历史中的传奇和美貌，我们还是称她为花蕊夫人吧。

在"女子无才便是德"的社会，才华与容貌在女子身上鲜难共存。历史长流中，四大美女以美貌闻名，也有谢道韫、李清照等人以才华遐迩于世，却独独少有像后蜀花蕊夫人这般才华与美貌并存的女子。

从古至今，常有"红颜祸水"之说。君王亡国的原因经常被归结到女子身上。比如，褒姒、妲己、妹喜、骊姬被称为四大妖姬，国家灭亡，她们成了众矢之的。究竟是红颜祸水，还是替王朝的落败找的代罪羔羊？

所以花蕊夫人被世人归结于红颜祸水之辈，也实属必然。

史载孟昶是一个非常懂得享乐的皇帝，他广征蜀地美女以充后宫，妃嫔之外另有十二等级，其中他最宠爱的便是花蕊夫人。

花蕊夫人最爱牡丹花和红栀子花，于是孟昶命官民人家大量种植牡丹，并说："洛阳牡丹甲天下，今后必使成都牡丹甲洛阳。"还派人前往各地选购优良品种，在宫中开辟"牡丹苑"，孟昶除与花蕊夫人日夜盘桓花下之外，更召集群臣，开筵大赏牡丹。那红栀子花据说是道士申天师所献，只有种子两粒，它开起花来，其色斑红，其瓣六出，清香袭人。由于难得，便有人模仿那花的样式画在团扇上，竟相习成风。

在与孟昶度过的美好时光里，花蕊夫人创作了大量的诗篇，所作《宫词》百首，词调韵美，其诗词短小精悍，细腻传神，往往数十字就描述了深宫庭院的生活，也公开了宫廷的秘密，非常具有写实意义。

其一

离宫别院绕宫城，金版轻敲合凤笙。
夜夜月明花树底，傍池长有按歌声。

其二

修仪承宠住龙池，扫地焚香日午时。
等候大家来院里，看教鹦鹉念新诗。

其三

春殿千官宴却归，上林莺舌报花时。
宣徽旋进新裁曲，学士争吟应诏诗。

其四

殿名新立号重光，岛上亭台尽改张。
但是一人行幸处，黄金阁子锁牙床。

孟昶怕热，曾在摩诃池上建水晶宫殿，以楠木为柱，沉香作栋，珊瑚嵌窗，碧玉为户，四周墙壁以数丈开阔的琉璃镶嵌。殿内罗帐锦被，奢华无比。孟后日日饮宴，渐觉烦腻，花蕊夫人便用红姜煮白羊头，石头镇压，以酒淹之，切如纸薄，风味无穷，号称"绯羊首"。其发明的另一种食品是白薯药片，薯片加五味调料后，以文火烤得香酥，为成都名小吃之一种。

然而好景不长，就在两人醉生梦死之时，赵匡胤"黄袍加身"，发动陈桥兵变。乾德二年（964年）十一月，赵匡胤以后蜀勾结北汉密谋犯宋为借口，发兵攻打蜀国。宋军不过五六万精兵，就让成都的蜀兵十四万守军一溃千里，毫无抵抗之力，孟昶自缚出城请降，堂堂一国之主沦为阶下囚，和贵妃花蕊夫人双双被押解北上。

行至葭萌关，因国破家亡悲愤难忍，花蕊夫人援笔填词于驿壁："初离蜀道心将碎，遗恨绵绵，春日如年，马上时时闻杜鹃。"才写四句，宋军催行，不得已掷笔而去。后有好事者给花蕊夫人这首《采桑子》续上了半阕："三千宫女如花面，妾最婵娟，此去朝天，只恐君王宠爱偏。"却全然道不出花蕊夫人此时悲愤的心情。

花蕊夫人美名，在当时早已传遍天下。所以当她被押到汴京后，赵匡胤单独召见她，厚礼相待。他问花蕊夫人为什么不殉国，反而投降。花蕊夫人听了，心神若定，冷静沉着，思索片刻之后，吟出了这首《述亡国诗》。

从字面上就可看出花蕊夫人内心的悲愤，在表达了内心哀痛的同时，她也痛恨后蜀男儿的不争，他们枉为男儿啊！而那些贪生怕死之辈却将亡国的罪责推卸到一个女子身上，发泄一腔亡国之恨。何其悲凉！

花蕊夫人写这首诗也有自辩之意。

蜀国亡国，有很多人认为蜀皇迷恋花蕊夫人，以至不勤朝政，沉迷酒色，生活荒淫奢侈无度，最终导致后蜀亡国投降。而"妾在深宫那得知"一句，大有辩驳她在深宫，一介妇孺之辈，对于这些根本不知情。

诗的后一句，意为蜀中空有十四万大军，却抵不过宋兵五六万。他们原本就不堪一击，却要把责任推卸到女人身上。

所以，何来红颜祸水导致亡国之说？

孟昶不是傻子，他自然清楚赵匡胤单独召见花蕊夫人的意图。为了保护族人，他忍痛割爱，将花蕊夫人献给了赵匡胤，自己却不明不白地暴毙。

花蕊夫人虽然被赵匡胤收入后宫后，但她不忘先夫，绘制孟昶画像偷偷供奉。这件事被赵匡胤发现，追问之下，花蕊夫人急中生智，回答说："所挂张仙，送子之神，蜀人皆如。"不知道赵匡胤是真的信了还是不想追究美人的过错，此事便不了了之。

送子之神本是花蕊夫人的托词，不料却不胫而走，成了宫内外女子的闺俗，并自宫中传至民间。慢慢地，许多人也学着花蕊夫人供奉送子神的画像。

到了晚清，有好事者将张仙男身像改花蕊夫人女身像。因此，花蕊夫人阴错阳差被尊为了"送子娘娘"。

或许有很多人说花蕊夫人不过贪生怕死之辈，既然她表现得如此有情有义，又何不殉国，追随孟昶而去？

正所谓"千古艰难唯一死"，世间总有太多让人牵挂和放不下的，与其说花蕊夫人贪生怕死，我宁愿相信她是怕孟昶死后无人再记得他，所以忍辱负重，绘了孟昶的画像来祭拜，以慰二人恩爱美好的时光。

史书上没有记录花蕊夫人是何时死的，是怎么死的。在蔡东藩的《宋史演义》和李逸候的《宋宫十八朝演义》中写到花蕊夫人的死，是因为后期得不到赵匡胤的宠爱，再加上怀念故国，郁郁而终。

野史对花蕊夫人之死也有零星的记载，比如北宋中期邵博的《闻见近录》提到，赵匡胤率亲王和后宫宴射于后苑，赵匡胤劝赵光义饮酒。赵光义答道："如果花蕊夫人能为我折枝花来，我就喝。"

就在花蕊夫人折花时，赵光义拉开弓箭将她射死，然后流泪抱着赵匡胤的腿说:"陛下方得天下,宜为社稷自重!"赵匡胤居然没有责怪他,"饮射如故"。

蔡绦的《铁围山丛谈》记载:"花蕊夫人,蜀王建妾,后号'小徐妃'者也。大徐妃生王衍,而小徐妃其女弟。在王衍时,二徐坐游燕淫乱亡其国。庄宗平蜀后,二徐随王衍归中国,半途遭害焉。及孟氏再有蜀,传至其子昶,则又有一花蕊夫人,作宫词者是也。国朝降下西蜀,而花蕊夫人又随昶归中国。昶至且十日,则召花蕊夫人入宫中,而昶遂死。昌陵后亦惑之。尝进毒,屡为患,不能禁。太宗在晋邸时,数数谏昌陵,而未果去。一日兄弟相与猎苑中,花蕊夫人在侧,晋邸方调弓矢引满,政拟射走兽,忽回射花蕊夫人,一箭而死。始所传多伪,不知蜀有两花蕊夫人,皆亡国,且杀其身。"

但是野史毕竟是野史,昔日伊人已作尘土,花蕊夫人究竟是如何香消玉殒的,已经无从考证。

花蕊夫人死后,有许多文人写过歌颂她的诗词。比如大文豪苏轼曾写过一首《洞仙歌》,夸赞花蕊夫人的绰约风姿。

冰肌玉骨,自清凉无汗。水殿风来暗香满。

绣帘开,一点明月窥人,人未寝,欹枕钗横鬓乱。

起来携素手,庭户无声,时见疏星渡河汉。

试问夜如何?夜已三更,金波淡,玉绳低转。

但屈指西风几时来,又不道流年暗中偷换。

花蕊夫人虽有天人之姿,并且才华横溢,但历史上对她的评价并不高,究其原因,不外乎她的丈夫孟昶是亡国之君。

其实,孟昶继位前期还算是个明君,他勤奋治国,注重农业,百姓生活日渐富庶,蜀国的实力也渐渐雄厚。到了后期,估计对现状太过满意了,他不再像以前一样关心国事,每日沉醉声乐,与花蕊夫人一起在后宫享乐，声色犬马，花样百出。《洞仙歌》中所写，正是夏日的晚上，孟昶与花蕊夫人在摩诃池上纳凉的情景。

苏轼虽未亲眼见过花蕊夫人如花的容貌，但是民间所流传下来的那些歌颂花蕊夫人美貌的故事，再加上曾在蜀宫当过宫女的老妪的口述，成就了他笔下的"冰肌玉骨，自清凉无汗"。

这位与苏轼口述花蕊旧事的老妪是一位尼姑，她自称曾是蜀宫中的宫女，曾目睹孟昶与花蕊夫人在摩诃池上纳凉的情形，她依稀记得当时孟昶为花蕊夫人写过的词中有"冰肌玉骨"一句，苏轼有感而发，遂成此词。

历史对于这位女子也并非太苛刻，毕竟她的美丽和才华永远留在了传说中。而她所作的诗词也流传了下来，让后人在历史长河中得以瞻仰她的风采。

雨霖铃·寒蝉凄切

——送你离开，千里之外

寒蝉凄切，对长亭晚，骤雨初歇。

都门帐饮无绪，留恋处，兰舟催发。

执手相看泪眼，竟无语凝噎。

念去去，千里烟波，暮霭沉沉楚天阔。

多情自古伤离别，更那堪、冷落清秋节！

今宵酒醒何处？杨柳岸，晓风残月。

此去经年，应是良辰好景虚设。

便纵有千种风情，更与何人说？

——柳永《雨霖铃》

自古写离别之诗词不下百千，然，广为流传的莫过于柳永的《雨霖铃》了。

当年杨贵妃缢死马嵬坡，唐玄宗一直对她念念不忘，半是愧疚半是情。入蜀之后，一路风雨，銮轿上的金铃叮当作响，在雨声的衬托下甚是悲凉。唐玄宗不觉想起了杨贵妃，她的音容笑貌，她的舞步霓裳……遂，他以"雨霖铃"为名写了一首悼念杨贵妃的曲子，令梨园子弟演唱，"雨霖铃"这一词牌也就因此流传了下来。

"雨霖铃"本就是一个悲凉的词，有无奈的离别，有深切的思念。唐玄宗离开人世约三百年后，一个叫柳永的词人用不同的方式重新诠释了"雨霖铃"的含义。柳永词中所含之情意，与唐玄宗写曲时的心情十分相似。不同的是，一是生离，一是死别。

　　头一句"寒蝉凄切，对长亭晚"足以点明词的主旨：离别。古诗词中，但凡提到长亭二字的，几乎与离愁别绪脱不了干系。自秦汉开始就有在路上设长亭的风气，汉高祖刘邦在发迹之前就是一个亭的亭长。演变到后来，又有了"十里一长亭，五里一短亭"的说法，古人送别亲友常常是在长亭附近，因而长亭和杨柳慢慢成了送别的代名词，比如李白《菩萨蛮》中的"何处是归程，长亭更短亭"。

　　词中，柳永是被送别的人。从内容来看，送他南下的肯定是他的恋人。自妻子去世后，柳永常年流连花街柳巷，与妓女来往十分频繁。他和杜牧一样，在青楼界享誉甚高，妓女们几乎各个会唱他的词，并且以结识他为荣。他与妓女们的情史自是不必细说，与他相好的女子恐怕没有一百也有几十。

　　为柳永送别的是他其中一个恋人，但是可以看出，柳永对这位女子还是很有感情的，不然也不会"执手相看泪眼，竟无语凝噎"了。《诗经·邶风·击鼓》中有一千古名句："死生契阔，与子成说。执子之手，与子偕老。"那以后，"执手"在世人眼中不下于白头誓言。

　　秋日的傍晚，长亭外，古渡头，寒蝉叫得凄清而悲凉，仿佛也能感受到这对即将分别的恋人心中的痛苦。彼时刚下完一场大雨，天气稍稍有些清寒，女子设酒食为柳永送别，然将行者却丝毫没有饮酒的心情。区区一个酒杯，岂能盛下心头满满的思念！

　　眼看船就要开了，他依依不舍地看着恋人，有千言万语想要诉说，到了紧要关头竟然连一个字都说不出来了，只好握住她的手，静静凝视，想在这最后一刻再多看几遍她的花容月貌。他将要前往千里之外的楚地，此一别，不知何年何月才能再相见了。

不免好奇，能让柳永动情至此，甚至写下这阕最能体现他风格的词作，送别他的女子究竟是何人？妻子倩娘去世后，柳永似乎很少再动真情了，他和青楼女子们来往也多是由于风流才子的本性。妓女们虽身在青楼，她们的内心却远比官场上那些道貌岸然的人干净得多，和她们打交道他可以完全敞开心怀，说想说的话，做想做的事，不必畏首畏尾。

　　而那些青楼女子也爱惜柳永的才华，他笔下的词婉约华丽，不失柔情，最能打动她们的心。柳永混迹青楼多年，据说还是有真心相爱的女子的，这位女子名叫谢玉英，是江州的名妓。

　　谢玉英和众多青楼女子一样，喜欢唱柳永的词，未认识柳永之前，谢玉英已崇拜他很久。当时，柳永得罪了皇帝宋仁宗，心情低落地四处游走，经过江州的时候他和谢玉英相识了。在谢玉英的书房，柳永惊讶地发现她居然抄录了自己所有的词。

　　谢玉英本就小有才名，她能轻而易举地读懂柳永寄于词中之情。理所当然地，他们相爱了。他们之间的爱情也发生过波折，但终究不曾变色。后来，谢玉英变卖家产，独自前往东京寻找柳永。久别重逢的恋人再难忍受心中的思念，从此恩爱有加，过着甜蜜的小日子。

　　从时间上来看，柳永因为写了一阕《鹤冲天》而得罪宋仁宗，被放逐江南，而他在写这阕词正是跟谢玉英相聚之后。结合柳永的感情经历和他词中所体现的真情，一般都认为《雨霖铃》中送柳永南下的女子正是谢玉英。

　　据说送柳永离开之后，谢玉英为他词中的深情所感动，写了一阕《忆秦娥》来抒发她对柳永的思念：

寒蛩倦，长空凄唳孤飞雁。

孤飞雁，惊心惨变。谁家庭院？

离情别绪千千万万，西厢牖户千秋怨。

千秋怨，枕边残泪，依依私恋。

离别之伤，最是伤人，而离别之情，又最是动人。"多情自古伤离别，更那堪、冷落清秋节"已经很能打动人心，而后一句"今宵酒醒何处，杨柳岸，晓风残月"的艺术成就就更高了。

试想一下其中所描写的场景：告别了恋人，他孤零零地无人相伴，唯有借酒解相思，以求能在醉酒时见到她，这个办法或许管用，但是酒醒之后他又重新被寂寞笼罩，举目望去，能看到的只有岸边的杨柳，还有那凄厉的晨风和黎明的残月。

离别之苦，最苦的不是望着你的身影渐渐消失在路的尽头，而是想起你的时候，却触不到你的温热。此情此景，像极了《古诗十九首·行行重行行》中所写的："行行重行行，与君生别离。相去万余里，各在天一涯。"分隔两地的思念，到了柳永笔下就像一幅寂寞的夜景图：杨柳岸，晓风，残月……何其孤独，何其凄凉！后世之人，有几个吟不出柳永的"杨柳岸，晓风残月"？这也是《雨霖铃》中最煽情最动人，亦是意境最为凄美的句子。

离别之苦，再难言说，最美之离别，不若"杨柳岸，晓风残月"。

忆帝京·毕竟不成眠

——都说相思令人老

薄衾小枕凉天气，乍觉别离滋味。

展转数寒更，起了还重睡。

毕竟不成眠，一夜长如岁。

也拟待、却回征辔；又争奈、已成行计。

万种思量，多方开解，只恁寂寞厌厌地。

系我一生心，负你千行泪。

——柳永《忆帝京》

难得柳永写词不用华丽的辞藻，看着还真觉得不像他的一贯风格。大概那句"执红牙板唱'杨柳岸晓风残月'"的评价在我心里扎了根，我总以为柳永写词应该在笔墨中倾入很深刻的感情，一如"衣带渐宽终不悔，为伊消得人憔悴"那种。

只怪我太喜欢柳永，难免会先入为主地为他划定一个范围，让他成为我理想中的那一类词人。

事实上柳永的词风格并不局限，深情的有，痴情的有，大气的也有。比如他写杭州的那首《望海潮》，给我的感觉就大气极了，一句"千骑拥高牙，乘醉听箫鼓，吟赏烟霞"把杭州的美写得很张扬，谁规定江南的美就该是婉约的，柳永就偏偏让很多人认识了他笔下不一样的江南，美得很绚烂，很耀眼，难怪金主看了之后对杭州垂涎三尺。

《忆帝京》没有脱离柳永词的主旋律，依旧是写情，写离别情，但语言偏白话，类似于白居易那种人人都能读懂的风格，若内容再浅显一点，简直可以给小孩子当歌谣来唱了。

词中所写的季节是秋天，这个从"凉天气"可以看出来。夏去秋来，天气越来越凉，躺在床上总觉得被子太薄，不足以抵挡日益变冷的天气。但是最主要的冷大概还是来自于心里。

他独自卧躺在床上，一想到与心爱之人分别，心中渐渐泛起了愁苦。一到万物凋谢的秋季却遭遇别离，心里可真是愁呀！愁得我辗转难眠，一心只想着心中那个人。天越来越黑，转眼已经到了半夜，既然睡不着就起来走走吧。可是起来之后还是一样难受，愁绪一丝不减，只得又躺下去睡觉。如此重复几次，睡意早就跑到九霄云外去了。

唯有相思之人，方知离别之苦，而我偏偏却明白其中滋味。多次与心心念念之人分别，才转身，便想着回首，万分恼恨相隔两地不能相见的苦楚，每一次分开都要倒数着见面的日子，相守的一天有多短暂，分离的一天就有多漫长。

我总是告诉自己，那些所谓的相思都是骗人的，世上哪来那么多愁和悲，分明都是世人杜撰出来的！可是谁信呢？连我自己都不相信，想着他的时候，心里堵，鼻子酸，脑袋沉，恨不能生出翅膀马上飞到他身边？

曾经不知道相思是何滋味的时候，大可以大言不惭地说，我才不相信爱情真的这么折磨人，我才不相信相思这么断人肠。或许是因为相思之苦还未侵入骨髓，不知道其中滋味的人才会天真地认为这是对的。

徐再思真是个神人，他总结得太妙了，好一句"平生不会相思，才会相思，便害相思"。

一旦明白这种滋味，那便是相思人，相思人岂会不受相思苦的折磨？

然后就这样，一边自欺欺人地说一个人可以过得好好的，一边又在日思夜想中辗转难眠。相思这东西，真是生生折磨人！

柳永没有用很深刻的语言去阐述相思是什么东西，他只是写了一个小小的片段，但明白人一看就知道，相思原来是这样的。无色无味、无臭无形，却让你有愁有苦、有痛有泪。相思令人老，一夜若白头。

"毕竟不成眠"中的这个"毕竟"，跟杨万里《晓出净慈寺送林子方》的第一句"毕竟西湖六月中"的"毕竟"是一个意思，用在这里很能体现因相思而苦苦无法入睡之人的心情。这种心情，柳的总结便是"一夜长如岁"。

《诗经·王风·采葛》中有一句众所周知的诗："彼采艾兮，一日不见，如三岁兮。"恋爱中的男女，你惦记我，我惦记你，一天不见就跟过了三年似的。柳永就是化用了这句诗的意思，离别之后，相思的人真是苦啊，睡不着也就罢了，躺在床上辗转反侧一整夜，天亮的速度简直比蜗牛爬得还慢，一夜不像是一夜，倒像已经过去一年了。才一天就已经难受成这样，那么一个月呢，一年呢？岂不是要熬得不成人样！"衣带渐宽"还真不是糊弄人的，再这样下去，迟早形容憔悴、颜色枯槁。

继续来看词中这位害了相思病的可怜人，他受不了这种牵肠挂肚的日子，于是产生了这样的念头，不如转身回去吧，回到思念的人身边就不会愁了。可是人已经在路上了，还有很多事等着自己去做，再回去怎么行呢？大概他还有事要办，继续往前心里难受，回去找心上人又怕耽误正事，思来想去，头发都快纠结得白了。左右为难，摇摆不定，到头来还是苦了那一颗相思之心啊。不管最终决定是什么，总是要耽误一方的。

做人有时候还是得学会舍弃，舍不弃的，便只能心痛了。系我一生心，负你千行泪。我一生一世都不会忘记你，我的心里始终牵挂着你，但是我不得不离开你，只能让你伤心落泪了。

心有万般苦，相思令人老。

蝶恋花·伫倚危楼风细细

——相思不悔，只为你一人

伫倚危楼风细细，望极春愁，黯黯生天际。

草色烟光残照里，无言谁会凭阑意？

拟把疏狂图一醉，对酒当歌，强乐还无味。

衣带渐宽终不悔，为伊消得人憔悴。

——柳永《蝶恋花》

蝶恋花，这三个字始于梁朝简文帝萧纲《东飞伯劳歌》中的一句诗："翻阶蛱蝶恋花情，容华飞燕相逢迎。"蝶恋花的美，未必在画面的本身，或许蝶与花之间的朦胧与暧昧，才是美的关键所在。因而以"蝶恋花"为名所写的词，或惆怅或暧昧，或缠绵或忧郁，意境之美，如水滴湖面惊起的阵阵涟漪，虽则轻微，却能令周遭都为之而动。

宋朝词人中，若论笔墨的婉约，恐怕很少有能超过柳永和李清照的。李清照本为女子，一如贾宝玉所言，女人是水做的骨肉，她心中有水的柔美，水的温婉，所写的词自然柔情似水。

然，柳永却是个男人，他笔底的婉约却不输于李清照，怨不得青楼女子们都爱唱他的词，并且以与之相识为荣。在她们眼中，风流如柳永，却是真正能读懂她们内心的人。当然，词风豪放者，内心未必不温柔。比如苏轼，他能写出"大江东去浪淘尽"的磅礴，亦能演绎"十年生死两茫茫"的惆怅。

关于苏轼和柳永的词风，南宋俞文豹的《吹剑续录》中有这样一个故事："东坡在玉堂，有幕士善歌，因问：'我词何如柳七？'对曰：'柳郎中词，只合十七八女郎，执红牙板，歌'杨柳岸，晓风残月'。学士词，须关西大汉，铜琵琶，铁绰板，唱'大江东去'。'东坡为之绝倒。"

柳永的词，是古今公认的适合小女子唱的。他是个性情中人，注定一生与儿女情长脱不了干系，故而他的笔墨之中总是带着一怀浓浓的愁绪，离别也好，相思也罢，柳永总能妙笔生花，字字珠玑说惆怅。《雨霖铃》主写离别之苦，多情自古伤离别，更那堪冷落清秋节；《蝶恋花》重诉相思之愁，衣带渐宽终不悔，为伊消得人憔悴。

这阕《蝶恋花》，又印证了我在前文中所说，古代文人心情不好时都喜欢登上高楼，偶尔吹过的冷风，或许能吹跑那一怀愁绪。相思难解，远在天涯的她，终归与自己在同一片夜空下。

林妹妹葬花时，吟唱着："愿侬此日生双翼，随花飞到天尽头。天尽头，何处有香丘？"天尽头也未必有芳香的土丘，哪怕到了天尽头，也未必能阻止心头的愁。望极春愁，黯黯生天际。看，即便是那么遥远的天际，也还是被我的离愁所笼罩。

个人觉得，柳永和李煜真该坐下来，一起在月下痛饮几杯。他们笔下的离愁实在太像了，都那么折磨人。一个剪不断理还乱，一个为伊消得人憔悴。不过他们之间还真有那么点关系，柳永的父亲柳宜就是南唐旧臣，后来虽然降宋，但心中一直念念不忘旧主，经常在夜深人静时默默念着李煜的词，黯然落泪。而柳永接触的第一首词，正是李煜所写。很难说，他是不是早在少年时就被李煜词中的愁绪所影响，才会成就如此婉约的笔墨。

离愁生相思，相思使人愁。究竟这相思之苦有多深，从古至今，例子不胜枚举。可以这么说，相思不是病，害了相思却足以要人命。

登高怀人的柳永，内心正被无穷无尽的相思折磨着，他因此忧愁、憔悴，一日比一日消瘦，过了不久，原本合身的衣服连撑都撑不起来了。上述情况或许包含了夸张的成分，但却是大多害相思之人的共同写照。衣带渐宽的形容，柳永并非第一人，他化用的是《古诗十九首·行行重行行》中"相去日已远，衣带日已缓"，只不过得了柳永的润色，此情变得更加饱满，更加能拨动人的心弦了。

"衣带渐宽终不悔，为伊消得人憔悴"是柳永的名句之一，甚至被清朝国学大师王国维誉为人生三大境界中的第二重境界。在王国维的眼中，这是一种锲而不舍的执着，消瘦了，憔悴了，却仍不后悔，坚持不懈，勇往直前。

依着柳永的本意，他想念心中的那个她，哪怕相思成疾也无所谓，他无怨，亦无悔。真是个痴情而执着的男子，他的执着坚定，可以和韦庄《思帝乡》中的女子相提并论了。一个是"终不悔"，一个是"一生休"。

鱼玄机说，易求无价宝，难得有心郎。柳永相思至此，是个难得的有心郎啊。我想那些青楼女子们之所以对他那么有好感，他文采好只是其一，最主要的原因应是他的多情与痴情吧。身处烟花之地的她们，见惯了一干追求肉体欢乐的男人，他们嘴里的花言巧语，还及不上柳永的一个字来的珍贵。

柳永落魄一生，能得到青楼女子的崇拜与眷顾，他也算是个有福气的人。据说他死后无余财安葬，是那些仰慕他的青楼女子筹钱置办棺木，为他送葬。每逢他的祭日，她们还会不约而同地去祭奠他。九泉之下的柳永若得知这些，也能瞑目了。

长相思·吴山青

——谁信幽香是返魂

吴山青，越山青。两岸青山相对迎，谁知离别情？

君泪盈，妾泪盈。罗带同心结未成，江边潮已平。

——林逋《长相思》

若说和陶渊明一样不喜仕途，只爱享受闲云野鹤的隐逸生活，我能想起的第一人便是林逋了。

林逋是杭州人，我曾无数次闲逛到他隐居的地方——西湖孤山，每每想起这位颇具传奇色彩的才子，心中总有些异样的感觉。同样，就像每次路过苏轼的苏堤，苏小小的西泠桥，总觉得有些东西是时间掩盖不掉的。而他们所留下的，不只是传说而已。

白居易写过"孤山寺北贾亭西"，诗中的"孤山"就是杭州人常说的"断桥不断，长桥不长，孤山不孤"的孤山，也是林逋终身隐逸之处。对于林逋来说，孤山确实不孤，有他喜爱的梅花和仙鹤为伴，孤独又算什么？

他有傲世之才，却终身未入仕途，只安逸清闲地过着隐居生活。他儒雅高洁，却一生未娶妻，终年种梅养鹤为乐。他自言"以梅花为妻，以鹤为子"，看似平淡却充实地过完了只属于他的人生。因而人称"梅妻鹤子"，被传为千古佳话。

周敦颐说，菊花是花中的隐士，牡丹是花中的富翁，莲花是花中的君子。而我不知道，梅花在百花之中处于何种地位。

之于梅，我最初的概念是王安石的"遥知不是雪，为有暗香来"，然后是卢梅坡的"梅须逊雪三分白，雪却输梅一段香"，再后来就是南朝寿阳公主的梅花妆了。

寿阳公主是南朝宋武帝的女儿，有一次她在梅花树下的椅子上睡觉，熟睡之时，风吹落枝头的梅花，落在她的身上，脸上，还有额头上。她醒来后，对额头上的花瓣浑然不觉。在汗水的浸润下，她的额头上便留下了蜡梅花瓣的痕迹。这一梅花印记非但没有影响她的容貌，反而使她看上去比以前更美了。皇后觉得女儿这样很好看，就让她保留着，三天后才洗掉。那以后，寿阳公主经常把花瓣贴在额头上，宫女妃子们也都效仿她，梅花妆便因此发展起来。

在中国民间传说中，寿阳公主是正月的梅花花神，这跟她的"梅花妆"必然是分不开的。不过也有一种说法将林逋奉为了梅花花神，其中缘由，不只是因为他爱极了梅花，更因为他的成名作《山园小梅》。

众芳摇落独暄妍，占尽风情向小园。
疏影横斜水清浅，暗香浮动月黄昏。
霜禽欲下先偷眼，粉蝶如知合断魂。
幸有微吟可相狎，不须檀板共金樽。

大概也只有像林逋这样爱梅成痴的人才能用如此语言道出梅花的美，尤其是"疏影横斜水清浅，暗香浮动月黄昏"一句，至今仍是公认的咏梅佳句。他未曾道一个"梅"字，却能让人从每一个字中嗅到梅花的芬芳，仿佛他已然识得梅花的气节、梅花的傲骨。

苏轼曾经写过《睿韵杨公济奉议梅花十首》，其中一首有这样一句：

"临春结绮荒荆棘，谁信幽香是返魂。"这是我爱极了的一句诗，假如说林逋能写出梅花的气节和傲骨，那么苏轼应该算是写出了梅花的精魂了吧。不过他这句诗和林逋的又有所不同，林逋是纯咏梅，而苏轼诗中所藏，乃是六朝粉黛中那个叫潘玉儿的女子，以梅之魂喻人之魂，一如那个传奇的女子。这，又是另一个故事了。

既然提到了苏轼，那就说说苏轼和林逋的关系吧。

苏轼和林逋其实并无多大交集，他们之间，自然是不能跟苏轼和秦观、黄庭坚的关系相比的。不过苏轼对林逋的才华和人品却推崇备至，他在《题林逋自书诗卷》中作跋，写了这样一首诗：

> 吴侬生长湖山曲，呼吸湖光饮山渌。
> 不论世外隐君子，佣儿贩妇皆冰玉。
> 先生可是绝俗人，神清骨冷无由俗。
> 我不识君曾梦见，瞳子了然光可烛。
> 遗篇妙字处处有，步绕西湖看不足。
> 诗如东野不言寒，书似西台差少肉。
> 平生高节已难继，将死微言犹可录。
> 自言不作《封禅书》，更肯悲吟《白头曲》！
> 我笑吴人不好事，好作祠堂傍修竹。
> 不然配食水仙王，一盏寒泉荐秋菊。

诗中，苏轼将林逋成为"绝俗人"，这样的评价，已然是一个巅峰了。世外隐君子们，本身就品行高洁，就连他们的用人仆妇也都是冰清玉洁的人，而林逋和这些隐士相比又是绝俗之人，他连妻子儿女都没有，更不用说仆妇用人了。足以见得，林逋在苏轼眼中的地位有多高。他虽不识林逋，却像神交已久。

而"诗如东野不言寒，书似西台差少肉"一句，又将林逋与另外两位名人相提并论。其中，东野是唐朝诗人孟郊的字，他的《游子吟》可谓黄口小儿皆知。西台则是北宋书法家李建中，因为他曾担任西京留司御史台一职。

把林逋与孟郊作比较并不稀奇，因为他们本都是诗人，可为什么又会提到李建中呢？因为林逋除了诗人之外，还有另外一重身份——书画家。

世人都知道林逋擅写诗，却不知道他的书画亦是一绝。他喜好绘画，但从不外传。《西湖七月半》的作者张岱在《西湖寻梦》中提到这样一件事：盗墓者挖开了林逋的坟墓，本以为有什么奇珍异宝，孰料里面却只有一个端砚和一支玉簪。簪作盘发之用，砚自然是为写诗作画了。一个死后只以砚台和簪子陪葬的人，不由得令人想象无限。

李建中虽在后世不算很有名气，但他的书法却类似唐朝大书法家欧阳询，笔锋遒劲，在北宋颇有名气。苏轼同时将林逋和孟郊、李建中类比，那么林逋在诗词和书法上的造诣，无须多作笔墨了。

让林逋蒙上传奇色彩的，远远不止他的文采，更多的恐怕还是他的气节。和陶渊明对朝堂绝望，转而隐居深山不同，林逋是从来就不屑入仕的。一如苏轼诗中所说，他"自言不作《封禅书》，更肯悲吟《白头曲》"。

苏轼这句诗用的是司马相如的典故。司马相如才高八斗，却无法割舍朝堂，甚至临死前还作《封禅书》，劝汉武帝去泰山封禅，祭拜天地。而司马相如的妻子卓文君曾因丈夫不忠而作《白头吟》挽留其心，后人常用白头曲来比喻怀才不遇的感伤。

林逋不屑像司马相如一样，为讨好帝王而作《封禅书》，更确切地说，他是不屑作《封禅书》，他更不会像其他文人那般，时不时写诗作词抒发一下自己的怀才不遇、壮志难酬。之于他，最大的爱好无非是在梅林之中养鹤为乐，闲来走访志同道合的好友，谈笑有鸿儒，往来无白丁，此生足矣。林逋的高洁之处，也正在于他那颗"不屑万物，生而为趣"的心。

林逋的才名传开之后，当时的皇帝宋真宗对他非常感兴趣，想招他入朝为官，遂派人登门造访。林逋拒绝说："然吾志之所适，非室家也，非功名富贵也，只觉青山绿水与我情相宜。"

林逋的诗流传下来的并不多，除了最有名的《山园小梅》，被提及比较多的应该就是《长相思》了。

显而易见，《长相思》是一首和感情有关的词，词中的主人公是一位为情所困的女子。

"吴山青，越山青"，说的是位于浙江境内的两座山，即西湖东南面的吴山和诸暨城区的越山。吴山是春秋时期吴越两国的边界，越山指的是苎萝山和金鸡山两座山脉的并称，而苎萝山下的苎萝村正是古代四大美女之一西施的故里，因为出了这位名人，越山和诸暨城的浦阳江并成为越山浣水。

面对吴越两座颜色鲜明的青山，女子满肚子愁怨。山清水秀又如何，风景再美也留不住她的恋情。吴越四季风景交替，有着独特的江南美景，但是美丽的风景是察觉不到人心变化的。妇人不明白这一点，她将满腔愁怨向青山诉说，奈何青山不懂人情，无法回答她的问题。

不知道是什么原因，词中女子最终没能跟相爱之人白头偕老。分别之际，二人执手相看泪眼，依依不舍，却又不得不舍。原以为遇到了命中注定的那个人，可是同心结还未结成，他们的姻缘却突然散了，快得让人无所适从，转眼竟是分别。

林逋一生未曾娶妻，试想，他在感情方面应该不会有很深刻的经历，他能写出像《长相思》这样反映女子爱情路途坎坷的词，确实有点出人意料。

虽然他号称"梅妻鹤子"，但他究竟有没有娶妻生子，却一直是个谜。据说林则徐重修林逋墓时，曾发现一块墓碑，墓碑上的文字证明林逋其实是有子嗣的。所以有学者分析，林逋并非终身孑然，而是丧妻后没有再娶。

然，后人说敬仰的多是林逋的才学和人品，他是否真是"以梅为妻，以鹤为子"，已经不是那么重要了。传说之所以是传说，不过是为他的传奇故事增添了一层神秘的面纱罢了。

卜算子·不是爱风尘

——那便是我最终的归宿

不是爱风尘，似被前缘误。花落花开自有时，总赖东君主。
去也终须去，住又如何住？若得山花插满头，莫问奴归处！

——严蕊《卜算子》

严蕊算得上是名妓中的翘楚了，她也是我非常喜爱的女词人之一，只是她留下的作品太少，不免可惜。

宋人曹嘉在《严蕊传》提到，严蕊祖籍浙江天台，字幼芳，自小精通琴棋书画，会歌舞，擅诗词，通晓历史，善于交际，而且姿色神韵也非一般人能比，因而成为名噪一时的全能型美女加才女。这样的一番描述，令我想到了李煜的大周后，还有就是蜀主孟昶的花蕊夫人。自古女子才貌难以兼得，更别说样样精通了，而以上几位，偏偏就是将优点占全了。

严蕊很美，以她的姿色和才华，弄个头牌花魁或者"第一名妓"的头衔，简直跟玩儿似的。不少有钱人家的公子哥儿对严蕊仰慕得不得了，特地带着钱不远千里赶来，就是为了见她一面，这待遇，跟现在的大明星有得一拼。

当时的台州知府名叫唐与正，也是个文化人，属于永康学派，他听说过严蕊的才名，一直对她很有好感。一次酒宴，唐与正想考考严蕊，看她是不是真有传说中的那般聪慧，于是以"红白桃花"为题，让严蕊填词。

严蕊微微思忖，作了一阕《如梦令》。

道是梨花不是，道是杏花不是。

白白与红红，别是东风情味。

曾记，曾记，人在武陵微醉。

词是为桃花而作，却只字未提桃花，确实妙。因桃花与梨花、杏花同属蔷薇科，外形确有相似之处，我就常把桃花与杏花搞混，因为杏花也有粉色的，我又是个半植物盲，不仔细看还真分不出来。

至于结尾一句的"人在武陵微醉"，则用了陶渊明《桃花源记》的典故。《桃花源记》说的就是武陵渔人迷路后误入桃花林，寻得桃花源的故事。既然这阕词咏的是桃花，用桃花源的典故再合适不过了。

严蕊确是个心思细腻的人，担得起才女的称号。不过这阕《如梦令》还算不得她的佳作。好戏，自然是在后头。但只一首《如梦令》就足以让唐与正对她刮目相看了。他觉得严蕊名副其实，不只是空有一副美丽皮囊的绣花枕头，当下对她的好感又加深了几分。

不过宋朝对官员有这样的规定，只许召歌舞妓陪酒献艺，但是不能与其同寝。

什么破规定！还不如干脆禁止官员嫖妓算了，只能看不能摸，真当所有男人都是坐怀不乱的柳下惠啊！

偷偷猜测一下，应该有不少官员背地里与妓女有密切来往，反正天高皇帝远，只要大家睁一只眼闭一只眼，官官相护，谁知道呢。不过这唐与正还真是个守纪律的官，他和严蕊什么都没发生什么，只是夸了她几句，赏了两匹细绢。

经过知府大人这么一夸奖，严蕊的名气比以前更大了，拜倒在她石榴裙下的人可以用一拨一拨来形容。

唐与正有个朋友叫谢元卿，大概是和唐与正聊天的时候听他说了严蕊的事迹，遂生了结交严蕊之心。

一年七夕，知府府中举行宴会，唐与正把严蕊叫去陪酒，正好谢元卿也在场，他向唐与正请求亲自考一考严蕊，唐与正欣然应允。

谢元卿想了想，对严蕊说："既然今日是七夕，那就以七夕为题，以我的姓氏'谢'为韵填一首词吧。"等到众人举杯，严蕊已经作好了词。

> 碧梧初坠，桂香才吐，池上水花初谢。
>
> 穿针人在合欢楼，正月露玉盘高泻。
>
> 蛛忙鹊懒，耕慵织倦，空做古今佳话。
>
> 人间刚到隔年期，怕天上方才隔夜。

我觉得这阕《鹊桥仙》比先前的《如梦令》填得还要好。不仅道出了七夕佳节该有的景象，比如荷花初谢，妇女穿针楼上乞巧等等，更依言以"谢"字为韵，完全符合谢元卿的条件。

谢元卿对严蕊的才学佩服得五体投地，到严蕊的宿处住了半年，直到花完自己的所有财物才离开。反正谢元卿不是官，又不缺钱，没人会找他的不是。倒是有人鸡蛋里面挑骨头，来找唐与正的不是了。

因唐与正所属的永康学派与朱熹的程朱理学对立，朱熹早就看唐与正不顺眼了，弹劾了他好几次，不过都没有成功。正好被他听到唐与正和严蕊相关的事，朱熹就打起了歪主意，想借此事把唐与正扳倒。

朱熹一口咬定唐与正和严蕊有苟且之事，不管严蕊承不承认，强行把她关进了监狱，隔三岔五一顿鞭打。

朱熹未必不知道严蕊和唐与正之间没什么，只不过想以严蕊为借口，趁机把唐与正这个对手除掉罢了。在他看来，妓女应该都是比较贪生怕死的，抓起来打一顿也就认罪了。出乎他的意料，严蕊是个有骨气的人，没有的事她打死都不会承认。这可把朱熹老头气坏了，他没办法，只好随便捏了个罪名把严蕊交给了绍兴府。

绍兴府的太守和朱熹是一条船上的，也是个脑子被烧坏的主儿，他受了朱熹的蛊惑，给严蕊上了更厉害的刑，就是我们在电视剧中经常看到的夹手指。可怜严蕊纤纤素手被夹得鲜血淋淋，惨不忍睹。自始至终她都没有改口，坚持自己和唐与正是清白的。

有狱卒看不下去了，便劝严蕊说："你为什么不早点承认和唐与正的事啊，承认了不过是一顿鞭打，何至于落到这个凄惨的下场。"

严蕊不以为然，回答道："我只是个低贱的军妓，就算和知府有不正当的关系，那也罪不至死。可是是非真假怎么可以乱说，那样会败坏知府大人的名声啊！就算把我打死，我也不能污蔑别人。"

由于严蕊太坚持，死咬着嘴不松口，她在狱中没少被折磨，隔几天就是一顿毒打，不久之后就憔悴得不成人形，几欲死去。但是严蕊的名气却越来越大，很多人佩服她的品德，都为她叫屈。不知怎么的，后来这件事竟然传到了皇帝耳朵里。

严蕊运气不错，不久之后朱熹被调走了，被派来审理她案件的是岳飞的儿子岳霖。有岳飞这样忠肝义胆的父亲，岳霖自然差不到哪儿去，朱熹那厮给他提鞋都不配。

岳霖对严蕊之事也是一早就有耳闻的，他一心想帮严蕊，审理案件也特别认真。

在查清楚事情的大概后，岳霖对严蕊说："听说你擅长作词，今天我就给你一个机会，你把自己的遭遇用词的方式陈述给我听吧。"严蕊应允，随即作了一首令她留名千古《卜算子》。

这首词的上阕，写的是她前半生的命运。

她并非甘愿堕入风尘，只可惜命不由人，不得已成了卖笑为生的低贱军妓。词的语气看似平淡，却字字充满了委屈和不甘，她是在为自己辩白：我并非你们眼中那种不检点的女子，只是没有那么好的命生于普通人家，这岂是我的错？就好比花何时开、何时落，完全掌握在花木之神东君手中，我的命运也不是由我自己掌握的啊！

这里的"东君"即指那些有权审理她案件的其他官员，也指岳霖。严蕊是个聪明的女子，她一语双关，希望岳霖能够明白她的苦楚，给她一个公平的判决。她一个"赖"字，把自己今后的命运全部交到了岳霖手上，也表达了她对岳霖所寄予的期望。

下阕，写的是她后半生的愿望。

她身为军妓，不能自己把握命运，就像被关在笼子里的小鸟一样，毫无自由可言，还随时有被困死笼中的危险。"去也终须去，住也如何住"，说明她想离开风尘，从此不再过这种卖笑的日子。像她们这样的女子，以色事人，色衰而爱弛，最终不会有好的结局，既然如此，何不早日离开苦海呢？

假如有一天能够摆脱军妓的身份，像普通妇女一样将山花插满发髻，嫁一个普通的男人，过一辈子普通的生活，那么，就不必问她的归宿是什么了。

她虽是卑贱的军妓，却有着一般人所没有的骨气。因造化弄人，不得已入了这风尘苦海，然而她无时无刻不想获得自由，无须富贵，只要能过普通女子该过的生活，此生足矣。

岳霖是个明白人，他听了严蕊所作的词之后，立刻判她无罪，并且准许她脱离军妓身份，出狱后可以随便嫁人，也算是帮她实现了"山花插满头"的愿望。

连皇帝都听说了严蕊的事迹，其他人更不用说了。众人都佩服严蕊的气节，称赞她是个难得的奇女子，更有不少人表示不计较她的出身，愿意娶她为妻。

在严蕊的众多追求者中，有一个是皇室的宗亲，背景挺牛的那种，他正好死了妻子，就把严蕊娶回去续弦了。虽然严蕊嫁过去的身份是妾，但丈夫对她即佩服又怜惜，一生都没有娶别的女人，论地位、论感情，她跟正妻也差不多。

都说吃得苦中苦方为人上人，用这句话形容严蕊再合适不过了。她在狱中的苦没有白受，不仅脱离了军妓身份，赢得了世人的尊重，更难能可贵的是她得到了一个懂得怜惜她的好男人，有了其他女子想都不敢想的"一生一世一双人"的美满姻缘。

若得山花插满头，这就是她最后的去处。

青玉案·凌波不过横塘路

——人间自是有情痴

凌波不过横塘路，但目送、芳尘去。锦瑟华年谁与度？

月桥花榭，琐窗朱户，只有春知处。

飞云冉冉蘅皋暮，彩笔新题断肠句。试问闲愁都几许？

一川烟草，满城风絮，梅子黄时雨。

——贺铸《青玉案》

贺铸家族背景很硬，他本人出生在赵匡胤的孝惠皇后贺氏一族，而他的妻子比他更有背景，姓赵，赵匡胤的赵！对，没错，贺铸的妻子赵氏是皇族宗室女！

不过贺铸对他是孝惠皇后族孙这一身份并没有感到十分骄傲，他对自己的定义是：唐朝大诗人贺知章的后裔。大概对文人来说，有一个文人先祖比有一个皇室先祖更加光彩。

贺铸的才华跟他的长相是成反比的，他脸色黑得像铁打的一样，眉眼高耸挺拔，长相之丑陋，足以把小孩子吓哭。所以他有个外号叫贺鬼头，意思是像鬼怪一样难看。

在长相这一点，贺铸这跟唐代花间派诗人温庭筠差不多。温庭筠也是历史上明确有"相貌丑陋"之描述的一位才子，他的外号叫温钟馗，不仅自己长得丑，还祸及子孙。《北梦琐言》记载：他的孙子想去给人当门客，因为长得丑而被拒之门外。

可是跟外貌大相径庭的是，贺铸的文字却总是带着一种细微的柔情美，最典型的是他的代表作《青玉案》。

这首词，字里行间的柔情，宛如女子缓缓行于水畔，凌波微步，目尽忧愁，印于瞳孔间的是青草满川，柳絮纷飞，还有梅子成熟时节的细雨纷飞。此般婉约，仿佛他的词天生就取之于江南山水，抹不掉迷蒙的烟波，带不去眉梢的轻蹙。

因"一川烟草，满城风雨，梅子黄时雨"这句词，贺铸得了个雅号，叫作贺梅子。

"试问闲愁都几许？一川烟草，满城风絮，梅子黄时雨"是贺铸的成名句。

问：心中有多少愁？

答：我的愁多得好似烟雨中的满地青草，随风飘散的满城飞絮，梅雨时节的纷纷雨滴。

然而，都说了这么多，你还能不知道我心中究竟有多少愁吗？

那根本就是无边无际的，连我自己都不知道确切数目呀。且不说青草与风絮，光是黄梅时节的雨就足够多了，如牛毛、如细丝，淅淅沥沥，看似永远也下不完。而且以雨喻愁，说不出有多贴切。好的心情像灿烂的阳光，那一怀愁绪，可不就是朦胧的小雨吗？

以雨喻愁，能描绘到极致的，还有大情圣秦观的《浣溪沙》。

漠漠轻寒上小楼，晓阴无赖似穷秋。淡烟流水画屏幽。

自在飞花轻似梦，无边丝雨细如愁。宝帘闲挂小银钩。

漫天如丝的细雨，多而稠密，朦朦胧胧，恰似笼罩在心头的愁绪，怎么赶也赶不走。只是，无端端的，何来这么多忧愁？不用说，自然是跟感情有关了。

当年，贺铸闲居苏州横塘，邂逅了一位姑娘，孰料仅仅是一面之缘，姑娘的倩影就像一颗种子，在他心中生根发芽，恣意而张扬地生长，贺铸从此相思成疾，又因相思而生愁。想必这位姑娘一定有过人之处，不然怎么会把贺铸的魂都给带走了呢。

这个小插曲发生在苏州，而贺铸是太观三年才开始迁居苏州的，当时他已经近六十岁了。看来古人远比现在的人要浪漫得多，年纪一大把了还想着玩浪漫。只可惜，一想到贺铸的年纪和外貌，本来挺浪漫的一个故事，想象起来总有点奇怪的感觉。

"凌波不过横塘路，但目送，芳尘去"，说的就是贺铸与姑娘初遇时的情形，化用曹植《洛神赋》中的经典名句"凌波微步，罗袜生尘"。不光是诗句，贺铸的这段浮萍般飘摇无根的恋情，与曹植对甄宓的思念，却也何其相似。

甄宓本是袁绍之子袁熙的妻子，与大乔、小乔姐妹并称为三国三大美女，有"江南有二乔，河北甄宓俏"之说。曹操攻破邺城后，本欲将甄宓占为己有，但被儿子曹丕抢先一步，他只得做主将甄宓许给了曹丕。

甄宓不仅貌美，而且举止优雅，通晓诗文，华堂庆宴之时，曹家父子三人均对甄宓一见倾心，曹植以随身玉佩相赠，以示心意，甄宓亦爱慕曹植的才华与气度。只可惜造化弄人，甄宓后来嫁给了曹丕，曹植黯然神伤。后来曹丕当上皇帝，因嫉妒曹植而将其贬出京城，甄宓则遭到曹丕另一个妻子郭女王的陷害，被曹丕赐死，死的时候被发覆面，以糠塞口，甚是凄惨。

也就是在甄宓死的那一年，曹植回洛阳朝见兄长，他见到甄宓的儿子太子曹叡，想起了惨死的甄宓，伤心难耐。曹丕不知出于什么心理，居然把甄宓生前用过的玉缕金带枕送给了曹植。

按理说，枕头这么私人的东西，谁会拿出来当作礼物乱送，除非是恋人之间。曹丕作为丈夫，把妻子的枕头送给亲弟弟，很难不让人想入非非啊。不过有一点可以肯定，曹植对甄宓的感情，曹丕心知肚明。

看着手中的枕头，曹植睹物思人，无比想念逝去的甄宓，甚至梦见甄宓回来与他在洛水相见。醒来之后，曹植依照梦中情形，写下了千古名篇《洛神赋》。其中"凌波微步，罗袜生尘"一句被后世很多人化用，如黄庭坚的"凌波微步有人愁"，元好问的"金粉拂霓裳，凌波微步"。贺铸除了"凌波不过横塘路"之外，在他另一阕词《南歌子》中还写过"谁认凌波微步，袜生尘"。

有人说，《青玉案》是贺铸写给他妻子的，因为贺铸长得其貌不扬，他妻子看不上他。我倒觉得不像，只因"锦瑟年华谁与度"这一句。联系前文，意思大概是，我目送你远去，只是不知道如今你与谁共度这锦瑟年华。若这首词真是写给妻子的，贺铸就不该有此一问，除非妻子甩了他。

贺铸对这位远去的佳人，很有可能是单相思。他们之间的爱情多多少少有种虚无缥缈之感，一如上文所说的曹植对甄宓的爱。锦瑟无端五十弦，一弦一柱思华年。他终究不能成为与她共度年华的那个人，眼看她渐渐消失在自己的视线当中，他以笔记下，大约，只有春知道她的归处。

佳人一去不复返，她这一去，带走的还有贺铸的相思之魂。

生活中的贺铸是一个极其豪爽之人，他行事作风，和李白极其相似。《唐才子传》说李白"喜纵横，击剑为任侠，轻财好施"。《宋史·贺铸传》评价贺铸："任侠喜武，喜谈当世事，可否不少假借，虽贵要权倾一时，少不中意，极口诋之无遗辞。晚年退居苏州，杜门校书。不附权贵，喜论天下事。"《贺方回诗集序》评价他："少时侠气盖一座，驰马走狗，饮酒如长鲸；却又博闻强记，于书无所不读，家藏书万卷，而且手自校雠。"

从中可见，贺铸虽然长得丑，但他和李白一样，极富侠义心肠，不仅喜文，也好武，更好酒。

因他的正直侠义，贺铸和书法家米芾并列闻名于江淮一带。据说贺铸每每遇见米芾，总会辩论一番，但他们不相上下，谁也不肯屈服于对方。按照"英雄惜英雄"的说法，他们心中想必也是互相钦佩的，只是碍于面子不好说出口罢了。

关于贺铸的人品，有这样一个故事。

贺铸当官的时候，有个同僚是朝廷重臣之子，此人倚仗父亲的权势，蛮横无理，从来不把其他人放在眼里。有一次，他偷了东西被贺铸发现了，贺铸便把他关起来审讯，将他的罪行一一数落清楚。他惊讶不已，连连告饶。为了不让贺铸把这事公开，他掀起衣服打了自己几下，灰溜溜走了。

也正是因为这种性格，贺铸得罪了不少权贵，再加上后来他饮酒闹事，在仕途上一再受阻。

晚年的贺铸对朝堂之事渐渐失去了信心，他主动辞官，闲居苏州，写诗作画聊以寄托生活。

纵观贺铸一生，虽无大起大落，却也坎坷连连，而他所写之词，兼有婉约和豪放的风格，和苏轼相似，影响了后期不少文人。

江城子·十年生死两茫茫

——悼亡，思念，和回忆

十年生死两茫茫，不思量，自难忘。

千里孤坟，无处话凄凉。

纵使相逢应不识，尘满面，鬓如霜。

夜来幽梦忽还乡，小轩窗，正梳妆。

相顾无言，惟有泪千行。

料得年年肠断处，明月夜，短松冈。

——苏轼《江城子》

苏轼这首词悼念的是她的第一任妻子，王弗。

王弗是他的发妻，是他年轻时的第一场爱情梦，是温婉地守候在他身边的添香人，是时常萦绕在他心头的一份牵挂，是他一生不可抹去的一缕缺憾……

嫁给她时，她十六岁，正是她一生中最美的青春年华。

离开他时，她二十七岁，带着遗憾和不舍，天人永隔。

有时候，世界上最遥远的距离，恰恰是生与死的距离。你爱我，我爱你，然而我们已经不在同一个世界，感受不到彼此，再相爱又如何？

她陪了他十一个春秋，也是她青春岁月中最美好的十一个篇章。

她离开后，他悲痛欲绝地在《亡妻王氏墓志铭》中如是说：

> 治平二年五月丁亥，赵郡苏轼之妻王氏，卒于京师。六月甲午，殡于京城之西。其明年六月壬午，葬于眉之东北彭山县安镇乡可龙里先君、先夫人墓之西北八步。

他虽未曾像李煜那样，沉痛地在大周后墓碑上写下"鳏夫煜"，然而那看似平静的话语下，所掩藏的痛苦丝毫不亚于海上翻滚的浪涛。

他终究是爱她的，尽管她并非他的初恋。

王弗是四川眉州人，和苏轼同乡。她的父亲乡贡进士王方是苏轼之父苏洵的好友。

年少时期的王弗安静可爱，对才子苏轼也早已有爱慕之心。在父辈的有意撮合下，他们结为连理。无论从哪方面看，他们的婚姻显得那么天时地利，合乎时宜。

婚后，王弗默默守在苏轼身边，红袖添香，幕后听言。她本性纯善，侍奉公婆，谨慎知礼，苏家的长辈们都对这个儿媳妇交口称赞。在婚后很长一段时间里，他们的生活是极其幸福的。

关于王弗和苏轼的这段姻缘，有一个浪漫的小故事。

那一年，苏洵送苏轼到王方执教的中岩书院读书，中岩寺有一泓绿水，苏轼见了，便说："好水岂能无鱼。"他拊掌三声，水中群鱼立刻跃了上来。

苏轼非常开心，就对王方建议说："美景当有美名。"

王方觉得很有道理，就邀请众多文人学士相聚于池边，各自为这泓绿水拟名。文人众说纷纭，却没有一个令王方中意的。最后苏轼宣布了他的答案——唤鱼池。包括王方在内的所有人都认为绝妙。

就在这个时候，王弗的丫鬟送来了自家小姐在闺房中参与的这次拟名的结果，竟然也是唤鱼池，和苏轼所想，一模一样。

李商隐说，身无彩凤双飞翼，心有灵犀一点通。然也。

成婚前，交涉并不深的王弗和苏轼能想到一块去，可见他们的心是十分默契的。他们婚后生活恩爱和谐，应该很大程度上取决于相同的志趣。这也是为什么王弗去世之后，苏轼会悲痛至此。他失去的不仅仅是同床共枕的妻子，更是灵魂的伴侣。

王弗去世后，从苏洵的态度也能看出，这个儿媳妇在苏家意味着什么。

苏洵对苏轼说："她是你的发妻，在你最艰难的时候依然跟着你，不离不弃，如今你仕途顺利，她却还没来得及享受到这份荣耀就走了，你若有心，千万别忘了她。你的母亲生前也很喜欢她，等你回到老家的时候，记得把她安葬在你母亲的墓旁，好让她们有个伴。"

诚如苏洵所言，王弗是个好妻子，也是一个好儿媳妇。

那个时候苏轼在京城做官，前途不可限量，他是不能轻易离开的。所以他只能暂且将妻子安葬在京城。

一年后，苏洵去世。苏轼按照苏洵生前嘱咐，带着父亲和妻子的遗体回到了眉州老家，他将父母合葬，亡妻王弗则安葬在离父母坟墓很近的地方。深情款款的《亡妻王氏墓志铭》就是在那时候写下的。

再后来，苏轼在仕途上开始走下坡路。那是苏轼一生中最为坎坷的日子，他在朝中郁郁不得志，处处受排挤，甚至多次被贬。

在王弗去世的第十年，有一天晚上苏轼在梦中与妻子相会，他已老去，她却依然年轻美丽。醒来后，他回忆着梦中情形，遂写下了被列为中国古代十大悼亡诗之一的《江城子·记梦》。

中国古代十大悼亡诗，一为《诗经·唐风·葛生》，二为《诗经·邶风·绿衣》，三为西晋潘安的《悼亡诗》，四为南朝沈约的《悼亡诗》，五为唐代元稹的《离思》，六为北宋苏轼的《江城子·记梦》，七为北宋贺铸的《半死桐》，八为南宋陆游的《沈园二首》，九为南宋吴文英的《莺啼序·春晚感怀》，十为清代纳兰容若的《沁园春》。

而苏轼的《江城子·记梦》是其中最受推崇的一首，尤其是"千里孤坟，无处话凄凉"一句，直白且心酸，痛彻心扉。

逢发妻十年忌日，苏轼突然特别怀念过去那段日子，那时候的他，生活平静而充实，妻子相伴，红袖添香。可这些终归是奢望，斯人已逝，唯留下千里之外一座孤独的坟头，在月夜怅然、凄凉。

写这首词的时候，苏轼不过四十岁，然他在词中却用"尘满面，鬓如霜"来形容自己。一如《神雕侠侣》中杨过和小龙女的重逢，小龙女依旧是清冷美丽的少女，杨过却已两鬓斑白，那时候的杨过也不过中年而已。

失去妻子后的苏轼，仿佛老得特别快。人生的不如意，再加上丧妻之痛，四十年间所经历的一切使他恍然觉得自己已经历尽沧桑，虽未过半百，饱受的各种心酸凄苦，却早已超过年岁。

然而这一切，王弗却不知道，她长眠地下，天人永隔，如何还能再相见？除非是梦中吧。曾经的苏轼，年轻气盛，文采斐然，哪里像现在这样落魄。若妻子还在世，就算见了面，她也必然认不出饱经风霜之后的他了。

遥记当年，他去王家为老师王方祝寿，一时兴起便多饮了几杯酒，醉宿于王家。待到半夜醒来，他慢慢踱步至后院，见翠竹后面的窗户里有灯光。仔细一看，却是少女王弗临窗梳妆，美丽如斯。

那是她留在他心中最美的画面，春去秋来，时光匆匆，他却从没忘记过那一幕。即使她已经离开他十年，梦中相见时，他所看到的还是她临窗梳妆的场景。

梦中，他回到了故乡，回到了他们年轻的时候，妻子依旧年轻美丽，灯下梳妆的她留给他最美丽的剪影。别后十年重逢，虽是梦中，依旧相对无言。他心中明明有千言万语，到了这一刻却不知道该说些什么，唯有默默垂泪，希望梦能够长久一些，再长久一些。

这一切，就像晏几道的一句词，犹恐相逢是梦中。就怕永远分别，只能在梦中相见。

逝者已去，伊人不再，生死相隔，难寄相思。生生死死，其中的距离，岂止是一座奈何桥。

蝶恋花·花褪残红青杏小

——究竟是有情，还是无情

花褪残红青杏小。燕子飞时，绿水人家绕。

枝上柳绵吹又少。天涯何处无芳草！

墙里秋千墙外道。墙外行人，墙里佳人笑。

笑渐不闻声渐悄。多情却被无情恼。

——苏轼《蝶恋花》

苏轼的这首《蝶恋花》，只属于他和陪着他走到最后的一个女人——王朝云。

她长得非常漂亮，是他三位妻子中最美的一位。

她家境贫寒，不得已沦落青楼为妓。于她而言，堕入那个境地，或许就是为了有朝一日能遇到他。

她能歌善舞，喜欢唱他所作的诗词，时常为他排忧解难。

她聪明异常，是他的红颜知己，是能读懂他一切心思的慧黠女子，是他的解语花。

苏轼和朝云的初次相遇，源于他和友人的一次西湖之行。

那时候，他被贬到杭州任通判之职。生性乐观豁达的他早已看淡"贬谪"二字，他还是会和以前一样，与友人交，偶尔歌舞，偶尔诗文。所以那天他和友人在西湖喝酒赏景，心情异常的好。

为了助兴，苏轼招来一群歌妓表演助兴。其中有一位歌女不仅舞姿超群，而且长得艳丽动人，苏轼的注意力很快就被她吸引了，这位歌女就是朝云。

歌舞完毕，歌妓们照例是要入座侍奉客人喝酒的。巧的是，在苏轼身边伺候的正好是朝云，彼时她已经卸了妆，换上了一身素雅的衣裙。所谓"天然去雕饰，清水出芙蓉"，苏轼看见这样的朝云，脑子里顿时闪过绮丽的诗句，这便是著名的《饮湖上初晴后雨》：

> 水光潋滟晴方好，
> 山色空蒙雨亦奇。
> 欲把西湖比西子，
> 淡妆浓抹总相宜。

晴天的西湖，微波荡漾，水光潋滟。雨后的西湖，水雾朦胧，山色空蒙。如战国时期的美女西子，美丽动人。然而，谁又能肯定，苏轼眼中真正美如西子的，是西湖还是朝云呢？

那个时候的朝云只有十二岁，还是个很小的女孩，可却不乏聪慧。苏轼非常喜欢她，就把她带回家做了侍妾，不，确切地说是侍女。

当时苏轼的发妻王弗已经去世，他家中尚有妻子王闰之。但王闰之本身就是个性格十分温和的女人，她事事以丈夫的角度考虑，自然也会善待朝云。朝云在苏家感受到了青楼所没有的温暖，再加上她非常仰慕苏轼的才华，从此打定主意，一辈子跟着苏轼。

朝云虽然年纪小，却聪明得一点就透，往往苏轼没开口她就能知道他心中所想。苏轼在他的《东坡笔记》中记道：

东坡一日退朝，食罢，扪腹徐行，顾谓侍儿曰："汝辈且道是中何物？"一婢遽曰："都是文章。"东坡不以为然。又一人曰："满腹都是识见。"坡亦未以为当。至朝云，乃曰："学士一肚皮不合时宜。"坡捧腹大笑。赞道："知我者，唯有朝云也。"

比起王弗和王闰之，朝云应该算是苏轼真正的知己了。或许只有她才能读懂苏轼一肚子的不合时宜。她似乎天生就适合与诗词为伴，她对苏轼的作品总是能有独到的见解。她像许多女词人一样，多愁善感，心思缜密。

苏轼被贬至惠州的时候，某一天，他看见落木萧萧，萧瑟凄凉，便让朝云唱他那首《蝶恋花》。朝云依言展开歌喉，然而唱着唱着，竟然泪流满面。

苏轼问朝云原因，朝云回答说："奴所不能歌是'枝上柳绵吹又少，天涯何处无芳草'也。"

苏轼听完笑了，说："是吾正悲秋，而汝亦伤春矣。"苏轼因此把王朝云当作他的知己。后来王朝云去世，苏轼终身不再听这首词。

就像林妹妹看见落花满地会心疼落泪，唱着"花落人亡两不知"，朝云感受到词中柳絮纷飞的场景，竟也哭得断了歌声。在这一点上，王朝云和林黛玉何其相似。

无可奈何花落去，春意阑珊，柳绵渐少。

苏轼是豪放派词人，他能写出"枝上柳绵吹又少"，确实让人颇感意外。然，无论胸襟有多开阔，词风有多豪迈，他毕竟是个文人，骨子里怎么可能没有柔情的血液呢？不过是不擅长表露出来罢了，如若不然他也不可能那么深情地为逝去的王弗写下"十年生死两茫茫，不思量，自难忘"。

也正是因为苏轼身上兼顾了豪放豁达和专注深情，朝云才会对他死心塌地吧。

朝云和许多能文的聪慧女子一样，出身青楼，这是命运对她的不公，却也是命运对的眷顾。若非流落于此，她怎么会遇见她的一生所爱？而青楼女子之中，总是不乏令人敬佩之人。如柳永死后凑钱为他下葬的群妓们，何等义气；如红笺妙笔女校书薛涛，何等豁达；如唱着金缕衣的杜秋娘，何其慧黠！

　　王朝云虽是卑微的歌妓，却比一般女子高尚得多。苏轼因乌台诗案被定罪，身边侍奉的女子都离开了，唯独朝云不离不弃，荆钗布裙，与他患难与共。江南有道很有名的菜叫"东坡肉"，就是王朝云首创的。

　　那时候苏轼正值贬官，家境贫寒，吃不起好的肉，朝云就用廉价肥肉为他做出了味美甚至千年后闻名全国的美食。看来，朝云不仅是一位多愁善感的文艺女子，更是一位端庄的贤内助。

　　值得一提的是，朝云一直是以侍女的身份跟着苏轼的，连妾都算不上，直到苏轼被贬至黄州，她才有了侍妾的名分。

　　或许朝云不会想到，当年她因伤春而不能歌的"枝上柳绵吹又少，天涯何处无芳草"一句，和她所创的东坡肉一样，闻名遐迩，甚至可以说是妇孺皆知。

　　花褪残红青杏小，燕子飞时，绿水人家绕……红花凋谢了，青杏长出来了，燕子飞了，河水静静地绕着村落流淌，那水畔的柳树，柳絮飞了一片又一片，眼看就要落尽。

　　大概不想让读这首词的人像朝云一样伤春吧，所以苏轼加了一句"天涯何处无芳草"。看，即便是春意褪去，天地如此广阔，哪里没有碧绿的芳草呢？似乎他想表达的是，只要把目光放远了，其实处处都能看到春天啊。

　　春意阑珊时，伤情处，莫说多情与无情，且看芳草萋萋，绿遍天涯路。

　　可是如此能知其心意的朝云，却也没能守在苏轼的身边，直到最后一刻。她和王弗、王闰之一样，也先于苏轼离开了这个世界。

　　经历了三位心爱女子的离去，苏轼的心早已如死灰一般。他写下了很多悼念朝云的诗词，甚至在朝云的墓旁修了六如亭，亲拟对联："不合时宜，惟有朝云能识我；独弹古调，每逢暮雨倍思卿。"

世人都说，她，王朝云，是他苏轼这辈子最爱的女人。

然而，是不是最爱，已经不是那么重要了。只要能看到他好，就是她最大的幸福了吧。

瞢韵杨公济奉议梅花

——千年后，仍忆潘玉儿

月地云阶漫一樽，玉奴终不负东昏。

临春结绮荒荆棘，谁信幽香是返魂。

——苏轼《瞢韵杨公济奉议梅花》

写梅花的诗词中，怕是找不到比林逋的"疏影横斜水清浅，暗香浮动月黄昏"更扣人心弦的了。林逋以梅为妻，以鹤为子，终身与梅花相伴的他自然能写出梅花的精髓之美。他以两首《山园小梅》歌颂了梅花的外形与风骨，也让人认识到了梅花凌寒傲雪独自开之外的另一个美丽之处，即梅花的幽香。这一点与苏轼的诗是一致的，虽角度不同，但他们都使笔下的文字散发出了梅花的香味。

我所喜欢的另外一首和梅花有关的诗是南宋诗人卢梅坡的《雪梅》，他的名字也很有意思，梅坡，种满梅花的山坡。不过这应该不是他本来的名字，古代文人都喜欢给自己取号，卢梅坡必定是对梅花有着独特的喜爱之情，才会以此为名。

梅雪争春未肯降，骚人阁笔费评章。

梅须逊雪三分白，雪却输梅一段香。

卢梅坡将梅花与和梅花属于同一季节景色的雪做对比，较之白雪，梅花不够白，较之梅花，白雪不够香。卢梅坡完全写出了梅花的神韵，不过归根究底，他的侧重点与林逋和苏轼相同，便是梅花的香了。

苏轼这首诗如其题，写的自然是梅花，可诗的灵魂却是那个和梅花一样凋零、徒留幽香一缕的女子，潘玉儿，也就是诗中的"玉奴"。

犹记当年金陵城歌舞升平，纸醉金迷，六朝粉黛，处处笙箫，留下了太多奢华与靡丽的传说，潘玉儿便是金陵最美的传说之一。她是南齐少帝萧宝卷的妃子，也是历史上唯一敢奴役皇帝的女子。

潘玉儿本名俞妮子，是市井商贩俞宝庆的女儿，她自幼贫寒，却长得一副花容月貌。她的母亲是太子萧宝卷的奶妈，萧宝卷经常听奶妈夸耀自己女儿的美丽，等到他当了皇帝，便下旨让奶妈把女儿领进宫看看。本以为平民家的女儿不会美到哪去，结果一见俞妮子，萧宝卷就被她迷得神魂颠倒，喜欢得不得了。萧宝卷见眼前的美人皮肤晶莹如玉，又因之前听说宋文帝有潘妃而得以在位三十年，就让俞妮子改名为玉儿，赐潘姓。

说起潘玉儿的美，排在第一的自然是她的一双美足了。我们常说的三寸金莲就始于潘玉儿，传说她的一双脚柔弱无骨，状如春笋，美妙无比。萧宝卷特意为她修了一座玉寿殿，在宫殿的地上贴上纯金打造的花瓣，然后让潘玉儿赤脚在花瓣上行走。

潘玉儿体态轻盈，婀娜多姿，仿佛踏着金莲的仙女。萧宝卷在一旁看得心神荡漾，直夸潘玉儿，道："仙子下凡，步步生莲。"步步生莲的成语就是因此而来。

要说萧宝卷有多宠潘玉儿，连三千宠爱在一身的杨贵妃都会自愧不如。有一次，萧宝卷到伯父萧赜在位时所建的青楼游玩，注意，此青楼不是彼青楼，而是因为楼房周身都涂着青漆，没有任何金银装饰，故得此名。萧宝卷很不屑，对随从说："这是什么破房子，为什么不镶嵌上琉璃？"

确实，比起他为潘玉儿所建的玉寿殿，青楼简陋得简直就像间茅草屋。玉寿宫以白玉黄金为装饰，包括墙壁上的字画，全都是用纯金打造的。萧宝卷还下令将庄严寺的玉制九子铃、外国寺的佛面光像、禅林寺塔的宝珥等装饰全部拆下来，加工成玉寿殿的饰物。

光是这些物质上的恩宠，就足以让其他嫔妃嫉妒得牙痒痒，但这只是其一，还有更惊人的。

一日，萧宝卷来到阅武堂，他觉得这地方太过庄严了，又想到潘玉儿喜欢园林草木，就下令将阅武堂改为芳乐苑，重新装饰，又从各地挖来大树移植到这里，在地面上全铺上绿草，包括没有土壤的石阶。夏日炎炎，大树很难存活，死了又种，种了又死，反反复复不知道几次。真不知道萧宝卷是傻还是痴。

潘玉儿喜欢儿时热闹的市井生活，萧宝卷就命人在皇宫中修建了一个集市，让太监宫女们充当小贩和百姓在街上做买卖，十分逼真。潘玉儿是宫中集市的管理员，萧宝卷则是潘玉儿的助理，他吩咐宫人们故意发生一点纠纷，吵吵嘴、打打架，然后他把打闹之人带到潘玉儿面前，让她来裁决。潘玉儿特别喜欢这样的游戏，每天都喜笑颜开，觉得皇宫有意思极了，一点都不比民间的集市差。

萧宝卷又在宫中挖了条河，在码头处建了酒家和肉店，潘玉儿学卓文君当垆卖酒，萧宝卷就在她对面的肉铺里卖肉，玩得不亦乐乎，像小孩子过家家一样。对此，大臣们怨声载道，百姓们也编了歌谣来讽刺他们："阅武堂，种杨柳，至尊屠肉，潘妃沽酒。"

潘玉儿曾生了位公主，百日就夭折了，为了祭奠小公主，萧宝卷穿着粗布麻衣，不再观赏歌舞，天天吃粗糙的素食。他自愿充当潘玉儿的奴仆，为她端茶送水，供她使唤。潘玉儿坐在华美的轿子里出游，他鞍前马后伺候，十分周到。而潘玉儿才不会因为萧宝卷是皇帝就假装顺从他，只要一不称心，她就会像对待真正的奴仆一样，对萧宝卷又打又骂。萧宝卷非但不怪罪，还甘之如饴，见了潘玉儿依旧毕恭毕敬的，十足一个妻管严。

潘玉儿回家省亲，萧宝卷也跟着去，他在丈母娘家里擦桌、扫地，忙前忙后，甚至还亲自下厨房干活。在潘玉儿面前，萧宝卷完全没有帝王的样子，分明就是个奴仆。平常百姓家的男人在妻子面前尚且不会如此。又或者，这只是他爱潘玉儿的一种表现。在遇到潘玉儿之前，他有过无数妃子，常常过了新鲜劲儿就弃之不理。这样一位阅女无数的皇帝，却被市井出生的潘玉儿制得服服帖帖，只能说，潘玉儿注定是他命中的克星。

的确，萧宝卷不是一位好皇帝，甚至完全可以说他是个昏君，但是他对潘玉儿的爱却是出自真心，这样视若珍宝地对待，有哪个女子不嫉妒？

不久之后，萧衍统率大军杀进了都城，废了萧宝卷，改立萧宝卷的弟弟萧宝融为皇帝。萧宝卷死后，被封了一个耻辱的称号——东昏侯。潘玉儿则被视为祸水，很多大臣上奏要杀了她。最终，她被赐给将军田安启为妻。潘玉儿心里装着萧宝卷，不愿苟且偷生，大婚之夜便自缢死了。按理说在后宫中享受惯了的女子，不会有视死如归的勇气，偏偏潘玉儿做到了。正如苏轼诗中所说，她终究没有负了萧宝卷。另，宋朝无名氏诗人也为此作过一首《鹧鸪天》：

雪屋冰床深闭门，缟衣应笑织成纹。
雨中清泪无人见，月下幽香只自闻。
长在眼，远销魂。
玉奴那忍负东昏。
隅然谪堕行云去，不入春风花柳村。

不知为何，我对潘玉儿颇有好感的。在我看来，她只是一个被宠坏的小女孩，有人宠自然是好事，她当然不会不乐意。再者，她出生市井，不懂国家大事，不能指望她像长孙皇后一样成为一代贤后。单凭她以死追随萧宝卷这一点，就很令人佩服。后宫妃嫔，能做到随心爱之人赴死的，又有几个呢？

满庭芳·山抹微云

——古之伤心人，只此一人

山抹微云，天连衰草，画角声断谯门。

暂停征棹，聊共引离尊。

多少蓬莱旧事，空回首、烟霭纷纷。

斜阳外，寒鸦万点，流水绕孤村。

销魂，当此际，香囊暗解，罗带轻分。

谩赢得、青楼薄幸名存。

此去何时见也，襟袖上、空惹啼痕。

伤情处，高城望断，灯火已黄昏。

——秦观《满庭芳》

北宋鼎鼎有名的权臣蔡京晚年获罪，被宋钦宗流放到了岭南，他的子孙诸人受到牵连，次子蔡绦被流放到了白州。就在被流放的那段艰苦日子里，蔡绦完成了一本颇受后世学者重视的史料笔记——《铁围山丛谈》。宋朝许多文人轶事被收录在这本书中，其中和秦观有关的，就有这样一个故事。

北宋年间，有位叫范温的青年去参加某权贵的家宴，权贵家中有位歌妓擅长唱秦观的长短句，她在宴会间唱了很多首词，其中有一首是秦观的《满庭芳》。

表演期间，歌妓一直没有理会范温，范温也没有说什么。到了宴会高潮，在座众人开始饮酒谈诗，歌妓才开口问范温是谁，范温很生气，站起来叉着腰说："我就是山抹微云君的女婿！"众人都惊讶不已。

范温没有吹牛，他的确是秦观的女婿。至于秦观"山抹微云君"这个外号，则是因为《满庭芳》首句"山抹微云，天连衰草，画角声断谯门"着实精妙，苏轼读了这首词后大为赞赏，便送了他这样一个雅号。

古代文人有不少因自己的名句而被冠以各种雅号，比如贺铸因"一川烟草，满城风絮，梅子黄时雨"得名"贺梅子"；宋祁因"红杏枝头春意闹"被张先冠以"红杏尚书"美称；张先又因"云破月来花弄影"等句被后人称为"张三影"。

也难怪秦观会得到苏轼如此高的评价，"山抹微云"的"抹"字用得的确令人叫绝，那仿佛就是一幅山水画，山连着云，水连着天，远远望去如分不清彼此的轮廓，山水共氤氲。然我最喜爱的，还是"斜阳外，寒鸦数点，流水绕孤村"，其意境萧瑟悲凉，不可抑制地感染了我的心情。秦观很擅长写悲的意境，他的用词总是能把那份悲哀愁苦嵌入人的骨髓里。不知马致远的名曲"枯藤老树昏鸦，小桥流水人家；古道西风瘦马，夕阳西下，断肠人在天涯"是不是受了秦观的影响，同样的萧瑟，同样的悲凉，同样令人拍案叫绝的精妙用词。

后人熟识秦观，绝大部分是因为他另一首脍炙人口的《鹊桥仙》。

纤云弄巧，飞星传恨，银汉迢迢暗度。

金风玉露一相逢，便胜却人间无数。

柔情似水，佳期如梦，忍顾鹊桥归路。

两情若是久长时，又岂在朝朝暮暮。

牛郎织女的故事，千古流传，总角孩童都能说出鹊桥相会的典故。然就是这样一个再普通不过的故事，秦观却能将它描绘得更能打动人，不知有多少人读了这首词之后，会感叹：两情若是久长时，又岂在朝朝暮暮。而我在乎的，有时却正是这样的朝朝暮暮。

秦观被称为"古之伤心人"，因为他的词实在太有感染力，让人读了之后总伤心得欲罢不能。然而，这句伤了无数女子心的"两情若是久长时，又岂在朝朝暮暮"，据说只是秦观为了摆脱一位青楼女子纠缠时的托词。

和杜牧一样，秦观喜欢流连花丛，偏偏他的才华足以令那些女子神魂颠倒。于是在一次离别之际，女子拉着秦观的手依依不舍，泪眼婆娑。秦观柔情似水地对她女子说了这句话，女子转悲为喜，被伤心人秦观的词一招击败，一败涂地。

"伤心人"的词，果然是极强大的杀伤力。

传闻，秦观还偷偷爱慕苏轼的宠妾，也就是他的师母王朝云。

苏轼一生共有三个妻子，结发妻子王弗因他的悼亡词《江城子》而为人熟知，王弗死后，苏轼娶了她的堂妹王闰之。细数来，出现在苏轼诗词中最多的女性，却是王朝云。她对苏轼精神上的影响，无人能及。她擅长唱苏轼的《蝶恋花》，每当唱到"枝上柳绵吹又少"就惆怅不已，掩面流泪。问其原因，她说："妾所不能竟者，'天涯何处无芳草句'也。"后来王朝云去世，苏轼"终身不复听此词"。

王朝云不仅多才多艺，琵琶、歌舞样样精通，长得也是花容月貌，从苏轼诗词对她的描述，她应该是他三个妻子中最美的一个。苏轼"欲把西湖比西子，淡妆浓抹总相宜"就是为她而写。

见师父身边有这样一位才貌过人的奇女子，秦观羡慕不已。有一次在苏轼家中见王朝云跳舞，秦观不由得痴了，当场写了一阕《南歌子》，赞美朝云动人的美貌和袅娜的舞姿。

流连青楼，觊觎师母，若是放在当代，风流如秦观肯定是要被拉出来晒在天涯论坛上的，彼时不知会有多么难听的话语去攻击他。亏得人家运气好，生对了时代。千年前的情圣，千年后或许就是人人喊打的渣男了。

曾有一段时间，我痴迷方文山缱绻细腻的歌词，那笔底的柔情，怎么也不像粗犷的男子所写。朋友说过，能写出"天青色等烟雨"，便是他有一天江郎才尽，那也无损他的才华横溢。当时我回道，较之于现代文人，我似乎更钟爱古人的泼墨生香，就像能写出"两情若是久长时，又岂在朝朝暮暮"的秦观，就算他热衷青楼薄幸名，有了妻子之后也难忘外面的桃红柳绿，这也不影响我对他的文字的迷恋。

如此多才多情的秦观，就连大文豪苏轼都对他推崇备至，"少游已矣，虽万人何赎"应该是苏轼对他的最高评价了，少游即秦观的字。相传苏轼闻得秦观死讯后，有感于他那首《踏莎行·郴州旅舍》，于是提笔在扇子上写了这句话。

雾失楼台，月迷津渡。桃源望断无寻处。
可堪孤馆闭春寒，杜鹃声里斜阳暮。
驿寄梅花，鱼传尺素。砌成此恨无重数。
郴江幸自绕郴山，为谁流下潇湘去。

这首词是秦观受朝堂党派之争所累，被贬到郴州，客居旅社时所写。因感于当时的心情，整首词基调凄凉哀怨，无不透露心中痛苦。

据说，苏轼最爱的乃是词尾的"郴江幸自绕郴山，为谁流下潇湘去"，而我和王国维一样，更喜欢上阕的"可堪孤馆闭春寒，杜鹃声里斜阳暮"。王国维在他的《人间词话》中点评秦观的词说："少游词境最为凄婉，至'可堪孤馆闭春寒，杜鹃声里斜阳暮'，则变而凄厉矣。东坡赏其后二语，犹为皮相。"

王国维的点评不无道理，但我觉得，苏轼之所以喜欢词的最后两句，也不仅仅是皮相。谁人都知道秦观和苏轼的关系，而这首《踏莎行》的背后，蕴含了一个跟他们有关的故事。

先来说说秦观和苏轼的关系吧。

苏轼长秦观十四岁，秦观还是个初出茅庐的青年时，苏轼已经才名满天下，并在朝中任职。秦观仰慕苏轼，苏轼也欣赏秦观的才华，遂让他拜入自己门下，与黄庭坚、晁补之、张耒并称为"苏门四学士"。

然与其说苏轼和秦观是师徒，不如说他们是至交好友更为合适。秦观虽有才华，但时运不济，他两次参加科举考试，两次皆名落孙山。就在他自己都想放弃的时候，苏轼依旧热情地鼓励他，并为他作了多首诗词。终于功夫不负有心人，秦观在宋神宗元丰八年（1085年）中了进士，时年三十六岁。

在苏轼的栽培和推荐下，秦观四人逐渐声名鹊起，在后世文学史上也留下不菲的地位。对于四人，苏轼的评价是："如黄庭坚鲁直、晁补之无咎、秦观太虚、张耒文潜之流，皆世未之知，而轼独先知。"

一如韩愈《马说》中阐述的道理："世有伯乐，然后有千里马。千里马常有，而伯乐不常有。"如果说秦观、黄庭坚、晁补之、张耒四人是千里马，那苏轼就是当之无愧的伯乐。若无苏轼的发掘和提携，纵使再有才华，也难知四人后来的命运。

至于秦观对苏轼的仰慕，他所写诗词中，可谓表现得淋漓尽致了。最有名的不外乎熙宁十年（1077年）苏轼任徐州知州时，秦观前往拜见，二人同游，辞别时秦观写了一首《别子瞻学士》。他说："我独不愿万户侯，惟愿一识苏徐州。"

可就是这样惺惺相惜、亦师亦友的二人，却因朝堂之事生了嫌隙。

秦观是苏轼门人，苏轼被同朝官员弹劾，秦观受到牵连。从词中可见秦观对于被贬后的生活是充满无奈和叹息的，可即便如此，他也未因此怪罪苏轼。有学者认为，《踏莎行·郴州旅舍》其实是秦观向苏轼表明心迹的一首词，我深以为然。所以苏轼读了"郴江幸自绕郴山，为谁流下潇湘去"之后，才会有不同于一般人的感慨吧。因为，这是写给他的词，唯有他能明白秦观藏在每一个字里面的深意。

钗头凤·红酥手

——相濡以沫，不如相忘于江湖

红酥手，黄縢酒，满城春色宫墙柳。

东风恶，欢情薄，一怀愁绪，几年离索。

错，错，错！

春如旧，人空瘦，泪痕红浥鲛绡透。

桃花落，闲池阁，山盟虽在，锦书难托。

莫，莫，莫！

——陆游《钗头凤》

陆游和唐琬的故事，也算是流传千古了。

唐琬是陆游舅舅的女儿，也就是说，他们俩没成婚前的关系是表兄妹。别惊讶，要知道古代不限制近亲结婚，表妹嫁表哥的例子多不胜数。

唐家是书香门第，唐琬从小就很聪慧，长大后更是当地小有名气的才女，和陆家门当户对，是天作之合。据说陆家曾以一支精美的凤钗作为信物，向唐家求娶唐琬。

《孔雀东南飞》中，焦仲卿的母亲讨厌刘兰芝情有可原，毕竟老太太一把年纪了，又有那么点儿恋子情结，眼看美丽贤惠的媳妇占了儿子全部的心，估计怕儿子有了媳妇忘了娘吧，所以总是对刘兰芝挑三拣四，不把她赶出家门誓不罢休。

可是唐婉不一样，她毕竟是陆游母亲的娘家的闺女，是她亲哥哥的女儿！也不知道陆老太太是怎么想的，死活不待见唐婉。据说，陆老太太在娘家做姑娘的时候，跟嫂子，也就是唐婉的母亲相处很不融洽，于是连带着把气撒她闺女身上。

还有一种说法是，唐婉才华横溢，跟陆游志同道合，陆老太太骨子里的封建传统细胞作祟，觉得女子无才便是德，太聪明的媳妇儿不是好媳妇儿，再加上唐婉嫁到陆家以后一直没有生育，陆老太太看不下去了，来了个棒打鸳鸯，非逼得陆游休了唐婉不可。

鄙人愚见，"女子无才便是德"是古代一种非常荒唐的说法。

封建社会的女子是依附男子而生存的，那时候讲究三纲五常，其中三纲指的就是"君为臣纲，父为子纲，夫为妻纲"，说白了就是臣子要绝对服从君王，儿子要绝对服从父亲，妻子要绝对服从丈夫。赚钱养家，读书写字考取功名，全都是男人的事，女人就得靠边站，好好在家相夫教子就够了。

唐婉错就错在她太有才华，这在封建家长眼中并不是什么好事。

除此之外，唐婉犯的另一条"罪"就是无所出。古代男子休妻讲究七出，即"不顺父母、无子、淫、妒、有恶疾、口多言、窃盗"等等。只要犯了其中任何一条，丈夫就可以光明正大把妻子休了，谁都不敢说闲话。这也是为什么陆老太太逼陆游休妻，陆游心中不愿却不得不照办的原因之一。唐家人虽然气愤，但女儿嫁人多年没有怀孕是事实，他们也没有什么反对的理由。

起初，陆游把唐婉安置在家外的别院，他的想法大概和焦仲卿差不多，想等事情缓和一些再找个借口把唐婉接回来，比如想办法让唐婉尽快怀孕什么的。又或者，等母亲百年之后，也就没有人能阻止他们在一起了。

可惜，陆游的小算盘还是被他那个精明的老妈发现了。陆老太太非常非常生气，为了掐断陆游和唐琬在一起的最后一丝希望，她做主让儿子娶一位王姓女子为妻。陆游是个孝子，母亲的话他不敢不听，所以即便是不怎么喜欢王氏，他还是照办了。而王氏的肚子又太争气，结婚没多久她居然怀孕了！

事情到这还没完，生活远远比小说电视剧曲折多了。

那时候的女子被休是很耻辱的事，看刘兰芝回家后她母亲的兄长的反应就知道了，因为女子一旦被休就很难再嫁出去了，当然，特别优秀的除外。唐琬就属于"特别优秀的"这一类，经过家里人的撮合，她又嫁给了同郡的赵士程。赵同学的背景可牛了，据说还是皇族赵氏的后裔。

就这样，陆游和唐琬这两位有情人各自有了新的家庭，房门一关过起了各不相干的日子，虽说是表亲，但经过休妻事件后，陆唐两家应该也不会再有来往了。

十年后的某一天，陆游独自到沈园游玩。

沈园本是一处私家花园，后来对外开放，性质跟现在的公园差不多，只要你有空，随时可以去溜达。陆游可以去，唐琬自然也可以去，只是二人都万万没有想到会在这里碰面。旧情人见面，那得多尴尬啊！更不巧的是，当时唐琬的丈夫赵士程也在场！

对于唐琬和陆游的事，赵士程非常清楚。谁让他们是同乡呢，就那么点大的地方，有什么秘密能捂得住？不过赵同学是个模范好丈夫，他非但没有因此嫌弃唐琬，反而更加怜惜这位苦命的女子，将妻子呵护得无微不至，他们的婚后生活也是比较融洽的。

不知赵士程之前有没有想过，越是得不到的东西，越是难以割舍。十年的光阴并没有斩断妻子对陆游的思念，甚至更强烈了。他很理解妻子的心思，非常大方地同意她和陆游单独说几句话，一来表兄妹见面不能太生分了，二来也是帮妻子解开一个心结。

很难猜测陆游和唐琬见面之后具体说了些什么话，但可以肯定的是，他们心中都不平静，埋藏了何止千言万语。有句话说得好，相见不如不见。

唐琬离开后，陆游有感而发，借着酒劲在沈园的墙壁上写下了诉说着他爱情悲剧的《钗头凤》。

　　多年以前的那个春日，杨柳依依，随风摇曳，他和妻子悠闲地欣赏春景，其乐融融。妻子不仅才华横溢，长得也很美丽，一双纤纤素手红润可爱。记不清到底多少次了，他执着妻子的手，许下了白首不相离的誓言。二人干尽杯中酒，信誓旦旦，不离不弃。谁知道突如其来的东风吹散了春日的美景，原先争春的百花尽数凋谢，美丽不再。而他和妻子的美好姻缘也似这般，说断就断了。

　　不用说，陆游词中的"东风"肯定有一部分指的是他的母亲陆老太太。可以肯定陆游是个孝子，不然也不会这么听话休妻了。但是从词中可以看出，他对母亲是存在怨恨的：多么美好的一段姻缘啊，你怎么就忍心拆散我们呢！

　　被迫分开的夫妻二人心中都万分悲痛，每当想起曾经长相厮守的日子，眼泪便如雨一般潸然而下。情犹在，命难为，一怀愁，无处诉。上阕结尾，陆游一连感叹了三个"错"字，可想而知他心中巨大的悲痛和无奈。

　　分开的日子里，陆游无时无刻不想念唐琬，他被离愁折磨，而她过得也不好，看她消瘦的容颜就可以知道。想必她跟他一样，日日在思念中落泪，眼泪之多足以把鲛绡湿透。曾经的她就像春日里的桃花一样美丽，经过那一场分别后，桃花凋落，美人消瘦，剩下的只是一副凄凉光景。一段情，伤的却是两个人的心。执手共白头的约定言犹在耳，他们都不曾忘记，为何偏偏会落得如此下场？

　　张爱玲小说《半生缘》的结局，女主人公顾曼桢幽幽地对男主人公沈世均说："我们回不去了。"

　　彼时的陆游心里大概也是这样想的吧，无论心中还有没有情，他和唐琬再也回不去了。

　　一年以后，唐琬再次来到了沈园，当她发现陆游在墙壁上为她写的那首词之后，心中顿时浪涛翻涌，她再也抑制不住埋藏多年的感情，泪水涟涟，模糊了双眼。仿佛心底生出了一丝默契，她居然依着陆游的调子，也和了一首《钗头凤》。

世情薄，人情恶，雨送黄昏花易落；
晓风干，泪痕残，欲笺心事，独语斜阑。
难，难，难！

人成各，今非昨，病魂常似秋千索；
角声寒，夜阑珊，怕人寻问，咽泪装欢。
瞒，瞒，瞒！

唐琬这阕词虽不及陆游，但也是上乘之作，字字血泪，道出了她的悲痛与辛酸，情人分离，苦的又何止陆游一人呢？她身为女子，被休后身份尴尬，不得已听从家里的安排另嫁他人，可是她的心里又何尝忘记过他？只怪造化弄人，天不遂人愿！

和了陆游的词没多久，唐琬郁郁寡欢，过了没多久就去世了。

又过了四十多年，陆游重游沈园，回想起他和唐琬曾经的幸福日子，还有那次不知是喜是悲的重逢，他以"沈园"为题，写下了两首著名的悼亡词。

其一
城上斜阳画角哀，沈园非复旧池台。
伤心桥下春波绿，曾是惊鸿照影来。

其二
梦断香消四十年，沈园柳老不吹绵。
此身行作稽山土，犹吊遗踪一泫然。

我甚爱第一首中的"伤心桥下春波绿，曾是惊鸿照影来"，"惊鸿照影"取自曹植《洛神赋》的典故。甄宓死后，曹植因怀念她，梦中看见她化身洛神，踏着凌波从水中而来。陆游看见桥下的一池碧水，仿佛也看见"翩若惊鸿"的唐琬重新回到了自己身边。

　　然清醒之后，梦还是梦，终究化作一场空。甄宓也好，唐琬也罢，逝者已矣，堪具忧愁，再浓的思念也无法令她们复活了。

　　情之一字，最是能将人折磨得不成人形。

蝶恋花·槛菊愁烟兰泣露

——天下学校废，兴学自殊始

槛菊愁烟兰泣露，罗幕轻寒，燕子双飞去。

明月不谙离恨苦，斜光到晓穿朱户。

昨夜西风凋碧树，独上高楼，望尽天涯路。

欲寄彩笺兼尺素，山长水远知何处。

——晏殊《蝶恋花》

晏殊是个神童，五岁就能作诗，才名不胫而走。当时的临川知府张知白听说了晏殊的事，就推荐他进京参加科考。

那一年，晏殊十四岁，轻易就在众多考生中崭露头角。几日后复试，晏殊一拿到题目就禀明宋真宗，这道题目他之前就做过，要求换试题。宋真宗觉得晏殊诚实，更加欣赏他，赐他进士出身，委以重用。

没多久，宋真宗下旨升晏殊做太子的老师。晏殊觉得奇怪，问宋真宗缘由，宋真宗说："我听说，其他大臣晚上夜夜笙歌，唯有你闭门读书。只有你这样的人，才有资格当太子的老师。"

晏殊说："皇上你误会啦，我其实也很想跟他们一样彻夜宴会歌舞，只是因为我家实在太穷了，没钱举办宴会，除了读书没有什么可以消遣的。假如我家有钱，我也会夜夜笙歌。"

宋真宗听了哈哈大笑，非但没有怪罪晏殊，反而更加信任他。

宋真宗驾崩后，宋仁宗也很看重晏殊。不过晏殊能一路官至宰相，关键原因还是他得到了刘太后的赏识。

前寇准倒台后，晏殊担心继任宰相丁谓掌控朝中大权，因为那时候宋仁宗还小，完全震慑不住整个朝堂。于是他提议，让刘太后垂帘听政，辅佐小皇帝。刘太后本来就怕丁谓权势滋长，她对晏殊的提议非常满意，于是在朝中其他大臣的支持下，开始了她的摄政生涯，成了大宋历史上第一位摄政太后。

晏殊支持刘太后摄政有功，官职又升了一级。两年后，他因受到弹劾，被贬应天府。可他并没有因此气馁，反而从基层做起，大力抓教育。范仲淹就是在那个时候得到晏殊的提拔，成了他的得意门生。

除了范仲淹之外，晏殊的还培养了其他优秀的人才。比如宋祁，比如欧阳修，比如他优秀的女婿富弼，还有就是他那个青出于蓝的儿子晏几道。

在所有门生中，晏殊最看重的是宋祁，对欧阳修却不怎么喜欢。据说又一次欧阳修和其他几个文人到晏殊家拜访，晏殊摆下非常丰盛的酒宴招待他们。这也应了晏殊对宋真宗所坦诚的话，他确实很喜欢酒宴生活。酒宴当天下着大雪，范仲淹还带兵在前线打仗呢，晏殊府上却歌舞升平，欧阳修有感而发，写了一首诗让晏殊不要只顾享乐而忘记边疆受冻的战士。晏殊很不开心，和欧阳修渐渐生了嫌隙。

总而言之，晏殊在教育事业的成就还是可圈可点的，他倡导了历史上有名的庆历兴学。因而《宋史》对他的评价是："自五代以来，天下学校废，兴学自殊始。"

能在教育上做出如此成就并培养这么多的人才，晏殊本人的才学更是不用说。王国维提出的人生三重境界中，第二重"昨夜西风凋碧树，独上高楼，望尽天涯路"就出自晏殊的《蝶恋花》。

在晏殊所有作品中，达到众所周知程度的就是有这首《蝶恋花》了。词本身就写得绝妙，而王国维也功不可没。

勿用细细品读，粗一看就能看出来，晏殊这阕《蝶恋花》的主题是离愁与相思，也就是我们常说的闺怨。闺中女子思念着远在天一方的恋人，离愁别恨生，深闺寂寞苦。春日里，桃红柳绿，可一转眼便红消香断，暗香渐逝，伤春时又伤己，花凋零，岁月去，红颜老，年年岁岁、岁岁年年，等到恋人回来之日，昔日花容月貌恐怕早已不存在。秋日萧瑟凄清，残红落尽，绿叶染黄，碎花残叶在清冷的风中悄然离去，再不复旧时颜色，那凄凉的光景就像离了恋人的自己，在思念中渐渐老去，形容憔悴，颜色枯槁。

伤春时，悲秋日，刹那芳华，红颜弹指老，青春岁月好似残红落木，总担心很快就走到尽头，闺中的愁思大抵如此。

《蝶恋花》的上阕主要写景。栏杆之外，菊花被轻烟所笼罩，看上去就像心怀忧愁；兰花叶子滴着露珠，给人的感觉就像在哭泣。其实在他人眼中，花叶之上挂着露水晶莹可爱，可在忧愁之人的眼中，露水就好似泪水。

院中的花儿即将凋谢，就连在飒飒西风之中依然可以盛放的菊花都失去了朝气，秋天怕是要离去了。闺房之中帘幕轻垂，散发着凄寒，隔着它，依稀看到外面的燕子渐飞渐远，将去遥远的地方过冬。

秋天总是能给人这种萧瑟感，也难怪多愁善感的闺阁女子喜欢伤春悲秋。等到花儿凋谢，黄叶落尽，燕子飞离，她们只能对着房中的帘幕独自伤心垂泪。帘幕在闺怨诗中出现的频率很高，很多年后，晏殊之子晏几道在他的《临江仙》中就写过一句："酒醒帘幕低垂。"

夕阳西下，到了晚上，帘幕渐渐退居幕后，该轮到明月来说愁了。银白色的月光朦朦胧胧，尤其是没有星星的晚上，氤氲的月光更加清寒。一般来说，月中仙女嫦娥独守广寒宫的寂寞，很能引起闺怨女子的共鸣，可晏殊笔下这位女子却觉得，明月也不懂得她心中的离愁之苦，因为月光透过窗户照进她的房中，一直到天明。她本就心中愁苦，面对这满地的月光更加彻夜无眠了。

燕子受不住帘幕的寒冷而飞走，可毕竟它们可以双宿双飞，一同离去。形单影只的她唯有孤芳自赏，顾影自怜。

秋天慢慢接近尾声，女子想起了昨天晚上，西风将院子里的绿叶全都吹落了，她不想再继续对着月光垂泪，于是起身披上衣服，登上了院中的高楼。她在高处能看清楚院中的一草一木，也能看清周遭的一切，可唯独看不见远在天一涯的恋人。也是，楼就这么高，看得远又如何，他和她之间毕竟隔着千山万水，若非神仙有千里之眼，谁能透过黑山白水看到自己想看的呢。既然看不到，那就寄一封信给他吧，也能聊寄相思，可是回头想想，她连他在什么地方都不知道，信又该寄到哪里？

很难想象，在政治上严谨有手段的晏殊，居然也能写出如此幽怨的词。晏几道多情婉约，看来有一部分也是遗传自他的父亲。

无疑，晏殊是一位称职的政治家，可让人费解的是，他在文学史上留下的美名却远远高于政治，而这些都是后话了。

被贬至应天府后的晏殊，由于工作表现优秀，很快就被召回京城，担任了参知政事之职。掌权的刘太后去世后，宋仁宗亲政。一般皇帝亲政要做的第一件事就是排除异己，稳抓大权。晏殊作为刘太后的亲信，被宋仁宗贬到了安徽亳州当知州。他的一生，也算得上是大起大落。好在晏殊心理素质好，无论怎么贬，他总是能在最短的时间内"回血"。

晏殊在政治事业的巅峰，他培养出的好女婿富弼功不可没。富弼出使辽国，阻止了辽国和大宋的战事，宋仁宗大喜之下将富弼升官，晏殊也因此官拜宰相，万人之上。

老师当了宰相，像宋祁、欧阳修等门生，自然也都官运亨通。

晏殊的官运由盛到衰，始于罢相一事。

受李宸妃墓志铭事件影响，宋仁宗下旨让宋祁起草罢相诏书。宋祁一点都没有给老师留情面，诏书写得铿锵有力，将晏殊往死里损。可笑的是，就在前一天晚上，他还跟晏殊一起欣赏歌舞，交流诗文。

晏殊被贬到颍州后，心里十分不痛快，于是写了《吊苏哥诗》，表面在歌颂一位为爱情自杀的妓女，实际上是讽刺宋祁不念师徒之情，落井下石。

然而，晏殊委实错怪了宋祁。他自己培养出来的学生，人品岂会差。宋祁之所以将贬官诏书写得那么犀利，不过是想平息宋仁宗的怒气。若非宋祁仗义执言，宋仁宗哪里会这么便宜晏殊，只将他贬到颍州当知州。

而后，晏殊几经易官，担任过礼部尚书、刑部尚书、户部尚书，官位虽然不低，但再难回到他当宰相时的辉煌。宋仁宗肯在贬官后再次重用晏殊，看得出他对晏殊还是十分器重的。

到了六十多岁，晏殊身体一日不如一日，宋仁宗恩准他回京任官。只可惜晏殊没能熬过病痛的折磨，最终病卒于京城。值得欣慰的是，他是富贵而终的，走得还算安祥。

临江仙·梦后楼台高锁

——与你初见，便是初恋

梦后楼台高锁，酒醒帘幕低垂。

去年春恨却来时，落花人独立，微雨燕双飞。

记得小蘋初见，两重心字罗衣，琵琶弦上说相思。

当时明月在，曾照彩云归。

——晏几道《临江仙》

宋朝才子无数，我独爱晏几道。而在他的《小山词》中，这首《临江仙》是我最为偏爱的，

早在那个尚不是特别明白词中意思的年代，我已然十分醉心于它了。懵懂青涩的岁月，我曾偷偷拿出印花纸笺，把这阕《临江仙》一字一句抄了下来，夹在课本中间。末了还一直想着，小山词写得太美了，怪不得世人评价，他与父亲晏殊相比，青出于蓝而胜于蓝，他的《小山词》比晏殊的《珠玉词》更胜一筹，可谓艳而不俗。

抛开才华不说，晏几道的身份也是非常值得一提的。他是北宋少有的高富帅才子，当朝宰相晏殊第七子，父子二人并成为大小晏。

晏几道经常被拿来与清朝最著名的才子纳兰容若作比较。他们一样

系出名门，宰相之子，出生富贵，自小过着无忧无虑的生活；他们一样年少有为，才华横溢，千古流芳；他们一样多才多情，字里行间无不向世人透露，他们是情痴，更是情种。

当然，更主要的是，晏几道与纳兰容若所写的词，一样多情柔情，一样细腻婉约。

即便是在几千年的历史上，晏几道和纳兰容若也是少有的出生富贵之家的才子，很难说我更喜欢谁，虽则相似，但晏几道就是晏几道，他和纳兰容若还是有很多的不同之处，他笔下的词，有着独特的一面。

开篇提到的《临江仙》是一首相思之词，在这首词中，晏几道所思念的是友人家中的歌女，名唤小苹。在《小山词》的跋中，晏几道就有提到，每每写出新作品，他就会让友人家那几位歌女们演唱，久而久之，他与几位歌女互相留下了好印象，其中又以小苹最甚。

晏几道出身名门望族，接触过的出色女子肯定不少，歌女舞女就更不用说了，那时候的文人公子，几乎没有几个没相好的歌女的。能让他牵挂至此，想必小苹肯定是位才艺双绝的女子，又或者有其他的过人之处。

与小苹的第一次相见，是在友人家中。那时候的小苹青涩美丽，宛如初放的花朵，她穿着一件印有两重心字连环图案的罗衣。这里的"两重心字罗衣"是当时很流行的一种服饰，和我们如今的流行趋势一样，古人也赶时髦。用篆书画两个心字的连环图案在身上，意味心心相印，永结同心。

当时的歌女都喜欢穿这种衣服，晏几道不可能没见过，可穿在小苹身上，偏偏又有一种与众不同的美丽。他看见她袅娜地走了出来，抱着琵琶轻拢慢捻，似在弹曲，却又似在默默诉说着心中的相思。他们二人，早在当时就已经一见倾心了。

隔着一年光阴，这一天午后，晏几道从梦中醒了过来。他先前喝过酒，脑袋还是昏昏沉沉的，不是很清醒，睁开蒙眬的睡眼后，看见的好像是低垂的帘幕，还有窗外静静伫立的楼台。

不知为何，去年春天的离愁别绪，此事突然再一次一发而不可收，他想起了曾经青涩美丽的小苹，恍然觉得自己还在做梦，梦中的楼台仿佛被烟雾笼罩，如幻境一般，分不清到底什么是真，什么是假。

他是醒着还是依旧在做梦，周遭的一切是真实还是梦中景象，连他自己也分辨不清楚。他揉揉惺忪的睡眼，这时候，他仿佛看见小苹穿着去年他们相见时所穿的那件衣服，站在不远处的花丛中。四周百花凋零，残红满地，唯有小苹像盛放的花朵，美丽依旧，丝毫看不到岁月的痕迹。天上正下着蒙蒙细雨，在小苹的身后，燕子成双成对，正展翅向远处飞去。

燕子双双对对，而他却形单影只，伊人已去，她曾轻歌曼舞的楼台人去楼空，帘幕低垂，寂静而没有半点喧嚣之气。

词的最后两句"当时明月在，曾照彩云归"，是我认为最美的一句，自然也是我最喜欢的一句。晏几道化用的是李白《宫中行乐词》中的"只愁歌舞散，化作彩云飞"，但个人觉得，晏几道笔下的两句诗，比李白的原句还要有深意。遥想去年初见时候的明月，历历在目，他希望明月能够照着小苹的所在，让他与思念的人早日团聚。彩云指的其实就是小苹，用绚烂的云彩来形容美丽的女子，一点都不过分，甚至在晏几道的眼中，小苹比彩云还要美丽。越是无法相见，心中的思念更甚，他时刻渴望梦中的景象能够成为现实。只可惜，明月高挂，佳人却不在，空自恼。

晏几道与小苹之间的感情，应该算不上严格意义上的爱情，因为他不只为小苹一个歌女写过表达相思的词，他所思念所牵挂的女子也不止小苹一个。但可以肯定的是，晏几道对小苹肯定有很深的好感。小苹给他留下的印象太过美好，初次相见，他就被她深深吸引了。他喜欢小苹的美丽多情，天真烂漫，渴望能常常与她相见，只可惜这样的愿望最终没能实现，思念她时，唯有酒后在梦中相见。

晏几道对小苹的思念毋庸置疑。但是，如果凭这首词就断定他是个痴情专情之人，那就错了。他是才子，更是风流才子，小苹不过是他留过情的众多女子之一。

临江仙·斗草阶前初见

——邂逅相遇，适我愿兮

斗草阶前初见，穿针楼上曾逢。

罗裙香露玉钗风。靓妆眉沁绿，羞脸粉生红。

流水便随春远，行云终与谁同？酒醒长恨锦屏空。

相寻梦里路，飞雨落花中。

——晏几道《临江仙》

同样是以"临江仙"为词牌名，晏几道在另一首词中所挂念的，又是另一个女子。

休说多情，词中透露的"邂逅"，美得如雨后山中的云雾，缥缈虚幻，浓得化不开。

我觉得"邂逅"是一件很浪漫的事，无论两个人最终能否走到一起，多年以后的多年以后，偶尔回想起和曾经爱过的人初次相见时的场景，恍然如梦，也不知那次见面是偶然还是冥冥之中天注定。

《诗经·郑风·野有蔓草》云："野有蔓草，零露溥兮。有美一人，清扬婉兮。邂逅相遇，适我愿兮。"看，几千年前的人就已经觉得邂逅是一件很美的事了，尤其是邂逅心仪之人。

晏几道与这位姑娘初见之时，她正在阶前与其他女孩子斗草。她们玩得喜笑颜开，不亦乐乎。而他则站在一旁默默看着，不知不觉中竟然被姑娘的喜悦感染了，没由来地，他心底涌上一阵欢愉。

　　最初，姑娘并未察觉有人在一旁观看，一心全扑在斗草的游戏上，想方设法想赢了这次比赛。等到游戏结束时，她发现身边有一位翩翩公子正出神地盯着自己看，霎时间羞红了脸。彼时他们还是少男少女，天真烂漫，这样的初遇算不上特别浪漫动人，却是属于他们两个人共同的美好回忆。哪怕时光荏苒，岁月变迁，当她看到他人斗草，也会回忆起，曾经的她是他眼中最美丽的风景线。

　　春去秋来，转眼便到了乞巧节，说她的另一个名字知道的人可能会更多——七夕。对于我们而言，七夕就是中国传统的情人节，在这一天，牛郎织女鹊桥相会，虔诚的女孩会祈求他们保佑自己，能够与心上人长相厮守。然而在古代，姑娘们还有另外一个重要任务，那便是穿针乞巧。

　　织女是王母娘娘的孙女，擅长织布，她能用云彩织出绚烂的锦帛，因而凡间的女子会在七夕的夜晚，于院中摆上瓜果等祭祀品，乞求织女能将技艺传授给她们，赋予她们同样的心灵手巧。乞巧节源自汉代，葛洪在《西京杂记》中记载："汉彩女常以七月七日穿七孔针于开襟楼，人俱习之。"到了南朝，齐武帝命人建层城观，到了七夕节这一天，宫女们会登楼穿针，故谓之"穿针楼"。登楼穿针的风俗一直延续了下来，在很多诗词中都能见到，比如唐人李群玉的"穿针楼上闭秋烟，织女佳期又隔年"。

　　他与她在七夕佳节重逢，偏偏在这个日子，难道是命中注定？还记得，那日的她穿着美丽的罗裙，裙子上沾满了花中的露水；她的头上佩戴者玉钗，走起路来玉钗在风中轻轻颤动，仿佛要飞起来一样。他不由看得痴了，她亦发现了她，瞬间羞得满面通红。

　　晏几道必定深爱这位姑娘，他对她的印象如此深刻，就连她的衣着、头饰还有妆容都记得清清楚楚。她新画的眉间沁出了翠绿的黛，涂抹了脂粉的脸颊上泛起了潮红。可以想象，这位害羞的姑娘，当时所化的妆容必定十分精致。

　　古代的女孩子爱美之心可一点都不比现在的人少，她们在美容方面也着实下了功夫的。每逢喜庆的节日，她们会身着盛装，用最美的妆容去迎接这一天，词中提到的黛和粉只是最基本的化妆品。黛又称眉黛，是女子用来画眉的工具，相当于现在的眉笔。

　　汉代刘熙的《释名》云："黛，代也。可灭眉而去之，以此画代其处。"看来古时女子画眉和我们还是有区别的，她们要把自己原来的眉毛剃了，用黛画上。那时候的黛以黑色为主，但也有偏青、蓝、绿的颜色，词中女子用来画眉的黛，应该就是偏绿的这种，画上之后，眉间会沁出翠绿。至于粉，那就更好理解了，就相当于我们现在用来画底妆的粉饼。古代女子所用的粉，以铅粉居多，所以会有"洗尽铅华"之说，意味不施粉黛，不加装饰。除此之外，还有珍珠粉、水银粉等等。晏几道"靓妆眉沁绿，羞脸粉生红"的外貌描写可谓十分细腻了，亦不难看出他平日接触的女子应该少不到哪去。但是晏几道虽出身名门，对女子却多是怀着一分喜爱与同情的心理，这是难能可贵的。

　　不过晏几道的运气不怎么样，他思念的女子总是不能长期陪伴在他身边。小苹如此，这位罗裙女也是如此。时光流逝，她就像流水一样不知流落到何方，回想起他们在一起的那段美好日子，快乐是如此短暂。他将她比作飘然远去的巫山女神，踪迹难寻。

　　《高唐赋》中，巫山女神和楚王一夜云雨，从此销声匿迹，再没有出现。他心爱的女子也是如此，陪伴他度过了一段快乐的日子之后，不知所踪。也不知如今谁能有此幸运，得到她的相伴，但那个人绝对不是他自己。

　　自从分别后，晏几道常常想起他们在一起的点点滴滴：斗草阶前的邂逅，穿针楼上的重逢，她沾满花露的罗裙，她沁出翠绿的眉黛，她羞红的粉脸，还有他们执手的岁月……思念她时，他总是借酒浇愁，愁上却更生愁。

每次酒醒，看着空空荡荡的房间，唯有一方屏风，空对着自己。此刻的他落寞至此，又凭什么乞求能再见到她呢？只有梦里面，他可以肆意宣泄自己的感情，跋山涉水去寻找她的芳踪倩影。春花飞雨的时候，希望能再次执起她的手，重温一遍曾经的深情。

晏几道也是个情种啊。他不比父亲一生太平，生活无忧，父亲给了他高贵的出身，却不能保证他一生太平。或许他天生不是富贵命，到了落魄之时，曾经喜欢的女子一个个离他而去，不知流落何处。而他每每想到她们，只能靠酒来麻痹自己，在梦中与她们相重逢。难怪他的词中总是有他思念女子的身影，她们留给他的，是他一生难忘的回忆。邂逅相遇，适我愿兮。

他曾写过一首《点绛唇》，词中所述，似乎正是他一生情史的写照。

花信来时，恨无人似花依旧。
又成春瘦，折断门前柳。

天与多情，不与长相守。
分飞后，泪痕和酒，占了双罗袖。

上天赐予他多情的心，却没有给他相守的权利。一生匆匆，几番劳燕分飞。然而，纵不能长相厮守，亦难忘曾经情深。

生查子·关山魂梦长

——只为一人白头

关山魂梦长，鱼雁音书少。

两鬓可怜青，只为相思老。

归梦碧纱窗，说与人人道。

真个别离难，不似相逢好。

——晏几道《生查子》

我很喜欢白居易和张仲素燕子楼组诗中的一句"燕子楼中霜月夜，秋来只为一人长"。燕子楼是徐州张愔张尚书为爱妾关盼盼所建，后来张愔去世，关盼盼独居燕子楼，日子过得寂寞凄苦，白居易这句诗的意思是，燕子楼中的霜月之夜如此漫长，好像只为关盼盼一人而已。

所以在读到晏几道这阕词中的"两鬓可怜青，只为相思老"，顿时感觉特别亲切，只因"只为"二字太能牵动人心，有种"曾经沧海难为水，除却巫山不是云"的唯一感。纵弱水三千，我却独取一瓢饮；我两鬓的乌发，只为相思而变白。

汉乐府长篇叙事诗《木兰辞》中有这么一句："万里赴戎机，关山度若飞。"写的是女扮男装后的花木兰跟着行军的队伍不远万里奔赴战场，翻越关隘和山岭就像飞过去那样迅速。《木兰辞》中的"关山"和晏几道这首《生查子》中的"关山"是一个意思，泛指关隘和山川，一般出现在与边塞有关的诗词中。而晏几道这阕词写的正是闺中妇人思念远在西北戍边的丈夫。

一路西北去，荒凉的关隘和山川牵动着妇人的心弦，每次做梦她都会梦见远在他乡的丈夫，魂牵梦萦。然而西北边塞之地要通书信是很难的，有时候几个月甚至几年都收不到关于丈夫的任何消息。在日思夜想中，妇人原本美丽的黑发渐渐变白，仿佛因为相思而一夜老去。

"两鬓可怜青"，这个"可怜"与我们熟悉的《孔雀东南飞》中的"自名秦罗敷，可怜体无比"中的"可怜"一样，大概就是很可爱，值得人去怜惜的意思，一般用来形容女子。妇人那一头乌黑亮丽的长发多好看啊，偏偏日日夜夜的相思折磨得她憔悴不堪，头发也像是马上要变白似的。

丈夫身在千万里之外，却时时刻刻牵动着妇人的心。一生一世，相思不悔。他回家时候的情景一遍又一遍在她的脑海中预演，她总是想着，他踏进门槛的那一刻会是什么样的呢？他会不会也跟她一样，时时刻刻惦记着自己？等到相逢之日，他必定也会迫不及待地与她相拥吧。

所以妇人脑中出现了这样的画面：丈夫回来之日，她偎依在他的怀抱中，坐在碧绿的纱窗之前，情意绵绵，共话相思。她要把因相思而肝肠寸断的感觉全部向他倾诉，还要告诉他："那离别的凄苦真是煎熬难耐，哪里比得上重逢厮守在一起的日子。"

词中提到了"碧窗纱"，即绿色的窗纱，而并非我第一眼的错觉，以为说的是"碧纱橱"。碧纱橱一般在清朝建筑中出现得比较多，而碧纱窗在古代文学作品中露脸的机会就多了，比如唐代诗人刘方平《夜月》中的"今夜偏知春气暖，虫声新透绿窗纱"。大概古人比较喜欢绿色的窗纱吧，绿色是生命的颜色，充满了朝气与活力，用我朋友的一句话来说就是，这是种见了能让人变年轻的颜色，《红楼梦》中，林黛玉所住的潇湘馆，可不就是用翠绿的纱糊的窗户吗？

　　有钱人家就是花样多，糊个窗户有很多讲究。一般人家里虽然用不起那么好的窗纱，但窗户是房间不可缺少的一部分，主人都喜欢给窗户糊上自己喜欢的颜色，看着心里也舒坦。词中妇人房中糊的是绿色窗纱，她应该是很喜欢这个颜色的，不然也不会想着等丈夫回来，偎依在他怀中，傍着绿窗纱情话绵绵了。

　　晏几道写词确实如后人评价的那般，比起他父亲晏殊，青出于蓝而胜于蓝。他的词中很多不为人注意的细节，还有很多微妙的情感，不细细看还发现不了。这也说明晏几道写词是下了心思的，他的笔下不仅融入了华丽的辞藻，还有他自己的情感。那些倾注了他心血的诗词仿佛活了一般，与世人诉说着小山词中的情与爱，爱与恨。

苏幕遮·燎沉香

——何日故乡，何忆故人

燎沉香，消溽暑。鸟雀呼晴，侵晓窥檐语。

叶上初阳干宿雨、水面清圆，一一风荷举。

故乡遥，何日去？家住吴门，久作长安旅。

五月渔郎相忆否？小楫轻舟，梦入芙蓉浦。

——周邦彦《苏幕遮》

一千多年前的某个夏天，天气晴朗。俄而，一场大雨倾盆而下，持续不久也就渐渐止了。雨后初晴，屋檐下鸟语欢快，屋内却比先前更加闷热。他焚了一炉沉香，顿时感觉暑气消了不少。

他的家乡，是有着"接天莲叶无穷碧，映日荷花别样红"美景的钱塘，也就是现如今的杭州。正巧，窗外池塘中荷花绽放，雨水在荷叶上滴溜溜滚动着，宛如珍珠。他的心随着满塘荷叶，一跃飞到了故乡。于是他提起笔，写下了一阕《苏幕遮》。

"叶上初阳干宿雨，水面清圆，一一风荷举"，便是因为这句词，我识得了周邦彦。

似乎不少人对周邦彦的印象都在于"一一风荷举"，就连词评达人王国维也称其"真能得荷之神理者。"

在周邦彦创作的所有作品中,《苏幕遮·燎沉香》最是脍炙人口,可谓思乡诗词中的佳品。因长安是汉唐都城所在,他以"长安"喻宋朝都城汴京,一句"久作长安旅",道出心中缕缕乡愁。他虽心有鸿鹄之志,想在京都一展抱负,但长期客居他乡,偶尔看到儿时家中随处可见的荷叶,心也随之飞回了故乡江南。

宋朝是一个文人墨客各领风骚的朝代,豪放如苏轼,婉约有易安,晏家父子名噪一时,白衣卿相柳永更有"杨柳岸晓风残月"千古留名。在这些佼佼者中,周邦彦的名字似乎并不是那么显眼。然他的词作亦自成一派,有"词中老杜"的美称。

周邦彦的词素来以华丽著称,便是再安逸的词作,也总能有让人眼前一亮的只言片语。如"风老莺雏,雨肥梅子",如"断肠院落,一帘风絮",再如"风帘动,碎影舞斜阳"……

和其他众多文人的艰难坎坷相比,周邦彦青年时期还算是比较顺利的。他是宋神宗时期的国子监太学生,国子监是古代教育体系中的最高学府,能入国子监,其仕途必定不会太差,再加上他腹有诗书,很快就进入了仕途。

就在周邦彦为太学生期间,朝中发生了一件撼动人心的大事——王安石变法。

宋神宗在政治上颇有抱负,即位后,他对当时羸弱的社会现状极为不满,为改变这一现状,他启用王安石为丞相,推行新法。

宋神宗本人对王安石提出的新法自然是极力推崇的,然而他对变法一事看得太过乐观,忽视了朝堂内外的反对力量。新法固然能解决时下很多社会问题,可在很多层面上触及了朝中官员的利益,因而反对声日渐鼎沸。像我们自小就因"司马光砸缸"这一典故而熟识的《资治通鉴》的作者司马光,就是反对王安石变法的主要官员之一。

新法实施遇到阻碍之时,身为皇帝的宋神宗最迫切需要的就是主动站队支持他的人，哪怕这个人之前在朝堂并没有太大的作为。就在这样一个关键时刻，周邦彦大笔一挥，写下一篇歌颂变法的《汴都赋》，洋洋洒洒，句句肺腑。

宋神宗听到了正面的声音，龙心大悦，当即提升周邦彦为太学正（神宗异之，命侍臣读于迩英阁，召赴政事堂，自太学诸生一命为正）。

似乎历朝历代都有文人因一赋而声名鹊起之事。

东汉，馆陶公主为帮女儿陈阿娇挽回汉武帝的心，千金向司马相如求一赋，司马相如写下一曲《长门赋》，得到汉武帝的赏识。西晋，其貌不扬的左思创作了《三都赋》，时人竞相传抄，洛阳城的纸也因此涨价。到了北宋，周邦彦也延续了前人的美谈，因一篇《汴都赋》平步青云，声名一日震耀海内。可以说，《汴都赋》是周邦彦的成名之作。

然而，周邦彦的仕途并未从此一路畅通。

宋神宗去世后，宋哲宗赵煦即位。彼时的赵煦还只是个年仅九岁的孩子，对朝中大事一无所知，每每上朝都由高太后垂帘听政，朝中政权则被司马光一派掌握。

失去了宋神宗的支持，新法很快就被废除了。周邦彦受此事影响，被调离京城，辗转在泸州、溧水县等各个州县当小官小吏，整整十年才得以返回汴京，重新回到了他曾任职的国子监，担任主簿一职。

离开都城多年，几经浮沉。再见旧时风景，再遇曾经故人，他心中感慨万千。

重回汴京之日，是一个春天。梅花刚刚凋谢，桃花正当初放。万物如新，唯有人如故。

再来看看我们当时的宋哲宗赵煦同学吧，这也是一位命途多舛的皇帝。他年少多病，小小年纪就百病缠身，日日与药罐做伴。而掌握实权的高太后和赵煦不怎么对付，她对赵煦极其严苛，甚至堂而皇之地命令太医不得为赵煦治病。

天家皇族总是如此，为了争权夺利，父子可以反目，兄弟可以成仇，适者生存，不适者淘汰。由于自小就加在身上的各种桎梏，赵煦和高太后一党的关系一直很僵，他内心还是比较崇拜父亲宋神宗，宋神宗的变法在赵煦看来是非常英明果敢的。所以高太后一死，他马上恢复了王安石推行的部分新法。

即位十五年后，赵煦因病驾崩。在赵煦之后继任皇位的便是他的弟弟，历史上鼎鼎大名的宋徽宗赵佶。

传说宋神宗梦见南唐后主李煜，之后便生下了赵佶（生时梦李主来谒，所以文采风流，过李主百倍）。

我素来爱极了李煜的词，因而对于这句"文采风流过李主百倍"的评价，我是不敢苟同的。不过不得不承认，赵佶和李煜的确很相似，在文学造诣上足可同日而语：他们都不是合格的皇帝，但他们同样文采斐然，相比同时代的文人学者，有过之而无不及。

赵佶自幼喜爱书法绘画，他创造出了独具自己特色的瘦金体，流传千古，无人能超越。千古名画《清明上河图》的原图上，"清明上河图"五个字就是赵佶用瘦金体亲笔题写的。故宫博物院中至今还收藏着赵佶所绘《芙蓉锦鸡图》《祥龙石图》《雪江归棹图》等真迹。

此外，一如赵孟頫擅长画马，齐白石擅长画虾，宋徽宗画的鹰也是极有代表性的。民间素有"赵子昂（赵孟頫，字子昂）的马，宋徽宗的鹰——都是好话（画）"的歇后语。

之所以着墨这么多提宋徽宗赵佶，是因为这位皇帝和周邦彦之间有着一段一直为后人津津乐道的风流韵事，事件的女主角是赫赫有名的北宋名妓——李师师。

根据《东京梦华录》记载："崇观以来，在京瓦肆伎艺……小唱李师师、徐婆惜、封宜奴、孙三四等，诚其角者。"也就是说，李师师是一名歌妓，擅长"小唱"，所唱曲目大多是当时文人填写的长短句，很多文人墨客都和她有来往，比如"山抹微云君"秦观，宰相晏殊之子晏几道，"一树梨花压海棠"的张先等等。在这些人中，和李师师联系最密切的就是周邦彦了。

古时不少青楼名妓都仰慕有才华的文人，以唱他们的词为荣。像杜牧、柳永等才子都是青楼常客。李师师也一样，她虽是烟花女子，却不像一般庸脂俗粉那般肤浅。

初遇李师师，周邦彦已经是年过花甲的老头子了。然而这两个人一个有貌，一个有才，他们互相欣赏，很快就成了至交。为了赞美李师师花一样的容颜，周邦彦还特意为她填了一首词。

铅华淡伫新妆束。好风韵、天然异俗。

彼此知名，虽然初见，情分先熟。

炉烟淡淡云屏曲。睡半醒、生香透肉。

赖得相逢，若还虚度，生世不足。

相识久了，李师师越来越仰慕周邦彦的才华，据说还动过嫁给他的念头。然二人年纪悬殊，周邦彦又已有家室，此事也就不了了之了。能让汴京城最炙手可热的花魁为之倾倒，周邦彦的才华可见一斑。

除了周邦彦，李师师的另一位入幕之宾就是皇帝宋徽宗了。

在汴京城内，李师师艳名远播，无论是文人墨客还是官员商贾，无不想一睹芳容，就连九五之尊的宋徽宗也免不了俗。在太尉高俅的牵线搭桥下，宋徽宗结识了李师师。

宋徽宗身为一国之君，后宫佳丽无数，可在他看来，那些"家花"见了他无不是曲意逢迎，都一个样，远不及"野花"李师师来得新鲜刺激。再加上李师师容颜出众，又有一技之长，宋徽宗对她很是喜爱，经常微服前去与她幽会。据传闻，为了方便见李师师，宋徽宗特意修了一条通往李师师所在街区"镇安坊"的暗道。

一个是当今皇帝，一个是当朝才子，这两位李师师的常客，终于有一天不巧"相遇"了。

某一日晚上，周邦彦和李师师正饮酒填词，忽然听说宋徽宗来了，情急之下周邦彦便躲到了李师师的床底下。

当时宋徽宗心情极好，特意拿了江南进贡的橙子讨好李师师。李师师虽然担心躲在床下的周邦彦，但面对皇帝不敢大意，还是笑着接待了他。二人一边剥橙子吃，一边笑着闲聊，气氛很快缓和了下来。

这一切全被周邦彦看在眼中。等到宋徽宗回宫后，周邦彦酸溜溜地填了一首《少年游》，记录下了李师师和宋徽宗幽会时的场景。

并刀如水，吴盐胜雪，纤手破新橙。
锦幄初温，兽香不断，相对坐调笙。

低声问：向谁行宿？
城上已三更，马滑霜浓，不如休去，直是少人行。

李师师觉得这首词不错，当即和曲唱了出来。

几天之后，宋徽宗又来跟李师师相会了。想不通李师师出于什么心理，居然在宋徽宗面前唱起了《少年游》。宋徽宗一听自己的私情被当成歌唱了出来，气得脸都绿了，问李师师是谁写的词，李师师如实回答，说是周邦彦。

回宫后，宋徽宗越想越气，于是随便找了个借口，把周邦彦贬出了京城。

又过了几日，宋徽宗心想，周邦彦这个最大的情敌被赶走了，李师师总该一心一意对自己了吧。他找了个机会，兴致勃勃地去镇安坊探望李师师，谁知李师师不在家。问起伺候李师师的侍女，侍女回答说，李师师去给周邦彦送行了。听到这样的回答，宋徽宗很不高兴，可他难得出来一趟，不见佳人一面总觉得不甘心，所以即便心里再不爽，他还是耐心坐着等李师师回来。

直到半夜，李师师终于愁容满面地出现了。宋徽宗见她泪眼迷蒙，心疼得心都快碎了，赶紧起身问她原因。李师师说她欣赏周邦彦的才华，周邦彦这一走，她心里着实难受。宋徽宗又问她，周邦彦临走前可有写什么新词。李师师便把周邦彦的新作《兰陵王》唱给了宋徽宗听。

柳阴直，烟里丝丝弄碧。

隋堤上、曾见几番，拂水飘绵送行色？

登临望故国。谁识京华倦客？

长亭路，年去岁来，应折柔条过千尺。

闲寻旧踪迹。又酒趁哀弦，灯照离席。

梨花榆火催寒食。愁一箭风快，半篙波暖，回头迢递便数驿。望人在天北。

凄恻，恨堆积。渐别浦萦回，津堠岑寂。

斜阳冉冉春无极。念月榭携手，露桥闻笛。

沉思前事，似梦里，泪暗滴。

古人都喜欢以柳喻送别，比如李白的"此夜曲中闻折柳"，王实甫的"柳丝长玉骢难系"。周邦彦这首词看似咏柳，实则为离别而伤感。"柳阴直，烟里丝丝弄碧"写的正是他离开汴京前所见的隋堤上的景色。柳丝长，满眼绿，如此美景，却难以留住即将远行之人的脚步。可见周邦彦对汴京这个第二故乡有着很深厚的感情。

他不舍的，除了京都，大概还有李师师这个红颜知己吧。所以他用一句"谁识京华倦客"道出了心中的愁苦和无奈。而词的最后一句，"沉思前事，似梦里，泪暗滴"，凄婉无限，便是铁石心肠之人也不免被他沉痛的心情感染，揉碎肝肠，为之悲恼落泪。

一词三叠，一叠伤情更胜一叠，用词之精妙不由令人叫绝。如此好词，经由李师师绝佳的歌喉唱出，身为情敌的宋徽宗也忍不住为周邦彦的才华折服。他瞬间将那点醋意抛之脑后，下了一道旨把周邦彦召回京城，封他为大晟乐正（管理音乐的官员），并允许他在李师师家自由出入。

因一首词，两个情敌从此化干戈为玉帛。

靖康二年（1127），金兵南下攻破汴京城，宋徽宗、宋钦宗父子被俘北上，大宋境内一片兵荒马乱，李师师的命运也因此转变。在传奇小说中，金兵主帅久闻李师师大名，欲将其占为己有，然而李师师宁死不从，吞金簪自杀。又有一说法云，李师师自杀未遂，被尼姑相救，后逃往南方，流落江湖，不复往日风态（靖康之乱，师师南徙，有人遇之湖湘间，衰老憔悴，无复向时风态）。

无论哪一种传说是真的，或者都是杜撰的，靖康之变后的北宋兵荒马乱，内忧外患，纵使能苟全性命，李师师的生活也必定大不如前。昔日名动京城的一代名妓，至此结束了她辉煌的交际花生涯。

至于周邦彦，或许他的运气比李师师要好一点。他死于靖康之难前五年，有作品《片玉集》流传后世。

苏幕遮·碧云天

——杜康不能解之乡愁

碧云天，黄叶地。秋色连波，波上寒烟翠。

山映斜阳天接水，芳草无情，更在斜阳外。

黯乡魂，追旅思。夜夜除非，好梦留人睡。

明月楼高休独倚，酒入愁肠，化作相思泪。

——范仲淹《苏幕遮》

　　"苏幕遮"原本是龟兹国的一个盛大节日的名称，后流入中原，也成为当时一个比较重要的节日，而后又演变成了词牌名。

　　第一次读范仲淹这首词的时候就觉得写得很美，尽管词的内容并不高明，没有感人肺腑的离愁别绪，也没有动人心弦的壮志雄心，不过是琐碎的思乡之情，如涓涓细流，平静而真实。

　　我上学时就学过这首词，那时候读诗词经常不求甚解，只喜欢华丽的辞藻和优美的字眼。读起来朗朗上口的就容易记住，在这一点上唐朝诗人骆宾王可谓赚足了本，他的其他诗词传诵未必有多广泛，唯独七岁时写的那首"鹅鹅鹅，曲项向天歌"，无人不知，无人不晓。

　　范仲淹的诗文，没有哪一篇能超过《岳阳楼记》，谁人不知"先天下之忧而忧，后天下之乐而乐"？几年前我就因为文中"登斯楼也，则有心旷神怡，宠辱偕忘，把酒临风，其喜洋洋者矣"一句，坐了十几个小时火车专门跑了趟岳阳。

说来惭愧，登上岳阳楼之时，我丝毫没有什么"把酒临风"的豪气，千年后之后的岳阳楼早已不复当日情形，一到法定节假日，游人多得如同岳阳楼公园那些树上的叶子，排着队等着登楼。因为人流量实在太大，再加上岳阳楼年久失修，很多地方已经有了破损的痕迹，每个游客被允许留在楼上的时间很短，可以说是匆匆一瞥就得下来，根本来不及产生什么壮阔的心情，更别说是忧国忧民的心思了。唯一觉得美的，就是在岳阳楼上所看见的洞庭湖，虽不再有当年"八百里洞庭"的盛况，但湖上落日确实美得令人沉醉。

有了《岳阳楼纪》的字字珠玑，范仲淹的其他诗词就算再好，也会被抢了风头。《苏幕遮》算是他写得极好的一首词了，正如我之前所说，朗朗上口的诗词容易被人记住，词的开头"碧云天，黄叶地，秋色连波，波上寒烟翠"，这些字眼仿佛天生就该组成这么一句话，没有韵脚却浑然天成，一点都没有拗口的感觉，让人不得不记住它。

《西厢记·长亭送别》中，崔莺莺送别张生，离愁别绪一起，就唱了这样一段小令："碧云天，黄花地，西风紧，北雁南飞，晓来谁染霜林醉，总是离人泪。"王实甫在范仲淹原句的基础上稍作修改，竟然有了全然不同的韵味。他想表达的是崔莺莺对张生的留恋，范仲淹写《苏幕遮》则是为了抒发思乡之情，离愁与思乡倒是有共同之处，便是牵挂，对人的牵挂和对故乡的牵挂。

那一日，漫天白云在天上飘荡，满地黄叶被风吹得四处飞舞，范仲淹站在水边，静静凝望着江上的烟波。眼下正是秋天，江上的波涛似与天相连，远处的青山倒映在江中，仿佛与水上泛起的烟波连为一体，形成了一幅秋景图。

其中"波上寒烟翠"一句写得太妙了，未见真实景色，就能从词中看到江上朦胧的烟波，还有远处青山生出的寒意。这便是秋天所特有的景色，虽然萧瑟，却不失斑斓的色彩；虽然清冷，却仍然有种不同其他三个季节的美。

而眼前的秋景图中，远不止江水和青山的美，还有倒映在水中的夕阳，随着江水的荡漾，泛着粼粼波光。斜阳与水的结合，让我想到了白居易那首很美的《暮江吟》。

一道残阳铺水中，半江瑟瑟半江红。

可怜九月初三夜，露似真珠月似弓。

夕阳倒映在江面上，金光闪闪，波光粼粼，远远望去，一半的江水是碧绿的，一半的江水却被染成了殷红，美得就像出自西方大师之手的油画。

面对这样美的景色，本不该黯然生愁的。可是范仲淹远离家乡，在秋天这个容易悲伤的季节，他心中的离家之愁还是发作了。景色虽没，芳草却无情，远在天一边的我，何时才能回到故乡？有了这样一个转折，在词的下阕，他可谓写尽了乡愁。

远离家乡，漂泊在外的游子，无时无刻不在怀念故乡，每每想起故乡的一草一木，便会黯然伤神。甚至到半夜也难以入眠，就算勉强睡着了也还是会莫名其妙地醒过来，除非当晚能做一场好梦。这里的好梦，大多离不开故乡二字。若是在梦中见到故乡亲友，或者自己曾住过的熟悉的房屋，当天晚上必定会一夜好眠。

正如杜甫诗中所说："露从今夜白，月是故乡明。"所以明月升起的时候，千万不能独自倚在栏杆上望月。月圆了，人却不能圆，那些阔别多年的家乡亲友，不知今日是何模样，何时才能再团圆？其实，月亮永远都是同一个月亮，不同的是看月亮人的心情。家乡的月和异乡的月都一样，只因离了家乡，哪还有赏月的心思？在这样的心情下，自然会觉得月亮也暗淡无光，没有故乡月那么明亮了。

　　范仲淹必定是有过独自倚楼望月的经历，在月下狠狠思念过家乡，才会心生"明月楼高休独倚"之感。可有时候，越是提醒自己不要这样做，越是忍不住去做。一旦被明月唤起了乡愁，游子们都喜欢借酒浇愁，只可惜酒一入肠，非但没能浇灭心中的愁，泪反而先夺眶而出了。这里的"相思泪"可不是男女情爱的相思，他相思的是故乡，是养育他的那片故土。

　　在他的另一首《御街行》中，范仲淹也写过类似的句子：愁肠已断无由醉，酒未到，先成泪。还是李白说得好啊，举杯消愁愁更愁。酒哪能真的解愁，不过是自欺欺人罢了！断了思乡之愁的唯一办法，就是回归故乡。可叹的是人生在世有太多羁绊，未能事事如愿。这也是为何古诗词中经常出现乡愁和相思的原因。

　　何以解忧，唯有杜康。可有时候杜康并不能浇灭一切的愁。

渔家傲·秋思

——大漠孤烟，长河落日

塞下秋来风景异，衡阳雁去无留意。

四面边声连角起。千嶂里，长烟落日孤城闭。

浊酒一杯家万里，燕然未勒归无计。

羌管悠悠霜满地，人不寐，将军白发征夫泪。

——范仲淹《渔家傲·秋思》

曾经没见过塞外风光，只听说那里鲜有绿色，举目是一望无际的黄沙，随风飞舞。过路的商旅牵着骆驼在沙漠中深一脚浅一脚艰难地行走，驼铃阵阵，带着从遥远的西域运来的货物。

塞外的女子喜欢蒙着头巾遮挡风沙，她们性格豪爽开朗，和男人一起喝酒吃肉，唱着嘹亮高歌，跳着胡旋之舞……那是一道和南方迥异的风景，没有见过大漠的人，是不会真正明白那样的开阔境地。

我见过最美的大漠，在王维的《使至塞上》。

单车欲问边，属国过居延。

征蓬出汉塞，归雁入胡天。

大漠孤烟直，长河落日圆。

　　萧关逢候骑，都护在燕然。

　　向往大漠的人，没有谁不知道王维的"大漠孤烟直，长河落日圆"。大漠的孤烟不比南方青瓦白墙的民房中袅袅升起的炊烟，传说边塞燃烧狼粪作为警报，燃起的烟直而聚，风吹不散，也正是范仲淹词中所写的"长烟落日"。

　　似乎大漠的烟总是与落日分不开关系，未亲眼见到前我并没觉得那儿的落日和我所见过的有什么不同，总觉得，天底下的太阳都是一样的。直到当年的敦煌之旅，我和友人一路直奔玉门关，后又出关去了被称为魔鬼城的雅丹，当时我不明白为何司机坚持让我们看完落日再走，从雅丹到我们所住的鸣沙山青旅有近三个小时的路程，不早赶回去的话，塞外的晚上可是非常冷的。

　　到了傍晚六点左右，太阳渐渐下山，先前还一直抱怨的我瞬间被眼前的景象所惊呆，二十年来我从未见过比这更美的落日。四周一片旷野，毫无遮挡，血红色的夕阳仿佛是用圆规画出来的，凝结成一个正圆，一点一点，慢慢朝着地平线往下落。

　　同行的所有人跳跃着，惊呼着，抓起地上的沙子往天上洒，然后拼命拿出相机想留住这最美的一刻。我激动地说，我看到长河落日圆了，读王维的诗十几年，终于有幸见到了他笔下最美的大漠。我也总算明白，为何范仲淹会说"塞下秋来风景异"，秋天的塞外，没有江南常见的残红凋零，而是一种全然不同的大气之美。但同时塞外的秋天实在太过苍老，一如岑参所言，胡天八月即飞雪，风一来就全是肃杀和寒冷，莫说是人，就连雁群也受不了，毫不留念地飞走了。而它们所去的方向，正是衡阳的回雁峰。

　　王勃在《滕王阁序》中所写的"渔舟唱晚，响穷彭蠡之滨；雁阵惊寒，声断衡阳之浦"，与范仲淹词中"衡阳雁去无留意"乃是出自同一个典故。传说，每一年的秋天，北雁南飞，前往衡阳回雁峰过冬，到来年春天才会返回，衡阳也因此得了"雁城"的美称。然范仲淹所写，并非为了体现衡阳雁城的美，身为戍边将领的他深知塞外的艰苦，就连大雁都受不了那边的萧条往南飞去，将士们又何尝不挂念家乡？只是边塞重地，关系的是全国百姓的安危，他们须得常年留守至此，谨防塞外敌人来侵。与他们做伴的，就是这万顷黄沙和大漠的长烟落日。

当年，大汉朝与匈奴连年征战，大将军卫青、霍去病举兵北去，依然未彻底解决匈奴的威胁。直到东汉大将窦宪再一次出兵北征匈奴，终于打赢了燕然一战，他登燕然山，刻石勒功而还。范仲淹的"燕然未勒归无计"，化用的正是窦宪登燕然山刻石勒功的典故，其意为，杯酒入肠，虽无比怀念家乡亲友，但是边塞的威胁还未解除，回乡就遥遥无期啊。

这是范仲淹戍边时所感，也是他在《岳阳楼记》中的豪言：先天下之忧而忧，后天下之乐而乐。他一生坚持自己的理想，在萧瑟的边塞渡过了漫长的岁月，直到年近古稀，身体越来越差，才被允许前往河南邓州做知州。而这么多年来，他和大漠也结下了深厚的情谊。那里条件虽艰苦，但是有和他怀着同样雄心壮志的前往将士，同仇敌忾，保卫着家国河山。难怪岑参高适的边塞诗总是豪情壮志，让人为之热血沸腾。

除了孤烟、落日与黄沙，大漠留给我最深的记忆就是羌笛了。随着王之涣一句"羌笛何须怨杨柳"，羌笛也成了边塞诗词中出现频率最高的乐器，如岑参的"将军置酒饮归客，胡琴琵琶与羌笛"，高适的"雪净胡天牧马还，月明羌笛戍楼间"，冯延巳的"燕鸿远，羌笛怨，渺渺澄江一片"，就连写尽风月的花间词泰斗温庭筠也写过"羌笛一声愁绝，月徘徊"。

我在阳关听过羌笛的声音，或许是先入为主吧，曲声虽悠扬，入了我的耳却怎么听怎么觉得凄凉。大漠之中，将士们若听到这样的曲声，又怎会不思乡，怎会不忧愁？就算到了三更半夜，他们也依旧被羌笛呜咽的声音所困扰，辗转反侧，忧思悲哉。

在这一片黄沙万顷随风飞舞的大漠之上，有多少将士流尽了泪，又有多少将军愁白了头？边塞诗高亢的同时，又有几人能读出背后的辛酸？殊不知，那些戍边将士的父母妻儿在家日盼夜盼，有些人甚至愁白了头也没能等到与家人团聚的那一天。因为战事一起，他们就得冲锋陷阵，无数人有去无回，死在敌人的刀剑之下，埋骨黄沙之中，魂魄不得归。而心心念念盼着他们回家的妻子，肝肠寸断，泪难收，至死都不能了却心愿。

塞外雁声断，大漠羌笛悲。孤烟落日不可摹，黄沙万顷风卷泪。

满江红·太液芙蓉

——悲情昭仪，奈何一生

太液芙蓉，浑不似、旧时颜色。

曾记得、春风雨露，玉楼金阙。

名播兰簪妃后里，晕潮莲脸君王侧。

忽一声、鼙鼓揭天来，繁华歇。

龙虎散，风云灭。千古恨，凭谁说。

对山河百二，泪盈襟血。

驿馆夜惊尘土梦，宫车晓碾关山月。

问姮娥、于我肯从容，同圆缺。

——王清惠《满江红》

　　苟且偷安的南宋小朝廷被元军攻占了都城临安后，宋度宗举白旗投降，带着他的全皇后和一干皇族宗室女子，以战俘的身份随军北上去了。这情形，像极了当年的靖康之难，徽宗、钦宗二帝被金兵掳去，皇族宗亲包括公主皇子等等，也全部作为俘虏被掳去了金国，一路颠沛流离，受尽苦难。这两件事，一在北宋末年，一在南宋末年，隔了一百多年时间，却有着惊人的相似。

我们的女主角——昭仪王清惠也在这些被迫北上的宗室女子之列，只不过在众多美女中，她并没有得到特别的关注。她之所以引起后人的注意，是因为一首题写在石壁上的诗，更因为她差点被民族英雄文天祥用一首词逼死。

"文天祥"三个字，可以用妇孺皆知来形容了，即便是三岁孩提，也能朗朗念道："人生自古谁无死，留取丹心照汗青。"几百年来，文天祥的气节一直为后人景仰，提到"民族英雄"四个字，更是有无数人脑子里会冒出文天祥的名字，他对宋朝的忠贞，日月可见。然就是这样一位义薄云天的民族英雄，我始终不曾明白，他为何会与一个苦命的女子过不去。

王清惠是南宋后宫的一位昭仪，和武则天刚嫁给唐中宗时候的封号一样，算是个品级还算不错的妃子。深宫虽寂寞，但她原本的生活应该也还算平静，南宋的灭亡就像湍急的飞瀑，一瞬间将她的命运冲得支离破碎。

德祐二年（1277 年），三千战俘北上为奴，王清惠灰暗的人生拉开了一个序幕。她开始怀念曾经并不那么热衷的宫廷生活，至少，曾经的她不用遭受这般耻辱。

当时押解战俘的队伍经过汴梁夷山，住在当地的一所驿站里。王清惠想起了眼前的苦难，又想起了昔日的种种，心生感触，于是在驿站的墙壁上题了这首《满江红》。

词中的"太液池"位于长安城的大明宫词内，为唐太宗年间所凿，是皇家园林的重要组成部分，大明宫的后宫正是依太液池而建。很多诗词中提到过太液池，最有名的莫过于白居易《长恨歌》中的"太液芙蓉未央柳"，还有贾岛的《黄鹄下太液池》。

王清惠写这首词以太液池起兴，却是感慨于自身的命运。

那太液池中的芙蓉已经失去了昔日的艳丽色彩，就像她一样，美丽的往昔不再，落得个俘虏的下场，满面风霜地一路向北。昔日大一统的大宋王朝，说亡便亡。她曾住在皇宫中华丽的宫殿，过着奢侈的生活，然，富贵荣华如过眼云烟，突然便消失得无影无踪。

身为一个常年生活在后宫中的妃嫔，说不留恋曾经的宫廷生活，那是不可能的。王清惠对宋宫中的时光无比怀念，但她并非贪图荣华富贵的女子，她作这首词，除了想表示自己如芙蓉一样高洁，洁身自好，主要还感叹的还是国家的命运。

龙虎散，风云灭，千古恨，凭谁说。大好河山就这样葬送了，她一个小女子能做什么呢？唯有像现在这样，对着曾经属于大宋的河山泪如雨下。

深夜的驿站中，王清惠抬头望着明月，内心充满了无限哀思。

她曾是皇帝的昭仪，如今却沦为阶下囚，是该以死守节，还是学韩信受胯下之辱，能屈能伸？身为大宋的女子，她有贞洁观念，她心底想着，若是能以死殉国，也倒落得个清白。可到了这一生死关头，她心生迷茫，不知如何是好。只得问月宫中的嫦娥："于我肯从容，同圆缺？"

嫦娥是不可能回答王清惠的，文天祥却代替嫦娥回答了她。

宋度宗投降后，宋朝大势已去，文天祥等宁死不屈的抗元将士被囚禁在金陵的监狱中。

王清惠在驿站墙壁题词后的几个月，南宋的谢太后也被迫北行。宿于驿站的她看到了王清惠所作的词，王清惠的名气便随着这首词流传了出去。

身在狱中文天祥见到这首词，作为回答，便提笔和了王清惠一首，词牌名也是《满江红》。

燕子楼中，又捱过、几番秋色。

相思处、青年如梦，乘鸾仙阙。

肌玉暗消衣带缓，泪珠斜透花钿侧。

最无端蕉影上窗纱，青灯歇。

曲池合，高台灭。人间事，何堪说！

向南阳阡上，满襟清血。

世态便如翻覆雨，妾身元是分明月。

笑乐昌一段好风流，菱花缺。

青年时期的文天祥高中状元，意气风发，乘坐着高头大马从路上经过，那样的风光，一点都不比跨凤成仙的弄玉和萧史差。他本以为凭借自己的本事，可以为宋朝干一番大事业，功成名就。孰料战争来得太突然，元兵说来就来，宋度宗贪生怕死，居然选择了投降，而他们这些抗元义士无奈被囚于燕京，无法继续为民族抗战。想那皇城宫殿中，高台芳榭全部化作一片废墟，江山易主，兵荒马乱，身为大宋子民的他们心中自是苦不堪言。

从文天祥的"人生自古谁无死，留取丹心照汗青"这句诗就能看出，他必定是誓死效忠大宋，绝不投降的。但朝代更替后，有不少人为了保全性命，卑躬屈膝地投降元朝，改为元朝效力。他对那些不能以死明志，而苟且偷生，侍奉新朝权贵的人十分鄙夷。

乐昌公主真是躺着也中枪了，她和驸马破镜重圆的故事一直被后人当作佳话，文天祥却给予了否定的评价。文天祥觉得，乐昌公主在南陈灭亡后不能以死殉国，身为尊贵的公主却卑微地去服侍隋朝官员，实在为人所不齿。她和驸马虽然破镜重圆了，但镜子破了就是破了，合在一起也还是有了裂缝，再也回不到从前。

当然，文天祥所针对的不只是乐昌公主一个人，而是那些千千万万和她一样，不能为故国守节的权贵们。

文天祥说这些话的意思很明显，就是劝王清惠自杀殉国，以死明志。他写的是字，但这些字却是一把把的利刃，他这哪里是写词，分明是逼着王清惠拿起刀子自杀嘛。

王清惠也好，乐昌公主也罢，不过是不被命运眷顾的可怜女子罢了。她们长于深宫之中，没吃过什么苦，自然不比像文天祥那般以忠贞自居的英雄。

都城破，故国亡，这本是君王的责任，统治者没能治理好自己的国家，导致外敌入侵，国破家亡，又关这些弱女子什么事呢！国家灭亡了，她们自然不会再有以前的富贵生活，被俘的被俘，被卖的被卖，生活发生了翻天覆地的变化。难道她们希望看到这样的结局？

旧时的女子本就很可怜，她们不能主宰自己的命运，出嫁前听父母的，出嫁后听丈夫的，老了还得听儿子的，尤其深宫中的女子，简直就是被囚禁在华丽牢笼中的金丝雀。国家灭亡，她们的命运也随之改变。

乐昌公主算是亡国公主之中最幸运的，虽然经历了许多苦难，但她最终还是回到了徐驸马身边。王清惠就可怜多了，一路艰难坎坷，受着身体和精神的双重折磨。她不是没有想过要以死保持贞洁，但她毕竟是一个手无缚鸡之力的弱质女流，是深宫中没有受过任何苦难的宠妃，她有她软弱的一面，不像文天祥这等热血男儿，说以死殉国就能马上做到。文天祥是个饱读诗书的状元，为什么就不能设身处地为王清惠想想呢？难道非得死了，才能证明对大宋的忠贞？

不只是文天祥，南宋末年其他词人也写过王清惠的和词。比如汪元量的这一首。

天上人家，醉王母、蟠桃春色。

被午夜、漏声催箭，晓光侵阙。

花覆千官鸾阁外，香浮九鼎龙楼侧。

恨黑风吹雨湿霓裳，歌声歇。

人去后，书应绝。肠断处，心难说。

更那堪杜宇，满山啼血。

事去空流东汴水，愁来不见西湖月。

有谁知、海上泣婵娟，菱花缺。

和文天祥的词相比，汪元量就显得温柔多了。

古代文人骨子里流着的都是传统血液，礼义廉耻，三纲五常，就像绳索一样束缚着他们一生一世。

不能否认文天祥是位坚贞不屈的民族英雄，但他作为那个时代的男人，难免有着根深蒂固的封建思想，他不会跳出他们的思维去看待女人，而是希望把自己的意志强加在女人身上，于他而言，王清惠若是不能用死来保持贞洁，那就是对大宋的不忠。

抛开《满江红·燕子楼中》这首和词不说，文天祥甚至还代王清惠写了一首《满江红·代王夫人作》。

试问琵琶，胡沙外、怎生风色。

最苦是、姚黄一朵，移根仙阙。

王母欢阑琼宴罢，仙人泪满金盘侧。

听行宫、半夜雨淋铃，声声歇。

彩云散，香尘灭。铜驼恨，那堪说。

想男儿慷慨，嚼穿龈血。

回首昭阳离落日，伤心铜雀迎秋风。

算妾身、不愿似天家，金瓯缺。

当年，汉武帝封刘细君为江都公主，远嫁乌孙，刘细君弹得一手好琵琶，后人经常以公主琵琶指代她，如李颀《古从军行》中“公主琵琶幽怨多”。汉元帝时期，王昭君又被封为公主，远嫁匈奴。巧合的是，王昭君擅长的正好也是琵琶。

文天祥借大汉女子远嫁塞外一事，指代宋朝灭亡后，后宫女子被元兵掳去。其中，“最苦是，姚黄一朵，移根仙阙”指王清惠被迫离开宋朝皇宫，一路北去。美好的生活破灭，王清惠心中万分痛苦，然身为宋人，就应宁为玉碎不为瓦全，誓死效忠大宋朝廷，坚守贞操，洁身自好。

如果说文天祥和王清惠的那首词是想劝她自杀保贞节，那么这一首代她而作的词就已经为她选了道路，其咄咄逼人之势，令身为女子的我看了不禁觉得气愤。

王清惠虽是亡国被俘的妃嫔，但只要她活着，她就有选择自己生活的权利。就好比公交车让座的问题一样，不少人觉得，让座固然是美德，但不让座也是那个座位临时拥有者的权利，旁人没有资格去指责他。

王清惠被迫北上成为俘虏，命运已是十分悲惨。或许在很多人眼中，文天祥一腔热血，有胆识、有气节，但是对于同为女人的我而言，我并不觉得他对王清惠所做的一切是对的。说到底，王清惠不过是一个可怜的女子，何必咄咄逼人？

或许这就是思想的距离，也是时代的距离。我们不能理解他们的想法，深受古文化熏陶的他们更加不会赞同我们的想法。

不过，王清惠和关盼盼的情况还是有区别的。关盼盼只是死了丈夫，她的事迹不是兵荒马乱的战争年代，也不会有被俘受辱的可能。所以白居易写诗害关盼盼绝食自尽，很多人对白居易颇有微词。文天祥写这两首词让王清惠自杀保全贞洁，却很少有人持反对态度。因为以当时的情况，假若王清惠不自杀保全清白，必定会受元兵侮辱。要知道她可是宋朝皇帝的妃子，岂能人尽可夫！

可是在我看来，两件事的本质没什么区别，不过是时代对女性的不公而已。

和投水自杀保全清白的贞洁烈女徐君宝妻相比，同样是被掳，徐君宝妻有勇气殉夫，王清惠却没有勇气殉国，或者说，她犹豫了。所以在时人眼中，徐君宝妻是烈女，王清惠就是对大宋不忠。

反过来想想，不也正是因为人们的这种思想，徐君宝妻才会选择自杀吗？因为她觉得，受辱就是对丈夫的不忠！她和王清惠一样，有什么错呢？

她们同为在乱世中颠沛流离的女子，她们有权利选择怎么对待自己的生命，自杀守节也好，忍辱偷生也罢，何去何从，且把决定权留给她们自己吧。乱世之中，没有太绝对的对错之分，不过时局所迫罢了。

王清惠最终没有自杀，大概身为弱女子的她还是没有自杀的勇气吧。但是她用了另一种方式反抗元兵——削发为尼。宋朝灭亡了，她虽没有勇气以死殉国，但不会再贪恋红尘，只愿能常伴青灯，了却残生。

终究，南宋的灭亡给王清惠带来的痛苦是巨大的，从临安一路风霜颠簸北上，她的身体越来越差，再加上精神上的折磨，即便是遁入空门，她的生命最终还是结束在了距南宋都城千里之遥的北方。

生前再多恩宠，再多荣辱，到了魂魄离体的那一刻，也尽随之化作尘埃。

扬州慢

——念桥边红药，为你生

淮左名都，竹西佳处，解鞍少驻初程。

过春风十里，尽荠麦青青。

自胡马窥江去后，废池乔木，犹厌言兵。

渐黄昏、清角吹寒，都在空城。

杜郎俊赏，算而今、重到须惊。

纵豆蔻词工，青楼梦好，难赋深情。

二十四桥仍在，波心荡、冷月无声。

念桥边红药，年年知为谁生。

——姜夔《扬州慢》

姜夔是学者，也是清客。

很难再有像姜夔一样的全才了。

他诗词卓越。念桥边红药，年年知为谁生。字字珠玑，如他跨过时光的喃喃低语，亲口诉说。

他精通音律。杏花天影，古怨、暗香。宫、商、角、徵、羽之间，清秀婉约，曲中自有一番天地。

他书法绝伦。行云流水，挥毫自如。笔底尽显墨中神韵，书谱意趣，令人拍案叫绝。

他超凡脱俗，如闲云野鹤般游走在尘世之外，不受俗世羁绊，不为高堂困扰。

他是一个文人，是一个行者，更是一个清客。

南宋绍兴二十五年（1155 年），他出生在江西的一个官宦人家。他的父亲亦是一个文人，曾中进士，后多年担任不轻不重的小官，几经调任，辗转各地。所以他自小就是漂泊的，跟着他的父亲，他的家庭。

大概也是受了父亲的影响，他自小学文，多次参加科举考试。只可惜他没有他父亲的运气，每次科考均以落第告终。甚至到辞世的那一天，他依然和功名无缘。可能他生来就不适合官场吧，朝堂束缚太多，一入仕途，谁能保证不会禁锢他笔下的灵气呢。

其实他是有机会为官的。约四十岁时，他在杭州游历，结识了当地一位名叫张鉴的世家子弟。富甲一方的张鉴非常欣赏他的才华，张鉴觉得，以他的胸怀和才气，未能考取功名委实太过可惜。思前想后，张鉴便提出为他捐一个官职，也算是了了他的心愿。他觉得，君子不应以投机之道谋取原本不属于自己的一切，婉言谢绝，也因此错失了一生中唯一进入仕途的契机。然，行得正坐得直，他必定不会后悔。

像他这样才华横溢的清客，自然会受到许多志同道合之人的赏识。辛弃疾就是他的至交好友之一，甚至他的词作也有受辛弃疾的影响，有学者评价说："白石脱胎稼轩，变雄健为清刚，变驰骤为疏宕。"

辛弃疾曾写过传世名篇《永遇乐·京口北固亭怀古》：

千古江山，英雄无觅、孙仲谋处。

舞榭歌台，风流总被、雨打风吹去。

斜阳草树，寻常巷陌，人道寄奴曾住。

想当年，金戈铁马，气吞万里如虎。

元嘉草草，封狼居胥，赢得仓皇北顾。

四十三年，望中犹记、烽火扬州路。

可堪回首、佛狸祠下，一片神鸦社鼓。

凭谁问，廉颇老矣，尚能饭否？

作为如切如磋的好友，姜夔和了一首同名同韵词，《永遇乐·次稼轩北固楼词韵》：

云隔迷楼，苔封很石，人向何处。

数骑秋烟，一篙寒汐，千古空来去。

使君心在，苍厓绿嶂，苦被北门留住。

有尊中酒差可饮，大旗尽绣熊虎。

前身诸葛，来游此地，数语便酬三顾。

楼外冥冥，江皋隐隐，认得征西路。

中原生聚，神京耆老，南望长淮金鼓。

问当时依依种柳，至今在否？

辛弃疾词风豪放，心系河山，姜夔的词却以婉约灵动见长，心中虽有家国，奈何造化弄人，羁旅一生。既然不能同赴八百里麾下，亦可以词为赠，赞扬他，激励他，也不枉他们相识一场。

诗人杨万里在朋友的引见下认识姜夔，为他的学识折服，将他比作唐代大诗人陆龟蒙。二人从此结为好友，经常书信往来。而后杨万里的好友范成大读了姜夔的诗词，对他的诗和人品都极为赞赏推崇。

就连顽固不堪的理学家朱熹，也对姜夔的文章挑不出刺来。他不仅欣赏姜夔的诗词文章，更喜欢他谱写的词曲。而姜夔至今流传最有名的词曲，就是这首《暗香》。

旧时月色。算几番照我，梅边吹笛。

唤起玉人，不管清寒与攀摘。何

逊而今渐老，都忘却春风词笔。

但怪得竹外疏花，香冷入瑶席。

江国，正寂寂。叹寄与路遥，夜雪初积。

翠尊易泣。红萼无言耿相忆。

长记曾携手处，千树压、西湖寒碧。

又片片、吹尽也，几时见得？

　　姜夔作为一介布衣，他的出名，除了本身的学识之外，跟以上提到的几位文人对他的推崇是分不开的。自那以后，姜夔的名声也渐渐传开，因他好道，朋友便称他为"白石道人"。他的洁身自好，不慕名利，使得他在人与人的传唱之中，俨然是魏晋名士一般的风流人物，不少士大夫真想与他结交。

　　也是因为他的才华，他结识了人生中的另一半——他的妻子。

　　在游历途中，姜夔受到了当时颇有名气的诗人萧德藻的赏识。萧德藻实在是太欣赏姜夔了，有种相见恨晚的唏嘘。他一高兴，把自己的亲侄女嫁给了姜夔。而姜夔和杨万里的相识，也源自萧德藻的牵线搭桥。

　　要知道，萧德藻如今虽名不见经传，彼时他却是和陆游、杨万里、范成大齐名的大诗人，也就是他在《扬州慢》序言中提到的"千岩老人"（淳熙丙申至日，予过维扬。夜雪初霁，荠麦弥望。入其城，则四顾萧条，寒水自碧，暮色渐起，戍角悲吟。予怀怆然，感慨今昔，因自度此曲。千岩老人以为有"黍离"之悲也）。

　　《扬州慢》这首词的中心，不外乎"念桥边红药，年年知为谁生"。以至于后世不知有多少人第一眼见到这首词的时候，心瞬间飞到了扬州的二十四桥，想目睹一下桥边红药年年岁岁绽放的风采。

"二十四桥仍在，波心荡、冷月无声。"多冷的一句话，岁月仍在，物是人非，前景再不复往昔。千古文人，也只有姜夔能刻画出扬州那一刻"三十年河东，三十年河西"的萧瑟。所以萧德藻的评价是：有《黍离》之悲。

不过姜夔和萧德藻的侄女，他的妻子，似乎感情并不怎么深。以姜夔感情之细腻，若真的很爱妻子，怎会在诗词中只字不提妻子呢？偏偏，他的文字中出现过其他女子的身影。

和其他风流骚客相比，姜夔的情史略显平淡，除了世人皆知的萧德藻侄女外，值得一提的就是他在游历途中结识的一对歌妓姐妹花了。文人和歌妓自古就是绝佳组合，但凡有点名气的诗人，都有那么几个当歌妓的情人。

那一年姜夔游历到合肥，客居了一段时日，在这段日子中，陪伴在他身边的不是他的妻子，而是他心心念念，甚至多次写词怀念的歌妓姐妹。从他的作品和生活经历中可以推断，自他和歌妓姐妹相识后，他反复数次前往合肥，与心上人相会。能让他如此牵挂，他和这对姐妹的感情一定是非常深刻了，至少远远胜过本该与他生死与共的妻子。

在姜夔比较出名的作品中，《琵琶仙》就是专门写给这对歌妓姐妹的。

　　　　双桨来时，有人似、旧曲桃根桃叶。

　　　　歌扇轻约飞花，蛾眉正奇绝。

　　　　春渐远、汀洲自绿，更添了几声啼鴂。

　　　　十里扬州，三生杜牧，前事休说。

　　　　又还是、宫烛分烟，奈愁里、匆匆换时节。

　　　　都把一襟芳思，与空阶榆荚。

　　　　千万缕、藏鸦细柳，为玉尊、起舞回雪。

　　　　想见西出阳关，故人初别。

桃叶、桃根的典故出自王献之的《桃叶渡》："桃叶复桃叶，桃叶连桃根。"桃叶是王献之的爱妾，桃根则是桃叶的妹妹。王献之的《桃叶渡》走红之后，桃叶桃根一直成为美女姐妹花的代名词。同样，在姜夔这首《琵琶仙》中，"有人似、旧曲桃根桃叶"指的就是歌妓姐妹。这对姐妹花对姜夔的感情影响很大，大概歌妓都比较崇拜文人吧，你填词来我唱曲，互相欣赏。

除却妻子和情人，如果硬是要挖掘姜夔的其他感情八卦，那么大概只有范成大送他的那个名叫小红的家妓了。

家妓和歌妓不同。歌妓是指在教坊中以卖唱为业的女子，比如李师师，比如苏小小。家妓则是有钱人蓄养在家中的歌妓，比较有名的像晋朝土豪石崇的家妓绿珠，值得一提的是，秦始皇的生母曾经就是吕不韦的家妓，也难怪一直有嬴政是吕不韦之子的说法。

姜夔在范成大家中做客，二人饮酒论诗。范成大一时兴起，就让姜夔应景作歌咏梅花的诗词，姜夔神来之笔，速成二首，就是后来大名鼎鼎的《暗香》和《疏影》。范成大拍案叫绝，让家妓小红吟唱两首曲子。小红没有辜负姜夔的佳作，唱得极为动听，动听到范成大一高兴就把她赏给了姜夔。

没错，那时候的家妓地位之低，如同马匹丝帛一样，经常被当成礼物，被文人们相互赠送。

虽与仕途无缘，早年的姜夔活得还算是春风得意，毕竟有名士推崇，毕竟有学者赏识，毕竟有佳人作陪。然而到了晚年，他的生活机遇发生了一个非常戏剧化的转折。

晚年的姜夔定居杭州，由于张鉴的资助，起初他的生活还算殷实。后来张鉴去世，姜夔所住的地方遭遇火灾，一夜之间他一无所有，一贫如洗。遭遇如此打击，再加上年岁已大，身边又没有亲友的帮助，姜夔的身体一日不如一日，两袖清风地漂泊在江南一带。十年之后，早已不复当年风华的姜夔孤苦而终，他生前的友人筹钱将他埋在了他在杭州居住过的旧址西马塍（夔晚居西湖，卒葬西马塍）。

这，就是姜夔的最终归处。

生前多少荣辱，到头来亦不过黄土一抔，全化作了尘埃。

江城子·赏春

——与君别离，断肠一生

斜风细雨作春寒。对尊前，忆前欢。

曾把梨花，寂寞泪阑干。

芳草断烟南浦路，和别泪，看青山。

昨宵结得梦夤缘。水云间，悄无言。

争奈醒来，愁恨又依然。

展转衾裯空懊恼，天易见，见伊难。

——朱淑真《江城子·赏春》

才女朱淑真被称为断肠词人，因为她的代表作品为《断肠词集》，但我觉得她的一生也确实挺断人肠的。

朱淑真经常被拿来跟李清照相提并论，因为她们是宋朝最出名的两位女词人，李清照生于北方，朱淑真生于南方，一南一北两才女，都给后人留下了不少瑰丽的作品。朱淑真比李清照晚出生五十年的样子，差不多属于同一时期。

世人经常感叹，赵明诚去世后，李清照的后半生过得不尽人意，但是跟朱淑真比，李清照已经十分幸运了。李清照好歹嫁过如意郎君吧，她家郎君好歹是个文化人吧，他们夫妻俩好歹志同道合，有过一段美好的生活吧。那么朱淑真呢？她嫁的根本就是一个就算妻子能写出千古绝唱也如同对牛弹琴的不解风情的木头疙瘩。

后世认为，朱淑真是浙江钱塘人，又有说是浙江海宁人，具体出生地无从考据。但可以肯定的是，她是一位自小便才华横溢的江南女子。

关于朱淑真的聪明机智，有这么一个故事。

有一次朱淑真的父亲骑毛驴进城，不小心把州官撞倒了。州官非常生气，要把朱淑真的父亲抓进大牢解恨。朱淑真听说此事，急忙赶去为父亲求情。州官一早就听说过朱淑真的才名，故意为难她说："听说你很会作诗，这样吧，只要你用诗的形式道出八个'不打'，但诗中不得出现一个'打'字，若能做到，我就饶了你父亲。"朱淑真应允，请州官出题。恰好当时是黄昏，州官就说以"夜"为题。朱淑真想了想，当即吟诵了一首诗。

月移西楼更鼓罢，渔夫收网转回家。
卖艺之人去投宿，铁匠熄炉正喝茶。
樵夫担柴早下山，飞蝶团团绕灯花。
院中秋千已停歇，油郎改行谋生涯。
毛驴受惊碰尊驾，乞望老爷饶恕他。

朱淑真这首诗中分别包含了八个"不打"，月移西楼更鼓罢（不打鼓），渔夫收网转回家（不打鱼），卖艺之人去投宿（不打锣），铁匠西路正喝茶（不打铁），樵夫担柴早下山（不打柴），飞蝶团团绕灯花（不打虫），院中秋千已停歇（不打秋千），油郎改行谋生涯（不打油）。这首诗写得算不上很精致，但是在当时那么紧急的情况下，又有那么多约束条件，能马上作出这样一首诗，足见朱淑真的聪明才智。

朱淑真长得怎么样，无从考据。但出于"才女长得都不会差"的最初印象，那就姑且认为她是个美丽的女孩子吧。像她这般心思玲珑剔透的女子，本该有个好的归宿，只可惜造化弄人，父母安排的姻缘苦了她一辈子。

在嫁人前，朱淑真有自己喜欢的人，深闺中的她满含春情地为那个他偷偷写过一首诗。

> 春闱报罢已三年，又向西风促去鞭。
> 屡鼓莫嫌非作气，一飞当自卜冲天。
> 贾生少达终何遇，马援才高老更坚。
> 大抵功名无早晚，平津今见起菑川。

根据她写给这位心上人的这首《送人赴试礼部》来看，他应该是一位贫困书生，一直想考科举但是一直没有考上。哦不，莫说进士，他连举人都没中。在古代，能考上举人已经很了不起了，可以参考《儒林外史》中中了举人的范进，高兴得都快疯了，如走火入魔一般。

所以，无论朱淑真怎么坚持，她的父母下定决心要棒打鸳鸯。他们的女儿那么出色，怎么能嫁给一个碌碌无为的平头百姓？相信这也是现如今很多父母的想法，客观来说，朱淑真的父母并没有做错。

而朱淑真那位神秘的心上人考了几次没考中，大概气馁了，想放弃，朱淑真就写诗鼓励他，让他不要自暴自弃，只要用心苦读，他日一定能够一飞冲天。而神秘心上人远没有朱淑真那么聪明，搁现在估计就算不是学渣也是接近学渣的那一类，他悬梁刺股考了不知道多少次，到头来还是没能如朱淑真所愿——考取功名向她提亲。

据记载，朱淑真的父亲曾做过官，家境富裕。这里我有个疑问，既然朱淑真她爹是当官的，为何会骑毛驴进城，就算没人抬轿也该有辆马车什么的吧，而且父女俩还惧怕州官的责难，这不太说得过去。

有两种可能，要么就是"不打诗"一事是后人为了表现朱淑真的聪明杜撰出来的，要么就是朱淑真家道中落，大不如前了。

总之，朱淑真出生官宦家庭是事实，以她们家的背景，就算真的家道中落，父母也不会同意她嫁给一个穷酸书生的，好歹女儿是远近闻名的大才女，嫁不了大官也得嫁小吏啊。

果真，朱淑真还真的在父母的安排下嫁给了一位小官吏。朱淑真心思玲珑剔透，又写得一首好诗，倘若她的丈夫能和李清照的丈夫赵明诚那般，即使学问在她之下也无所谓，能有点共同话题的话，婚姻也不至于那么失败。

朱淑真的丈夫实在是个俗得不能再俗的人，一点都不欣赏不了她的才华。朱淑真之所以一直记挂着以前的恋人，必定因为他是懂她的，两个人凑在一起对对诗、填填词，有说有笑，有滋有味。相比之下，婚后的生活简直是度日如年，让她不堪忍受。

因怀念初恋情，朱淑真写了这首《江城子·赏春》。

斜风细雨中，春寒料峭，勾起了她埋藏在心底的往事。少女时期的她多么幸福，有志趣相投的恋人相伴，一同赏春看景。可是相爱的恋人却被强行拆散，不知他身在何方，留下她一个人孤零零流下了寂寞的泪水。

与其说这首词的主题是赏春，还不如说是伤春更为恰当。大好春光中，寂寞的女词人想起了昔日的恋人，泣泪涟涟，无人诉苦。

"芳草断烟南浦路，和别泪，看青山"写的正是她和恋人的分别。青山依旧在，芳草却凄迷，她流着泪看他远去，想叫住他却无从开口。因为，有时候爱情并不是一切，不是相爱就可以在一起的，婚姻有太多太多前提条件，身为女儿，她无法违抗父母之命。

这大概就是古代女子最大的悲哀了，再爱一个人又有什么用呢，父母一摇头，万事都成空。有时候她们或许还会羡慕一下那些婚前大门不出、二门不迈的闺阁小姐，不管父母选的是一个怎样的丈夫，至少她没有自己的爱情，不用忍受被迫和心爱之人分离的肝肠寸断。

自从分别后，回忆就像上了瘾一样，无法停止。她时常在梦中与心爱之人重逢，二人执手相看泪眼，心有千言万语，开口却无一言。梦如果不是梦那该多好，就算是梦，为何不让她多享受一下梦中的欢乐。醒来之后，她又如往日一般陷入了无尽的惆怅之中。这一辈子，怕是再也没有与他相见的那一天了吧。

朱淑真没有料到，在她结婚之后的某一年元宵夜，她居然见到了心心念念的那个人。她内心陷入一片混乱，曾经的爱恋如即将撕裂黑暗的太阳，喷薄欲出。她按捺不住思绪，写下了一首《元夜》。

火树银花触目红，揭天鼓吹闹春风。

新欢入手愁忙里，旧事惊心忆梦中。

但愿暂成人缱绻，不妨常任月朦胧。

赏灯哪得工夫醉，未必明年此会同。

多年以后的他和她，身边都已经有了自己的另一半，再也不能像往日那么亲密无间了。

还有一首和元宵佳节有关的词，就是众所周知的"去年元夜时，花市灯如昼。月上柳梢头，人约黄昏后……"据说也是朱淑真所写，只是古人比较传统，觉得女子写这样的诗词坏了名声，于是流传下来的作者就成了欧阳修了。

按照朱淑真的性格，她会写出这样的诗词我一点都不觉得意外，还有比这更刺激的呢，比如上面这首《元夜》中的"但愿暂成人缱绻，不妨常任月朦胧"，另外还有更香艳更刺激的"娇痴不怕人猜，和衣睡倒人怀"，也不知道她"睡倒"的是谁的怀抱，应该不太可能是她丈夫的。

看来，一段不幸福的婚姻还真能把人逼疯，像朱淑真这样的才女都耐不住寂寞，更不用说那些像潘金莲一般胆大的女子了。而这种不如意的婚姻生活，朱淑真似乎在婚前就有预料到。被迫与心上人分离的她曾经无比向往理想中的爱情,因而比翼鸟、连理枝等等,都是她讴歌的对象。

她曾作诗《落花》,以诉对父母棒打鸳鸯的怨恨。

连理枝头花正开,妒花风雨便相催。

愿教青帝常为主,莫遣纷纷点翠苔。

美好的爱情,朱淑真不是没有过。她原以为可以执子之手,与子偕老,奈何现实远远比理想残酷千万倍。就好比枝头开得正鲜艳的连理花,一场风雨便可将其摧残得枝折花落。究竟是风雨太强大,还是爱情太脆弱?又或许,越是灿烂的花朵,越容易招来风雨的妒恨吧。

从朱淑真的字里行间,轻易就能看出,她的婚姻生活不只是不幸福,应该是相当糟糕,至少对她来说是这样。

有一次回到娘家,她向父母言明要跟丈夫断绝关系,父母当然不同意,估计关起门来没少教育,离婚之事也就这样不了了之了。之后的朱淑真一直生活在这段悲剧婚姻中,她整日愁眉不展,郁郁寡欢,终于含恨而去。

朱淑真死的时候还是比较年轻的,大概四十多岁,在古代也算是中年吧。而她生前所写的诗词手稿则被父母付之一炬,只留下《断肠诗集》和《断肠词》。

我大胆地猜测了一下,朱淑真父母之所以烧她的诗稿,大概是因为她诗词中写了太多女子不该写的东西,比如思念以前的情人等等。旧时女子名声太重要了,就算她死了也不能留下什么见不得人的东西。然对于后人来说,一代才女的手稿被焚毁,实在是可惜至极。

千百年来,朱淑真的名气较之李清照虽然还是小了一些,但断肠词人的确名副其实。枉断肠,须断肠,恨断肠。

卜算子·我住长江头

——此生只对你不离不弃

我住长江头，君住长江尾。

日日思君不见君，共饮长江水。

此水几时休？此恨何时已？

只愿君心似我心，定不负相思意。

——李之仪《卜算子》

李之仪词中传达的这种爱，今人并不陌生，叫作"日日思君不见君，共饮长江水"，而成就李之仪的，正是他在《卜算子》中倾诉的这段相爱却不能相守的爱情。

这首词是李之仪写给一位叫杨姝的歌妓的，这位才艺双绝的女子，是他的红颜知己，也是在他最痛苦的时期陪伴在他身边的人。

在讲李之仪和杨姝的爱情故事之前，先来说一说李之仪的原配夫人胡淑修。

胡淑修出生在江南的一个书香门第，同时也是官宦世家，她的外祖父、祖父和父亲都是北宋重臣。有这样的家庭背景，胡淑修所受的教育自是不必说。她工诗词，通四书，谙历史，精算数，研佛学。传说，就连北宋著名科学家，《梦溪笔谈》的作者沈括都向胡淑修请教过数学方面的问题。

而这仅仅是胡淑修在学问上的造诣，她的品行也无可挑剔。

李之仪是苏轼的门人，胡淑修和丈夫一样，非常仰慕苏轼的才华，她以能结交苏轼这样的大文豪为荣。后来，苏轼获罪被贬，树倒猢狲散，他先前的许多朋友对他避之不及，生怕连累自己，胡淑修却丝毫不避讳。苏轼贬官上路，临行前胡淑修去送他，甚至亲自为他缝制棉衣。

在胡淑修看来，苏轼就是苏轼，无论他是风光无限的文坛泰斗，还是凄惨落魄的阶下囚，她所钦佩的只是他的为人和学识，而这些不会随着他身份的改变而改变。

能娶到胡淑修这样一位才华横溢、品行高洁的奇女子，李之仪夫复何求？难怪几十年来夫妻二人鹣鲽情深，生死不离。

有句俗话说的是："夫妻本是同林鸟，大难临头各自飞。"然而在李之仪身陷囹圄、沦为阶下囚的时候，胡淑修依然不离不弃，想尽各种办法营救丈夫。

李之仪的老师是范仲淹的儿子范纯仁。范纯仁欣赏李之仪的学识，十分器重他，并对他委以重任。甚至在病重之际，将他叫到榻前，口述遗言。

李之仪没有辜负老师的期望，他秉承范纯仁的遗愿，并为范纯仁写了传记。

范纯仁死后，以蔡京为首的官僚团体大肆打压对手，排除异己，李之仪就是在这个时候被陷害，打入了监狱。

家里的支柱倒了，胡淑修却没有像普通妇人那样惊慌失措。她到处托关系搭救丈夫，可惜求助无果。就在她绝望的时候，她听说有位官员家中藏有范纯仁生前手稿，这份手稿可以证明李之仪的清白。

然而，蔡京的权势太大，这位官员哪里敢把手稿交出来救李之仪。胡淑修没有办法，她铤而走险，潜入官员家中盗出手稿，上朝喊冤，终于将李之仪从狱中救了出来。

身为一个礼教社会长大的女子，胡淑修敢作敢为，连男子都不由得钦佩她。

她是李之仪一生所爱，他们夫妻二人几经浮沉，同风雨，共患难，感情至深，如同金石。

在蔡京的案子中，李之仪虽然被妻子所救，但蔡京容不下他，将他发配到了太平州，从此远离京城。

关于被贬到太平州之后的生活，李之仪如是说："某到太平州四周年，第一年丧子妇，第二年病悴，涉春徂夏，劣然脱死。第三年亡妻，子女相继见舍。第四年初，则癣疮被体，已而寒疾为苦。"

也就是说，李之仪一家到太平州的第一年，他的儿媳妇去世；第二年，他本人病重；第三年，妻子胡淑修亡故，儿子、女儿也相继去世。

仕途不顺，入狱、贬官、病重、丧妻、丧子……诸多打击累积在一起，如同一座大山压在李之仪的身上，他一下子跌入沉痛的深渊，生不如死。

遭此劫难，李之仪一下子老了很多，他以为自己过不了这道坎，即将奔赴黄泉与妻子儿女做伴之时，杨姝出现了。遇到杨姝，李之仪如涸辙之鲋临渊，获得了他的第二次生命。

杨姝和胡淑修一样，是个不折不扣的奇女子，尽管她的身份是卑微的歌妓。

据说，杨姝在十三岁的时候就有着不同常人的侠义心肠。那一年黄庭坚获罪，杨姝为他叫屈，以一曲《履霜操》相赠。

有必要提一下《履霜操》的典故。

这是一首古琴曲，相传是周朝大臣尹吉甫的儿子伯奇所作。尹吉甫的后妻担心伯奇影响到自己的地位，就对尹吉甫吹枕边风，以谗言诬陷伯奇。尹吉甫宠爱妻子，居然听信了她的话，把伯奇赶了出去。伯奇蒙受不白之冤，心中异常愁苦。就在被赶出家门的那一天，他踩着一地寒霜，写下了一首曲子：

朝履霜兮采晨寒，考不明其心兮信谗言。

孤恩别离兮摧肺肝，何辜皇天兮遭斯愆。

痛殁不同兮恩有偏，谁能流顾兮知我冤。

写完之后，伯奇投河而死，以示清白。

后来，《履霜操》的典故常被用来形容冤屈。杨姝为黄庭坚弹奏此曲，其意欲为何，不言而喻。

杨姝遇见李之仪，再操此曲，勾起了李之仪心中的往事。李之仪想起了自己被蔡京冤枉，被贬到太平州，又因此失去妻子儿女，不由得潸然泪下。他感激杨姝能明白自己的心声，将她视为知音。二人相交之后，互相产生爱意。

那个时候的李之仪已经过了知天命之年，再加上身心的创伤，必然憔悴不堪。而杨姝还是美貌绝伦的鲜花，她能倾心于李之仪，想必也是仰慕他的才华。

在杨姝的陪伴下，李之仪慢慢走出了丧妻丧子的阴影。这个温柔美丽的女子就是他最好的解语花，她像胡淑修一样陪在他身边，从不嫌弃他是戴罪之身，又年长自己几十岁。

又一年秋天，李之仪和杨姝一起漫步长江畔。美人在侧，共赏滚滚长江，李之仪心中顿时涌起了无限思绪。名传千古的《卜算子》遂成于此。

我住在长江上游，你住在长江的下游。我们之间，隔着绵绵不绝的长江。

我在长江的彼端，日日夜夜思念着你，却见不到你的身影。幸好，我可以这样安慰自己，我们共饮这长江之水，我们曾相距是如此之近。

长江之水滚滚东流，不知何时才能停歇。我对你的思念就像这东流之水，何时才能停止？怕是这辈子都难等到这一天了吧。

李之仪和杨姝感情之深，就像他所写的《卜算子》一样。杨姝被李之仪打动，决心嫁给他，不负相思意。

有杨姝的相伴，李之仪晚年度过了一段快乐的时光。他们常常携手在姑溪溪畔，沉醉在山水美景之中。所以，李之仪给自己取了个外号，叫姑溪居士，又叫姑溪老农。

杨姝给李之仪生下了一个儿子和一个女儿，李之仪晚年得子，欣喜若狂，一家人的生活也十分和睦。

遇见杨姝后，李之仪不仅感情上有了第二春，仕途也再度风生水起。他得到了官复原职的机会，杨姝为他所生的儿子也得到了荫封。

孰料，李之仪命中注定会再逢一劫。他不慎得罪了一位名叫郭功甫的小人，郭功甫怀恨在心，向蔡京告发，说杨姝生的儿子不是李之仪的，李之仪却冒充是自己的儿子获得荫封，此乃欺君之罪。

蔡京和李之仪本来就有嫌隙，自然不会轻易放过他。可怜杨姝遭到杖刑，飞来横祸。

不过杨姝从未后悔嫁给李之仪，也没有因为遭到劫难就离开他。直到李之仪病重不治，她还仍然陪伴在他身边，那时的李之仪已经七十多岁，而杨姝还很年轻。李之仪死后，这位善良的女子按照他生前遗愿，把他和亡妻胡淑修合葬在了一起。

李之仪留下的作品有《姑溪词》《姑溪前集》和《姑溪题跋》，其中有一首词题为《浣溪沙·为杨姝作》。无疑，这是他为妻子杨姝所写。

玉室金堂不动尘。林梢绿遍已无春。清和佳思一番新。
道骨仙风云外侣，烟鬟雾鬓月边人。何妨沈醉到黄昏。

能得到两位旷世奇女子的青睐，李之仪一生所受的那些苦难，也算值了。

玉楼春

——一年之初，春日光景

东城渐觉风光好。縠皱波纹迎客棹。

绿杨烟外晓寒轻，红杏枝头春意闹。

浮生长恨欢娱少。肯爱千金轻一笑。

为君持酒劝斜阳，且向花间留晚照。

——宋祁《玉楼春》

天圣二年（1024 年），一对寒窗苦读的兄弟进京赶考。二人均是学富五车的才子，殿试结束后，弟弟高中状元，而哥哥也不差，考取了探花。

这本是皆大欢喜的结局，孰料，当朝章献太后刘氏认为，弟弟排名在哥哥前面有悖常理，于是改将哥哥提升为状元，弟弟则十分不幸地被贬到了第十名的位置上。

这在现如今看来十分荒唐的事，在当时却是再理所当然不过，恐怕连从状元宝座上被拉下来的弟弟本人都不会有太大意见。长幼有序，合情合理。更何况，以章献太后的身份地位，皇帝都得敬她几分，更别说朝中大臣了。她提出异议，谁敢有意见？

章献太后刘氏本人的经历十分具有传奇色彩，且不说正史，大名鼎鼎的民间戏剧《狸猫换太子》中的那位用狸猫换下太子的反一号刘德妃，就是年轻时候的章献太后。历朝历代都有"后宫不得干政"的规矩，但章献太后是个比较有手腕的女人，她是宋朝第一位摄政皇太后，其权势威望，直逼汉朝的吕后和女皇武则天。

尽管戏曲故事把章献太后塑造成了一个反面人物，她在历史上的评价却是很高的，史书称她，有"吕武之才，无吕武之恶"。

在章献太后的主张和文武百官的赞同下，"兄弟换位"的事就被愉快地定了下来。

不过，尽管弟弟没了状元头衔，他的才华却依然得到了认可。兄弟俩被称为"双状元"，在他们的祖籍河南商丘，至今仍立着纪念他们的"双状元塔"。

论学问，兄弟二人不相上下，但是弟弟能超越哥哥拔得头筹，自然有他的过人之处。他留下的诗词被世人津津乐道，广为传颂，甚至因一句"红杏枝头春意闹"被赠以美称"红杏尚书"。

他就是北宋著名文学家宋祁。相比较而言，哥哥宋庠名声就没有宋祁那么大了，至少现在是如此。

宋祁的成名之作便是《玉楼春》，写的也是春日景象。

四季之中，以春季最受文人墨客的喜欢，他们的笔墨中是毫无保留地留给这个花开遍野的季节，而他们笔下的春也各有千秋。

"春日游，杏花吹满头"，踏春的女子遇上心爱的男子，一生休；踏青城郊，"人面桃花相映红"，多情的诗人邂逅桃花般美丽的姑娘，门上题诗成绝唱；清明雨后，"叶底黄鹂一两声"，东邻女孩结伴斗草而去，欢声笑语盈盈。就连朱熹那古板不开窍的老头也能写出"等闲识得东风面，万紫千红总是春"。看来这是个让人闻香沉醉的季节，东风缓缓，吹面不寒，柳枝轻拂，水波婉转。

春日之美，有人之美，也有景之美。而宋祁在《玉楼春》中所体现的，就是景之美。其中一个"闹"字深得王国维的赞赏，被认为是整首词的点睛之笔，相信很多人深以为然。景色本是静态，宋祁却以"闹"字写出了不一样的动态之美，活灵活现。

不过呢，清末戏曲家李渔对这一说法却不以为然。李渔其人，可能远没有王国维那么出名。不过提到那部经常被拿来与《金瓶梅》相提并论的奇书《肉蒲团》，恐怕听说的人就多了去了。没错，《肉蒲团》的作者正是这位与王国维叫板的李渔先生。

李渔觉得，"闹"的意思是争斗而发出声音，桃李可以争春，但红杏闹春却闻所未闻，如果可以用"闹"的话，那么"打"、"吵"、"斗"岂不是都能替代了？这话未免太差强人意了，我还是比较赞同王国维的观点，凭什么桃李可以争春，红杏就不能闹春了？而且也没人规定非要吵出声音来才能叫闹，试想，红杏锦簇枝头，那鲜红可爱的色彩，不正是春天到来的喜气吗？既然是喜气，为何就不能是闹呢？

宋祁这首《玉楼春》并非刻意为之，而是写于一次偶然游湖之时。

早春城东万紫千红，风光无限，宋祁坐在船上，不知不觉沉醉在了风光之中。万顷碧波，杨柳垂烟，拂晓的寒气在四周萦绕。他忽然注意到远处的一簇红杏，密密匝匝挤在枝头，仿佛在炫耀自己的勃勃生机。由红杏始，他顿时觉得春意盎然，美不胜收。

词的下阕，宋祁由春而发出感叹，想到了人生。匆匆几十年，人生就像漂浮在水面上的泡沫，恍然如一场不真实的梦，坎坷的日子太多，欢乐的时光太少。其实，人生的欢乐远比金钱要珍贵得多啊，就算花千金来买片刻的欢乐，那也是值得的。

当时宋祁并非独自一人游船，而是与美丽的歌妓一起。或许当时歌妓也因为被春天的美丽感染，笑得十分灿烂。宋祁则被佳人的微笑感染，顿时觉得，人生在世，还有什么比快乐更重要呢？就像此刻的自己一样，有美景在前，有美人相伴，有巧笑在耳，这样的快乐就算用千金来买也是值得的啊。

"浮生长恨欢娱少，肯爱千金轻一笑"和李白的"人生得意须尽欢，莫使金樽空对月"意思差不多，目的是要劝谏世人，趁着年轻要及时行乐，别总是想着要攒多少钱，金钱固然重要，又怎比得上好心情呢？豁达的人就应该不惜千金换美酒只为一刻醉，千金换佳人只为一个微笑，亲朋好友欢聚一堂，在百花丛中且说且笑，欣赏着花的美好姿态，遥望着天边渐渐落山的夕阳……人生最美的场景，莫过于此那。

当时的宋祁肯定没有想到，他会因一时兴起写的词而名噪千古。

宋祁不像同时期的其他词人，有诸多脍炙人口的名作，像苏轼既有豪放的"大江东去浪淘尽"，又有婉约的"十年生死两茫茫"。在"红杏枝头春意闹"的光环下，宋祁的其他诗词略显苍白。但这不代表他因此江郎才尽，没有好作品了。我喜欢他的《锦缠道》更胜《玉楼春》。

燕子呢喃，景色乍长春昼。睹园林、万花如绣。
海棠经雨胭脂透。柳展宫眉，翠拂行人首。

向郊原踏青，恣歌携手。醉醺醺、尚寻芳酒。
问牧童、遥指孤村道："杏花深处，那里人家有。"

初见《锦缠道》，倍感亲切，下阕的"问牧童、遥指孤村道：'杏花深处，那里人家有。'"可不就是化用了杜牧那首人尽皆知的《清明》吗？

"清明时节雨纷纷，路上行人欲断魂。借问酒家何处有，牧童遥指杏花村。"杜牧这首诗实在精彩，短小精炼，内容丰富，时间、地点、人物、事情一应俱全，就像一篇微型小说，道尽清明之景。宋祁词中因在"村"前加了前缀"孤"字，又多了一分寂寞的味道，和上阕热闹的春色俨然形成了对比。

这样的化用，确实非常巧妙。

宋祁擅长化用诗句，除了《锦缠道》之外，还有这首《鹧鸪天》。

画毂雕鞍狭路逢，一声肠断绣帘中。
　　身无彩凤双飞翼，心有灵犀一点通。
　　金作屋，玉为笼，车如流水马游龙。
　　刘郎已恨蓬山远，更隔蓬山一万重。

　　"身无彩凤双飞翼，心有灵犀一点通"原句出自李商隐的《无题》，"车如流水马如龙"则出自李煜的《望江南》。宋祁将这二人的诗词巧妙嵌入，填作一首新词，记叙了途中一次美丽的邂逅。

　　宋祁偶然路过繁台街，碰到一辆从宫里出来的马车。就在马车和宋祁擦肩而过的时候，有女子掀起帘子，说了句："这是小宋啊。"

　　宋祁考中进士后，和宋庠并成为大小宋，兄弟二人的才名一度成为美谈，宫中女子知道他不足为奇。不过这一句柔软的话语一直萦绕在宋祁心头，或许他并没有很清晰地看清女子，但缘分就是这么奇怪，就那么一句话，宋祁便难以忘怀。他把邂逅的场景和对女子的思念写进词中，这首词慢慢流传开来，没过多久，连当今皇帝宋仁宗都知道了这件事。

　　宋仁宗抱着八卦的心态，询问了当时出宫的宫人，是谁在车上喊了一句"小宋"。有宫女坦白，她早就知道宋祁的才名，在一次御宴上，她听到宋仁宗宣召翰林学士，正好有内臣提起，这位翰林学士就是大名鼎鼎的宋祁，她便记下了，没多久前她随车出宫，正好在繁台街上遇见，就喊了一句。

　　宋仁宗听了之后，把宋祁召来，问了他当天发生的事，宋祁从容应答。

　　因宋祁在《鹧鸪天》中写了"刘郎已恨蓬山远，更隔蓬山一万重"，宋仁宗便笑着说，蓬山其实也不远。然后把那名呼宋祁名字的宫女赐给宋祁，成就了一段佳话。

　　后人印象中的宋祁，除却他那首成名作，排第二的应该就是《新唐书》了。《新唐书》是"二十四史"之一，由宋祁和欧阳修、范镇等人编撰，是一部记录唐朝历史的纪传体断代史。欧阳修是宋祁的好友之一，身为文坛泰斗的他名声很大，就不介绍了，不过这里提到的范镇是北宋史学家，不是南朝写《神灭论》的范缜，乍一看两人的名字确实有很像。

写诗词，修史书，宋祁可谓是当之无愧的文学家和史学家，而才华斐然的他，必然会有许多志同道合的好友。在宋祁相交的友人中，除了欧阳修，名气较大的就是宰相晏殊了。晏殊是大才子晏几道的父亲，也是宋祁的老师，他素来欣赏宋祁，而这师徒俩都喜欢彻夜饮酒赋诗，欣赏歌舞，为了方便来往，二人的府邸还修建在一块儿。师徒俩经常把酒言欢，诗词往来。

而宋祁和晏殊的关系，不仅仅是酒肉朋友，他们是师徒，更是知己。晏殊因触怒宋仁宗被罢相，朝中百官落井下石者有之，冷眼旁观者有之，只有宋祁敢于挺身而出，仗义执言，后来宋仁宗被宋祁说服，仅仅将晏殊降了两级官职。

可见，宋祁不仅才华横溢，人品也无可挑剔。

宋祁的诗并不出名，然用典之妙，无可否认。红杏尚书的才名，又岂止是"红杏枝头春意闹"而已。

满庭芳

——巾帼女儿，不输须眉郎

汉上繁华，江南人物，尚余宣政风流。

绿窗朱户，十里烂银钩。

一旦刀兵齐举，旌旗拥、百万貔貅。

长驱入，歌台舞榭，风卷落花愁。

清平三百载，典章文物，扫地俱休。

幸此身未北，犹客南州。

破鉴徐郎何在？空惆怅，相见无由。

从今后，梦魂千里，夜夜岳阳楼。

——徐君宝妻《满庭芳》

翻到这一页，我们来说一说南宋末年的贞洁烈女徐君宝妻的故事。

很可惜，徐君宝妻没有给我们留下她的名字，她能让后世人记住的，唯有一个动荡的年代，一首绝命词，一个惨烈的故事。因她的丈夫名唤徐君宝，后人便唤她徐君宝妻。

多么卑微的一个称呼，远配不上她的贞烈决绝。可是没办法，她生活的朝代就是这么残忍，残忍到让我无法去想象那时的画面。除了疫病，还有什么能比战争可怕？而战乱时期的女子，往往是最微不足道的牺牲品，她们的价值或等同于牛羊牲畜，或等同于丝帛布匹，有时候甚至还不如这些。

若说古代女子最大的悲哀，莫过于她们很难在史册中留下自己的真实姓名。她们出嫁从夫，冠夫姓。举个例子，一个李姓的女子嫁给一个王姓的男子，那这位女子婚后的名字就是王李氏。

即便是皇族宗室女子，也很难与这个法则相左，最典型的莫过于《诗经》中那些生活在先秦时期的公主们。比如《硕人》中的庄姜，因是齐国的公主，姓姜，嫁的丈夫是卫国的卫庄公，就得了"庄姜"这个称呼。再比如《载驰》中的许穆夫人，因嫁给许国的许穆公而得名。她们的名字似乎永远脱离不了自己的丈夫，尽管她们的光环远远盖过了她们并不怎么出色的丈夫。徐君宝妻也是如此。

当然，她们之中也有例外的。要么如班昭、李清照，才华过人，不输男子；要么如武则天、吕雉，巾帼女子，权倾一时……就算是众所周知的太平公主和慈禧太后，她们的真名叫什么，也是众说纷纭，无法有一个确定的答案。

徐君宝妻生活在南宋末年，战乱迭起的一个年代。或许在那个时代出生，她悲惨的命运早已注定。就好像杨贵妃虽然集万千宠爱于一身，但一遇安史之乱，她魂断马嵬坡的结局还是无法更改。

战乱时期，女性命运的不自主程度恐怕远远高于男性，而宋朝又是比较内忧外患频发的朝代，靖康之变后，徽宗二帝被掳，不少帝妃和宗室女子被战争的车轮碾压，成了战利品被迫北上。她们途中遭到什么样的屈辱，可想而知。

在靖康之变一百多年之后，苟延残喘的南宋被强大的蒙古铁骑踏平，元朝将军阿里海涯攻入岳州，而后，历史在这一时期记录了徐君宝妻这一贞烈女子的事迹。

徐君宝妻是岳州人，也就是现在的湖南岳阳人。岳阳这个地方自古人杰地灵，而岳阳的名气早就随着范仲淹的《岳阳楼记》深入人心。徐君宝妻在长到适婚年纪的时候，便嫁给了同乡的丈夫。

徐君宝此人，除了他有一位贞烈的妻子外，史料中几乎找不到任何对他的记载，即便是在妻子被俘后，也只字未提他的反应。那么，我们来猜测一下，可能在阿里海涯的军队刚攻入岳州的时候，他就不幸殒命了，他的妻子同时遭受了战乱和丧夫的双重打击。

在战火纷飞中，她一个手无缚鸡之力的弱小女子，终究束手无策，被元军俘虏。

强调一下，徐君宝妻长得很美，这个从元军将领一路上对她垂涎三尺就能猜到。一个美丽的女子被俘后将会面临什么样的命运？这个就不用解释了吧。偏偏徐君宝妻还生活在一个把贞烈看得比什么都重要的朝代。

宋朝对女子的约束很多，不像前期的唐朝，女子可以穿低胸襦裙，可以出门踏青，贵族女子还可以自主选择丈夫，总之风气非常开放。

而宋朝是一个转折点，从唐宋两个朝代女子的穿着打扮上就可以看出风气上的区别了。名画《簪花仕女图》《捣练图》中，丰腴的唐朝美女们穿得很清凉，酥胸微露，很是动人。

反观宋朝各位后妃的画像，贵族女子们身上的衣袍一件套一件，像裹粽子一样。为什么穿这么多呢？当然是保守。一个那么保守的朝代，能不注重女子的贞洁吗？

徐君宝的妻子就是从小沐浴着"女人最重要的是贞洁"的观念长大的。她从岳州被俘到杭州，一路上有个元军将领不停地想打她的主意，估计揩揩油、吃吃豆腐的事没少做。她对这样的绿头苍蝇厌恶至极，虽然丈夫死了，但她又岂会让敌军碰她一丝一毫？！

插个题外话。蒙古族的女孩子比较豪爽直率，体型上当然也略胜汉女一筹。举个典型的例子，《马可·波罗游记》中提到过一位明月公主，

247

她是忽必烈的孙女,这位蒙古族姑娘长得就比较彪悍,她曾经举行比武招亲,以摔跤的形式打跑了一大帮以"娶公主"为目的的王子们。这一事迹,远远颠覆了公主们在我心目中美丽娇弱的形象。

在草原上见惯了爽利的蒙古女子的元兵们,一入大宋境内,见到的都是娇滴滴的汉家姑娘,新鲜劲一来,自然不肯放过这些娇花。

徐君宝妻是娇花中的翘楚,打她主意的元兵不在少数,其中某位将军尤其想一亲芳泽。她不停地想各种办法反抗,软的硬的都使了个遍。这位元将抱着心急吃不了热豆腐的心态,一直按捺着蠢蠢欲动的心。最后他终于恼羞成怒,在他意图霸王硬上弓的时候,徐君宝妻提出了这样一个要求。

她说:"我的夫君在战乱中去世,尸骨未寒,我怎能轻易委身他人?若您真心喜欢我,想与我交好,待我祭奠先夫,焚香沐浴后再伺候您也不迟。"

元将一听,心想反正煮熟的鸭子飞不了,就答应了。

徐君宝妻十分庄重地梳洗了一番,穿上漂亮的衣服,对着南方的家乡一边流泪一边焚香祷告。她怀念昔日安宁太平的故乡,怀念与她举案齐眉的丈夫,然战火一起,这些全都成了泡影。既然她最珍视的两样东西都没了,那她活着还有什么意义呢?

她挥笔在墙壁上写下了这首绝命词——《满庭芳》。书罢,她擦了擦眼角的泪水,毅然举身跳下水池。

元将被眼前一幕吓坏了,他万万没想到,汉人女子会如此决绝,宁死也不肯委身他人。然死者已矣,纵使心里憋着气,他们也无可奈何。

徐君宝妻这首词不像其他词那般生涩,意思浅显易懂。她用最朴实的语言娓娓道出昔日故乡的繁华和安宁。

她的故乡在南方富庶之地,无论是朱门大户还是绿窗小户,家家和乐融融,百姓安居乐业。就像张择端《清明上河图》中所展现的画面那般,平淡却和美。可是元兵突然间如猛兽貔貅那般长驱直入,美好的生活毁于一旦。家园被毁，满目疮痍。她一个弱女子无力还手，被元兵擒住，掳向北方。

幸而，她此生没有沦落到北方去受辱；幸而，她选择在南方结束自己的生命；幸而，她为死去的夫君保住了清白……

遗憾的是，她不能像南朝的乐昌公主那样，跟分开的丈夫破镜重圆。乐昌公主的徐郎尚在人间，而她的徐郎，却和她天人永隔。

所幸的是，他们马上就可以团聚了。她的魂魄会飘向故乡，飘向她生前常去的岳阳楼，她会和她心爱的夫君在一起，再也不分开。

在这阕《满庭芳》中，她用了乐昌公主和徐驸马破镜重圆的典故，可见她是十分渴望回到丈夫的身边的。但她和乐昌公主不同，她和夫君毕竟阴阳相隔，面对元军的凌辱，她唯有一死，才能去黄泉路上寻觅夫君的踪影。

品词可见，她有寻死的念头，并非一时兴起。

像徐君宝妻这样的贞洁烈妇自古以来有不少，之所以她会被人记住，只因她一首字字铿锵的《满庭芳》，她和另一位留下绝命词《祝英台近》后投河自尽的节妇戴复古妻一样，以其夫家的名号至今被人记着。

除却她们，比较有名的还有长篇叙事乐府诗《陌上桑》中严词拒绝府君的秦罗敷，那句"使君自有妇，罗敷自有夫"，还有《节妇吟》中的"还君明珠双泪垂，恨不相逢未嫁时"，一直为人们所津津乐道。

无疑，徐君宝妻是以"贞洁烈妇"的形象出现在我们视野中的，所以在冯梦龙编述的《情史类略》中，她的故事被放在"情贞类"。

在大多数人眼里，她的"贞"是因为她保全了自己的清白，对得起死去的丈夫，若她出生的时期再晚一些，必定是可以被朝廷嘉奖立一座贞节牌坊什么的。而我所钦佩的，只是她对丈夫一心一意的感情罢了。至于她殉情与否，又有什么重要呢？

在这个故事里，徐君宝妻以"词人"这一身份出现，可惜她留下的作品少之又少，除了众所周知的《满庭芳》外，还有一阕《霜天晓角·峨眉亭》。

　　　　　双峰斗碧，寒玉横秋壁。

　　　　两道弯环天际，凝无限、青螺色。

　　　　　断岸涛声急，似奏临邛瑟。

　　　　鸾镜绿窗人去，惟留取、春山迹。

　　从艺术角度来看，我觉得《霜天晓角·峨眉亭》和《满庭芳》相比，略微逊色，但也不乏精妙之处。而这两首词存在的最大的疑问就是，它们的语言风格，不太像是出自同一人之手。当然，不排除徐君宝妻写词风格多变的可能。

　　《明词综》一书对这首词的作者提出了异议，书中校注，这首词应是明朝一位叫徐媛的才女所写。而在《全宋词》一书中，标注的作者却是徐君宝妻。

　　究竟《霜天晓角·峨眉亭》的作者是谁？我比较倾向前一种说法，理由有二。

　　第一，也就是上文中提到的，两首词的风格不像是出自同一人之手。

　　第二，徐君宝妻之所以为人所熟识，是因为她宁死守住清白的贞烈之举，在此之前，她也只是一个平凡女子，并不像李清照、朱淑真等才女们，素来就有响亮的名声。既是平凡女子，又怎会有词作流传下来？

　　就算真的有，她死后，在通信那么不发达的古代，怎么能轻易从战火的废墟中找到她的遗作？哪怕是真的找到了，又怎么能确定是她的？要知道她连个名字都没留下来，后人对她的称呼，从来都只有四个字——徐君宝妻。应该没有人会在自己的作品上署名某某妻吧。

　　历史的真相，从来都是众说纷纭。可是在这个故事里面，真相究竟怎样，已经变得不是那么重要了。

系腰裙

——有多爱你，就有多恨你

灯花耿耿漏迟迟。人别后、夜凉时。西风潇洒梦初回。

谁念我，就单枕，皱双眉。

锦屏绣幌与秋期。肠欲断、泪偷垂。月明还到小窗西。

我恨你，我忆你，你争知。

——魏夫人《系腰裙》

大名鼎鼎的"唐宋八大家"，恐怕无人不知，而这八大家中，其中有一位便是曾巩。

之所以在这里提到曾巩，是因为这首《系腰裙》的作者魏夫人，和曾巩也算是一家子人。

曾巩同父异母的弟弟名叫曾布，兄弟二人感情非常好。曾布十三岁的时候，曾父去世了，长兄为父，他便跟着曾巩做学问，后来考上了进士，再后来得到王安石的推荐和宋神宗的赏识，官拜太子中允。在适婚年纪，曾布娶了世族女子魏玩，史称魏夫人。

在夫为妻纲的年代，魏夫人能以自己的姓氏被人称呼，而不是被叫作"曾夫人"，她必然不是一位简单的女子。

我一度分不清北宋的魏夫人和晋代的卫夫人。

卫夫人名卫铄，是当时汝阴太守李矩的妻子。后人按照她自己的姓氏，称她为卫夫人，其中大有原因。卫夫人很不简单，她可是东晋非常有名的女书法家，也是书圣王羲之的启蒙老师。一个妇人，能成为“大家”的老师，她在书法上的造诣之高，据说“如插花舞女，低昂美容；又如美女登台、仙娥弄影，红莲映水、碧沼浮霞”。

再来说说这位北宋的魏夫人——魏玩。

魏玩姑娘从小就很聪明，她喜欢读书，所阅书目难以计数，而她本人也很喜欢写诗作词，她的作品流传出去后，无人不称赞，魏家出了一位才女。才女配才子，她跟曾布的婚姻曾羡煞旁人。

曾布的官越做越大，魏夫人也跟着越来越风光。因她和东汉班昭一样，提倡遵守封建道德，朝廷对她的理论很是赞同，先是赐给她瀛国夫人的称号，后来又晋升为鲁国夫人。

身为官太太，魏夫人并没有像其他世家妇人一样，只知道养尊处优。她依然保持着少女时期的爱好：读书、写词。有时候跟丈夫曾布切磋学问，两人既是夫妻，又是文友。所以在婚姻前期，魏玩和曾布的生活是非常和睦的。

先来看一首魏夫人较出名的词作，《卷珠帘》。

记得来时春未暮，执手攀花，袖染花梢露。

暗卜春心共花语，争寻双朵争先去。

多情因甚相辜负，轻拆轻离，欲向谁分诉。

泪湿海棠花枝处，东君空把奴分付。

这是一首描写少女时代爱情的词。

“那一年海棠花盛开的时候，我们的爱情也正浓。我与你执手攀花，我的袖子不小心沾了花瓣上的露水。我们在花前立誓，要生生世世在一起。可是你辜负了我一片痴心，那么轻易就离开了。我满心愁苦又能对谁说呢？只能在当年这株海棠花前，悄然落下我的泪水……"

这首词，暗含了女子的痴情，还有对男子的控诉。很多诗词都表达了这样的主题：女人一旦沉溺于爱情，远远比男人要投入得多，到最后受伤的也往往是女人。

魏夫人之所以写下这些基调悲凉的词，原因只有一个，那就是她的丈夫曾布。

曾布为官多年，他早年拥护立端王，也就是后来的徽宗为帝，徽宗即位后，感念曾布的拥护之恩，十分器重他，拜他为右相。几年之后，蔡京被封为左相，势力日趋增大。曾布因与蔡京是对立关系，而蔡京又是无所不用其极的奸诈小人，他用各种奸计陷害跟自己作对的官员，曾布也是受害者之一。

曾布被贬后，长期与魏玩分隔两地，魏玩的很多抒发离愁别恨和思念丈夫感情的词，就是在这一时期写成的。较出名的，如她的《点绛唇》。

> 波上清风，画船明月人归后。
>
> 渐消残酒，独自凭栏久。
>
> 聚散匆匆，此恨年年有。
>
> 重回首，淡烟疏柳，隐隐芜城漏。

一首《点绛唇》，即一幅画。江面上清风徐徐，画舫离开渡口，飘向未知的远处。女子倚靠在栏杆上望着渐行渐远的船只，酒后的愁绪尤在。聚散两依依，心上人的离去，不知何时是归期……

从这首词可以看出，魏夫人很擅长将诗词立体化，她的词给人一种强烈的画面感，读词的同时，仿佛身临其境，目睹了当时的画面。又或者说，她写的词感染力太强，不知不觉让人将自己代入其中。

而在魏夫人所有思念丈夫的诗词中，我觉得感染力最强的不外乎这首《系裙腰》。

曾布未必知道。倘若知道，他为什么不带魏玩一起走呢？官员被贬，没有规定说不带家眷吧？

或许是长期的婚姻生活已经将他们的激情磨灭，早年诗文相会的情趣早已消失殆尽。魏玩即使再有才华，然韶华老去，容颜消退，她渐渐地不再年轻了。身为高官的曾布，哪有理由没其他的相好呢？

据说，曾布还有这样一段风流的过往。

他在海州做县令的时候，收养了手下一个官吏的女儿做义女。这个女孩子姓张，非常聪明，很受曾布的喜爱。谁知等张姑娘长大之后，居然跟收养自己的曾布产生了感情，这件事就发生在魏夫人的眼皮底下！

魏夫人那个气呀，可想而知。然而，张姑娘毕竟是他们名义上的义女，此事若是传扬出去，对大家都不利。面子上最挂不住的不是曾布，而是身为义母的魏夫人。正所谓家丑不可外扬，魏夫人只能打落牙齿和血吞。

这满心的委屈，她能跟谁诉说呢？

感情上的缺失使魏夫人只好把心思寄托在文墨之上，她留下的作品很多，她的才华即使在那个朝代，也是人人交口称赞的。朱熹就这样评价过她："本朝能词妇人，惟有魏夫人、李清照二人而已。"

在朱熹看来，魏夫人的才华，和被称为古代第一才女的李清照不相上下。这已是相当高的评价了。尽管魏夫人的名声远不如李清照来得响亮。

魏夫人的词风大多比较哀婉，原因不外乎感情生活。而她少有的比较豪放的作品，大概就是咏项羽、虞姬的《虞美人草行》了。

> 鸿门玉斗纷如雪，十万降兵夜流血。
>
> 咸阳宫殿三月红，霸业已随烟烬灭。
>
> 刚强必死仁义王，阴陵失道非天亡。
>
> 英雄本学万人敌，何须屑屑悲红妆。
>
> 三军败尽旌旗倒，玉帐佳人坐中老。

香魂夜逐剑光飞，清血化为原上草。

芳心寂寞寄寒枝，旧曲闻来似敛眉。

哀怨徘徊愁不语，恰如初听楚歌时。

滔滔逝水流今古，楚汉兴亡两丘土。

当年遗事总成空，慷慨尊前为谁舞。

环境影响人的心态，假如魏夫人能和李清照一样，遇上一个堪称知音并且一辈子都疼惜她的丈夫，想必她的诗词也不会充满这么多愁思。

木兰花·城上风光莺语乱

——人生挽歌,花事了

城上风光莺语乱,城下烟波春拍岸。

绿杨芳草几时休,泪眼愁肠先已断。

情怀渐觉成衰晚,鸾镜朱颜惊暗换。

昔年多病厌芳尊,今日芳尊惟恐浅。

——钱惟演《木兰花》

钱惟演是北宋大臣,也是帝王之后,他的父亲是五代十国时期吴越国的最后一位国王——钱弘俶。

五代十国是唐朝灭亡到宋朝建国之间非常动荡的一个时期,存在着许多割据政权,吴越国属于十国之一,首府在今浙江杭州。从建国到灭亡,吴越国存在的时间非常短暂,仅有七十一年。然后在这短短几十年间,这个小王国拥有五代帝王。若不是赵匡胤建立大宋政权,钱惟演没准还有可能成为下一任皇帝。

吴越国存在时间太过短暂,不熟悉历史的人甚至会忽略她的存在。我对吴越国的最初印象,始于建国皇帝钱镠"陌上花开"的佚事。

钱镠是杭州临安人,他的王妃每年寒食节都要回老家临安。钱镠对这位王妃非常宠爱，王妃一走，他就抑制不住对她的想念。有一年春天，王妃去临安后迟迟没有回来，钱镠度日如年。彼时，城外陌上花已开，他便写信给王妃说："陌上花开，可缓缓归矣。"

陌上花开的典故，因此流传下来。

钱镠虽是市井出身，但能写出如此温雅的话语，可见骨子里是流着"雅"的血液的。那么，遗传着钱氏王族优雅基因的钱惟演能有那么高的诗词成就，也不足为奇。

到了钱弘俶当吴越王的时候，赵匡胤发动兵变，以破竹之势建立大宋王朝，钱弘俶对宋称臣，又在赵匡胤平定江南的时候献计献策，立下汗马功劳，赵匡胤一高兴，封了他一个天下兵马大元帅。

关于钱弘俶，还有个传说。享誉中外的雷峰塔就是他为了庆祝宠妃黄氏得子而建立的。

钱弘俶虽是天下兵马大元帅，听起来是个武将，他在文学上的造诣也不差。比如他写给友人的这首《宫中作》。

廊庑周遭翠幕遮，禁林深处绝喧哗。

界开日影怜窗纸，穿破苔痕恶笋芽。

西第晚宜供露茗，小池寒欲结冰花。

谢公未是深沉量，犹把输赢局上夸。

吴越国在钱弘俶手上终结，钱惟演也结束了他作为一个王子的人生。但是相比其他的亡国世子、亡国公主，钱惟演还是很幸运的。他有钱弘俶这么一个聪明的父亲，知道审时度势，因此保下了一家老小的性命，甚至继续过他衣食无忧的日子。

钱惟演跟随父亲投向宋朝，还被封了个将军。而他跟他父亲一样聪明，或许更聪明，再加上肚子里有学问，他的官越做越大。

不过，不知是不是因为含着金汤匙出生，少年时期又太过顺风顺水，钱惟演的为人，风评并不高。

宋真宗时期，钱惟演在学士院任职，负责为真宗起草诏书。他写诏书不仅速度快，质量也非常之高，宋真宗很器重他，觉得他是个不可多得的人才。确实，单凭学问来说，钱惟演绝对是个人才。

凭借着自己的长处，钱惟演后来坐到了太仆少卿的位置，负责编书、修书。也就是在这个时期，他创作了属于自己的"西昆体"。如此扶摇直上，一直到翰林学士。

到了宋仁宗时期，钱惟演已经是枢密院枢密使了。枢密使属于军事要职，但是在宋朝是由文官担任的，这也是为了加强中央集权，弱化武官的权力。赵匡胤自己就是起兵造反发家的，他当然不会允许别人效仿他，再来一场"陈桥兵变"，夺了他的天下。

钱惟演之所以当官能那么顺，关键是因为他聪明圆滑，能够趋炎附势，邀功拍马。在这里，不得不提宋朝两任宰相寇准和丁谓的党派纷争。

寇准和丁谓，起初是关系非常亲密的朋友。寇准任宰相的时候，丁谓和他同一天上任为参知政事，也就是副宰相。寇准觉得丁谓是个有才之人，很欣赏他，一有机会就提拔他。只可惜丁谓却不这么想，他心胸狭隘，之所以跟寇准交好，不过是因为寇准的官职比自己大罢了。而促使丁谓和寇准闹掰的，就是"溜须拍马"中的"溜须"事件。

一日朝臣聚会，丁谓看见寇准的胡须上粘了一粒米饭，就屁颠屁颠站起来，走上前帮寇准擦了去。谁知寇准不仅不接受丁谓的拍马屁，反而板着脸说："参政，国之大臣，乃为长官拂须耶？"

当时文武百官都在场，丁谓被寇准弄得十分下不来台，从此记恨上了寇准，跟寇准分道扬镳。钱惟演就是在这个时候选择了站在丁谓一边，他跟着丁谓处处排挤寇准，想尽一切办法把寇准赶下台。终于，丁谓成功了，寇准倒台，被贬到了不毛之地，而丁谓则顺势爬上了宰相的位置。钱惟演作为丁谓的拥护者，混得自然不差。

可钱惟演并非真心向着丁谓。丁谓倒台后，钱惟演就开始把矛头指向丁谓，说他这样不好、那样不好，自己只是迫于无奈才追随于他的云云。可见钱惟演的圆滑程度，一点都不下于丁谓。也正是因为他这样的处世态度，作为他靠山的丁谓倒了霉，而他依旧做着他的官，享着他的福。

钱惟演在官场所下功夫之深，估计占他生活的绝大部分，但他不是个当官的料，尽管使尽浑身解数，他始终政绩一般，未见大的突破，反倒是在文学上颇有建树。他评价自己说："平生唯好读书，坐则读经史，卧则读小说，上厕则阅小词，盖未尝顷刻释卷也。"

可见钱惟演还是很喜欢做学问的，假如他把在政治上那些钩心斗角用在写诗作词上，千年后很可能会多一位文坛巨匠。

钱惟演有多喜欢读书，可参见他们家的藏书量。根据记载，钱惟演家的书法字画之多，可以和皇家图书馆相媲美。他对这些字画视若珍宝，时常会翻来欣赏一番。

钱惟演不仅喜欢字画，他有一支珊瑚笔，也被他宝贝异常。在欧阳修的《归田录》中，记载了有关钱惟演和他珊瑚笔的一件事。据说钱惟演治家十分简朴，对于子孙孩童的零花钱也管得很严。于是，他们家的小孩子就想出了一个办法，他们把钱惟演的珊瑚笔偷偷藏起来，钱惟演到处找都找不到，就写寻物启事，悬赏找他的珊瑚笔。这个计策屡试不爽，小孩子们也因此骗了不少钱花。

欧阳修之所以在他的文章中多次提到钱惟演，是因为钱惟演多次提拔他，有知遇之恩。除了珊瑚笔的故事，欧阳修还记下了一件趣事。

欧阳修和文人去嵩山游玩，山上下起大雪，非常有诗意，而就在他们赏雪的时候，见有人打马而来，来者自说是钱惟演派来的厨子和歌妓。他们说，出门前钱惟演吩咐了，嵩山那么高，好不容易来一次，就不用急着回去，还是静下心来好好游玩一番吧，至于公事，等回去了再说也不迟。

从这件事也可以看出钱惟演的情商很高，明显地笼络下属啊。他能这么体贴入微，下属能不记着他的好？

钱惟演在文学上的主要成就，就是在前文提到的"西昆体"诗了，要知道，他可是西昆体的骨干级诗人。而他最有名的作品，便是《木兰花》。

这是一首伤春词，大概意思是，钱惟演看到即将逝去的美景，感叹时光匆匆，一年又这么过去了，而镜中的自己，也不知不觉老了，他端着空空的酒杯，暗自伤神。

客观评价，相比其他词人的伤春诗词，钱惟演的《木兰花》算不得有多绝妙，当然，也不差。个人认为这不是钱惟演最好的作品，它之所以出名，是因为它跟钱惟演的死沾了关系。

有这样一个传说。钱惟演家的一个歌妓，曾经伺候过他的父亲钱弘俶，当时歌妓的年纪已经很大了，她听到了钱惟演《木兰花》词，非常伤心地对他说："先王临死之前为自己写了一首挽歌也叫《木兰花》，词意和您的这首非常像，难道您也要亡故了吗？"

一语成谶，钱惟演没过多久就去世了。

虞美人·听雨

——三场雨，困住一生

少年听雨歌楼上，红烛昏罗帐。

壮年听雨客舟中，江阔云低、断雁叫西风。

而今听雨僧庐下，鬓已星星也。

悲欢离合总无情，一任阶前、点滴到天明。

——蒋捷《虞美人·听雨》

在宋朝多如牛毛的词人中，蒋捷算是一个比较特殊的存在。

他不豪放，不婉约，不悲伤低沉，不乐观豁达，不轻松明快。说不上他是哪一派的词人，或者说，他根本不属于任何一个流派。斟酌许久，大抵可以用一句诗去形容他的词风：手倦抛书午梦长。

读蒋捷的词，最适合在秋日慵懒的午后：泡一杯红茶，蜷缩在阳台的靠椅上，任阳光落在指尖，随意翻过一页……

闲适、安逸。这就是蒋捷融入他文字中的味道。无论他抒发的是亡国之哀，或者是离家之愁。他的词不像词，更像是一句略带感慨笑意的自言自语。

他的名声并不是很大，却让人读了他的词就印在脑海中。

他的辞藻并不算华丽，却让人一看就莫名的记忆深刻。

而蒋捷的一生，也和他的词一样，用不算华丽的点滴刻画出了一个朝代末期词人的人生画卷。

最能反映蒋捷人生境遇的词，莫过于他的《虞美人·听雨》。

王国维在《人间词话》提到了人生三重境界。第一重，昨夜西风凋碧树，独上高楼，望尽天涯路；第二重，衣带渐宽终不悔，为伊消得人憔悴；第三重，众里寻他千百度，蓦然回首，那人却在灯火阑珊处。

蒋捷似乎并没有热衷于他达到了这三重境界中的第几重，反而用几十个字勾勒出了他一生的三个阶段，这是他对曾经的总结，也是对自己人生的感慨。走到岁月的晚期，回首往昔，任谁都会感叹一番吧。

蒋捷是生活宋朝末期的词人，行走在朝代的尾声，他的作品必定带着国家衰亡的影子。

他和周密、王沂孙、张炎并成为宋末四大家。

蒋捷曾高中进士，也当过官，根据《全宋词》记载，他是公元1274年中的进士，而公元1276年，元兵攻占南宋都城临安。也就是说，即便是考取功名，这个光环带给他的幸运并未持续多久。

以蒋捷的学识和处世态度，若宋朝可以继续下去，他完全可以当个闲适的小官，动动笔墨，写写诗词，平平安安度过一生。然朝代更替，时代变迁，就像大自然的规律一样，没有任何主观的力量可以撼动。

一个朝代覆灭，不知道有多少人要跟着遭殃。常听人感叹那些亡国的公主很可怜，她们长于皇宫，没受什么苦，国家覆灭了，她们就如同俎上鱼肉，任人宰割。像南陈的乐昌公主和宣华夫人，乐昌公主比较幸运，能和丈夫破镜中缘，安然终老。宣华夫人就比较可怜了，在隋朝的后宫中郁郁而亡。再比如明朝的长平公主，她的身影经常出现在小说和电视剧当中，崇祯皇帝自杀前疯狂地砍杀自己的子女妃嫔，长平公主就被砍断了一条手臂，在金庸的《鹿鼎记》中她出家当了尼姑，练成了绝世武功，找颠覆明朝的吴三桂报仇。且不管后人文学作品中这些公主是以什么样的形象出现，朝代更替，她们的身份也随之改变，无论如何也不会再有往日的安逸生活了。世人常将目光放在这些亡国的君主和公主身上，殊不知受牵连的远不止他们这些皇族宗亲。朝中大臣，文官武将，宫女太监等等，这些人死的死，走的走，投降的投降，被掳的被掳，生活无不发生翻天覆地的变化。

而蒋捷，正是淹没在朝代更替历史中的一个普普通通的人。跟碌碌无为的百姓相比，他应该还算上幸运吧，他是文人，可以用作品向后人诉说自己的曾经，也让千年后的我们记住了他。

蒋捷的少年时期是十分得意的，这点从他的词中就能看出。

他学识渊博，受人景仰，广交好友，肆意地挥霍着自己的青春，得意非常。无忧无虑的他们不会为自己以后的人生发愁，经常与三五个好友一起，访章台听赏歌舞，写诗词伴美人，挥斥方遒，意气风发。而他所记叙的，人生第一阶段的"听雨"，便是在这个时候。

彼时的他根本不会去注意窗外的雨声，映在他眼中的是红烛舞动的火苗，入耳的是歌女宛如黄莺般清脆动人的歌声。他醉倚罗帐，昏昏欲睡，一心只想着人生得意须尽欢，莫负大好春光。

青春永远是一生中最好的时光，可以冲动，可以任性，可以潇洒，可以挥霍。可是青春是如此的短暂，稍纵即逝，不经意间胡子就已经爬满整个下颚。蓦地从那场绮丽的梦中惊醒，人已到中年。

中年的蒋捷是在兵荒马乱中度过的。元兵渐渐逼近，以宋末朝廷的凄惨状况，必定是不能和成吉思汗训练出的蒙古铁骑相抗衡的，明眼人都能预料到结局。尽管如此，还是有一大批忠心耿耿的臣子拼死相抗，誓不投降，其中最出名的就是写下"人生自古谁无死，留取丹心照汗青"的文天祥了。

在这一时期，百姓们日日忧心，担惊受怕，生怕一眨眼元兵就打进来了。很多人为了避难，四处逃散。每一个朝代的末期，总会有相当长一段时期的混乱。

当时的蒋捷没有一个稳定的安身之所,他四处漂泊,每到一处看见的虽是不同的景象,心中所系的却是同样的哀愁。他独坐在客舟中,外面正下着雨,打在船篷上发出啪啪的声响。

一只找不到同伴的大雁孤独地徘徊于江面上,江阔云低,它凄惨的叫声响彻耳边,显得格外悲凉。孤雁的命运令蒋捷想到了自己,独在异乡为异客的他不正像眼前的孤雁吗?兵荒马乱中,他无家可归,四海为家,到处流浪。或许哪一天和唐朝大诗人杜甫一样,凄凄惨惨地客死异乡。此中滋味,谁能比他更清楚?

中年虽不再像年少时的青春,有大把的时光和精力挥霍生命,但也不至于凄惨至此!偏偏他生逢乱世,就像浮萍一样随波逐流,无力主宰自己的人生。

他所有孤独和无奈,全蕴含在"江阔云低、断雁叫西风"的"断"字当中。少年与中年这两个时期的相比,一点都不像隔了十几二十年,有种恍如隔世的感觉。任谁也不会想到,少年时期意气风发的自己会有如此凄凉的一天。

经历过意气风发的少年和孤独悲凉的中年,步入老年的蒋捷心中更是感慨非常。彼时宋朝已经彻底灭亡,元朝代替宋朝,江山易主,进入了一个全新的时期。然蒋捷毕竟是宋人,他心中必定也是忠于大宋朝廷的,但他无力回天,也不知道该怎样表达对朝代更替的看法。如今的他已经是个古稀之年的老人了,两鬓斑斑,垂暮萧瑟,尚不能保证自己今后的命运,何来心思去议论朝代的更替。

又是一个下雨天的晚上,年迈的他站在僧庐下,静静听着雨打瓦楞的声音。时光飞逝,转眼又是几十年。垂暮之际再去回想从前的种种,无论是活力四射的少年还是悲凉愁苦的中年,都已成了岁月中的一道痕迹,一去不复返。

就好比眼前这场夜雨,即便下得再大再猛,太阳一出来就会了无痕迹。时光荏苒,岁月变迁,朝代更替,江山易主。一切的一切,都随着这场雨埋藏在记忆中。年老的他，再也没有精力去恣意享受人生，谁知道下一刻是什么样呢？

悲欢离合就像自然界的规律，不会因人而异，该发生的还是要发生。既然无力改变什么，那就静静地听完这一场雨吧。也许等到天亮，阳光就会出来了。

《虞美人·听雨》记录了蒋捷从朝代衰败到朝代灭亡所经历的人生。眼看他起朱楼，眼看他宴宾客，眼看他楼塌了……他见证了悲欢离合，流离失所，也难怪会写下那么多抒发亡国之悲的词。比如这首《贺新郎》。

> 梦冷黄金屋。叹秦筝斜鸿阵里，素弦尘扑。
> 化作娇莺飞归去，犹认纱窗旧绿。
> 正过雨、荆桃如菽。此恨难平君知否？
> 似琼台、涌起弹棋局。消瘦影，嫌明烛。
>
> 鸳楼碎泻东西玉。问芳踪、何时再展？翠钗难卜。
> 待把宫眉横云样，描上生绡画幅。怕不是新来妆束。
> 彩扇红牙今都在，恨无人、解听开元曲。
> 空掩袖，倚寒竹。

好一句"彩扇红牙今都在，恨无人、解听开元曲"。属于开元盛世的曲子，待到亡国之日，谁人能听？物是人非，再不复旧时繁华……

词中的亡国之痛，再明显不过。

不过跟其他末代文人相比，蒋捷胜在他虽哀叹亡国，却没有怨天尤人，埋怨自己时运不济。即便是眼睁睁看着国破家亡，蒋捷似乎也有着常人难以企及的理智。不知同时代的人如何看待他，但后人对他的评价的确甚高。

清人刘熙载评价蒋捷："蒋竹山词未极流动自然，然洗练缜密，语多创获。其志视梅溪（史达祖）较贞，视梦窗（吴文英）较清。刘文房（刘长卿）为五言长城，竹山其亦长短句之长城欤！"

足见，在后世，至少在清朝，蒋捷的作品，文学价值达到了一定的高度，也获得了很高的认可。

一剪梅·舟过吴江

——愿来生不识乡愁滋味

一片春愁待酒浇。江上舟摇。楼上帘招。

秋娘渡与泰娘桥。风又飘飘。雨又萧萧。

何日归家洗客袍。银字笙调。心字香烧。

流光容易把人抛。红了樱桃。绿了芭蕉。

——蒋捷《一剪梅·舟过吴江》

  蒋捷外号蒋竹山，因为他的作品《竹山词》。又因他曾中进士，且有"红了樱桃，绿了芭蕉"的名句，他还有另一个外号，叫"樱桃进士"。这句耳熟能详的"红了樱桃，绿了芭蕉"这句词，出自蒋捷的这首思乡词。

  蒋捷的家乡在江苏宜兴，这首词是他乘船漂过吴江时所写。吴江也在江苏省境内，离宜兴已经很近了。面对近在咫尺的故乡，心中难免起波澜。

  他当时大概有事在身吧，所以无法归家。又或者是有家难回。不然的话，已然离家那么近，为什么不回去看看呢？

  他生活在宋元两朝交替的时期，兵荒马乱，许多百姓流离在外，有家归不得。不能肯定他属于哪一种情况，但是思乡却不能马上回家，眼看所乘的船只飘过吴江，他心中一定百感交集，无限惆怅。所以才成就了"流光容易把人抛，红了樱桃，绿了芭蕉"的千古绝唱。

正如曹操所说"何以解忧，唯有杜康"，即便是到现在，大多数人心情不好的时候都喜欢喝酒，希望能够借酒浇愁。蒋捷心中也是这样想的，思乡心切的他哀愁连连，一片春愁，待酒来浇灭。

然借酒浇愁只是一种说法，就算真能解愁，也不过是治标不治本罢了。乡愁连连的他站在船头，看着船离家乡越来越远，又见远处酒楼上随风飘的帘子，不由得想到了自己的命运。高中进士的他本该是人人羡慕的，谁知逢了乱世，再高的才学也抵不过敌军的铁骑。朝代更替之际，他无法继续在朝堂上安身，就像在风中飘摇的帘子一样，被吹到哪儿是哪儿，处处无家处处家。彼时他所乘坐的船已经驶出的秋娘渡和泰娘桥，再往前就出吴界了，也意味着他离家乡越来越远了。

词中提到的"秋娘渡"和"泰娘桥"都是吴江地名，而秋娘和泰娘都是唐朝有名的歌女。历史上叫秋娘的人很多，《金缕衣》的作者就叫杜秋娘，而"秋娘"二字也成了倡女的代名词，如白居易《琵琶行》中"妆成每被秋娘妒"，还有周邦彦《瑞龙吟》中"惟有旧家秋娘，声价如故"。

蒋捷在他另一首词《行香子》中也写过这两个地方："待将春恨，都付春潮。过窈娘堤，秋娘渡，泰娘桥。"

这里提到的"窈娘"稍微有名气一些，她是唐朝一位名叫乔知之的官员府上的婢女，长得很漂亮，擅长歌舞，深得乔知之喜爱。当时是武则天当权，武家人权势很大，武则天的侄子武承嗣在乔知之府上参加酒宴，看上了窈娘，他强迫乔知之拿窈娘跟自己打赌，结果乔知之输了，他不舍得割爱，武承嗣就强行带走窈娘。后来乔知之写了一首《绿珠篇》让人带给窈娘，窈娘看了之后很悲痛，学绿珠投井自尽了。后来洛水暴涨，冲毁了堤岸，一直漫到窈娘投井的地方，人们重新修建了河堤，为了纪念窈娘就以她的名字来命名新的河堤。

蒋捷生逢乱世，经常在外面漂泊，而他常常提到与水有关的地名，大概也想说明自己常年漂泊的生活状态吧。他和任何一个漂泊的游子一样，无时无刻不想着回家。回到家以后，有父母嘘寒问暖，有妻子帮他洗衣做饭，有子女承欢膝下，一家人共享天伦之乐。这本是十分简单的事，在那个时代却成了人人奢望的梦想。兵荒马乱，能不能好好活下去都是问题，更别说是与家人团聚，和和美美地过日子了。

何日归家洗客袍，既是洗他沾染了尘埃的衣袍，也是洗去他的一身仆仆风尘。再苦再艰难，能回到家中都是好的。不若在外面时，每当听到杜鹃鸟的叫声就心如刀绞。它在向自己说，回家吧，回家吧。岂是他不想回家，而是有家不能回啊！

可岁月偏偏是最残忍的，她从不会悲天悯人，更不会为任何事止步。日复一日，转眼树上的樱桃红了，芭蕉叶子变绿了……变化的又岂止是它们的颜色？殊不知，满头青丝也在光阴流逝的同时渐渐变白，岁月如白驹过隙，一去再难复返。

这是蒋捷的悲哀，更是那个时代的悲哀。

颠沛于乱世，每个人有每个人的悲哀，哀愁不同，泪水却是相同的。

人生易老，转眼到白头，只愿来生不识愁。蒋捷在他的词中透露最多的，亦是这种无奈的期望。

小重山·春愁

——荼蘼不争春，寂寞开最晚

谢了荼蘼春事休。无多花片子，缀枝头。

庭槐影碎被风揉。莺虽老，声尚带娇羞。

独自倚妆楼。一川烟草浪，衬云浮。

不如归去下帘钩。心儿小，难着许多愁。

——吴淑姬《小重山·春愁》

吴淑姬的故事，有点像才女严蕊和关汉卿《窦娥冤》中女主人公窦娥的综合版。

作为一位江南才女，吴淑姬有着符合"才女"这一身份的所有传奇经历。她出生在湖州的一个书香门第，父亲是秀才，耳濡目染之下，她自幼熟读诗书，小小年纪就展露出不一般的才华。尽管家里贫穷，但过人的才华和逐渐长开的美貌使她在当地小有名气。

传奇话本故事中，乡绅和恶霸一向青睐穷苦人家的美貌女子，吴淑姬也难逃此命运。当地一位富家二少对顶着美名和才名的吴淑姬垂涎三尺，强行将她霸占。不仅如此，甚至有人诬陷她偷情，并将此事告发出来。在那个时期，女子偷情是非常严重的罪名，下场之惨烈，可以参照电视剧中出现的"浸猪笼"。事情一经传出,吴淑姬立即被捕入狱。

起初,吴淑姬的案子并没有受到重视,时任湖州太守的王龟龄审理过后,吴淑姬被定了罪,并被判以徒刑。然而她和严蕊一样,死活不肯认罪,坚持自己是清白的。负责吴淑姬案子的郡僚对她的才名早有耳闻,他相信吴淑姬不像会做出偷情这等苟且之事的人。便是在这个时候,吴淑姬身上发生了和严蕊一模一样的戏剧性巧合。

郡僚设下酒筵,派人将吴淑姬请入席中,打开了她的枷锁。他对吴淑姬说:"我知道你擅长作词,现在你就作一首自咏的好词吧,假如作得好,我会把你的冤情转达给太守,为你申冤。不然的话,你就危险啦!"(知汝能长知句,宜以一章自咏,当宛转白待制,为汝解脱。不然危矣!)

吴淑姬心中一下子燃起了希望,她当即应允,请求郡僚出题。

当时,严冬的雪还未褪去,春天的迹象却又即将来临。郡僚便出了一个应景的题目,让她作一首《长相思令》。

这就像曹植的七步成诗,看似难,然对于腹有诗书之人而言,却又是信手拈来。

吴淑姬不假思索,提笔便写出了一首符合郡僚要求的佳作。

> 烟霏霏,雨霏霏,雪向梅花枝上堆。春从何处回。
> 醉眼开,睡眼开,疏影横斜安在哉。从教塞管催。

乍一看这首《长相思令》,我想到的却是《诗经·小雅·采薇》中的"昔我往矣,杨柳依依。今我来思,雨雪霏霏"。

雨雪霏霏之际,万物凋零,唯有梅花傲雪绽放,与严寒抗争,正如身在狱中却坚贞不屈的吴淑姬,而压在枝头的霜雪,就好比她身上那莫须有的罪名。

冬天已经接近尾声,春天却不知何时能来临。梅花尚且苦争春,她又岂能放弃?那么就让她和雪地中的梅花一样,怡然绽放,等待春天的阳光将她照醒吧。

郡僚为吴淑姬的词叫绝，他更加坚信，吴淑姬是被冤枉的。试问一个行为不端的女子，又怎能写出如此震撼人心的诗词？

次日，郡僚就把吴淑姬的冤情陈述给了太守，请求重新审理。太守听了之后，也觉得先前的罪名定得太过草率。等到真相大白之后，吴淑姬终于洗刷冤屈，重获自由。

然而吴淑姬毕竟是一个有过污名并且下过监狱的女子，又曾长期被恶少霸占，即便是重获自由身，竟然一时无人肯娶她。

至于吴淑姬之后的命运，南宋《夷坚志》中记载，一位姓周的人将她买去，纳了她为妾（周介卿之子买以为妾，名曰淑姬。王三恕时为司户摄理，正治此狱，小词藏其处）。还有一种说法出自《词林记事》，认为吴淑姬是士人杨子治的妻子。到目前为止，似乎后一种说法更容易被接受。毕竟像吴淑姬这样一位身兼美貌和才华的苦命女子，人们总是希望她能得到命运的眷顾，无论如何妻好过妾，遭受磨难之后能嫁一个对自己好的丈夫，对女人来说比什么都重要。

吴淑姬能以她的《长相思令》打动郡僚，这首词的好坏自是不必细说。她流传于世的作品有《阳春白雪》词五卷，除了《长相思令》之外，另一首艺术成就非常高的就是这首《小重山·春愁》。

这仿佛是多首名家词作的综合体，从中可以看到许多千古名句的影子，如李煜《相见欢》中的"林花谢了春红"，晏殊《清平乐》中的"斜阳独倚西楼，遥山恰对帘钩"，贺铸《青玉案》中的"一川烟草，满城风絮，梅子黄时雨"，李清照《武陵春》中的"只恐双溪舴艋舟，载不动许多愁"。

一如其名，吴淑姬这首词写的真是暮春时节伤春之愁。春天渐渐失去，花开到荼蘼，片片凋零，只留下几片顽强的花瓣依旧挣扎在枝头。而春天的离去，恰如岁月的逝去，花朵的凋零，恰如容颜的老去。美人迟暮，韶华不再，这无非是迟早的事。

除了《小重山·春愁》，吴淑姬还有一首《祝英台近·春恨》，所抒发的也是类似的情感。

　　粉痕销，芳信断，好梦又无据。病酒无聊，敧枕听春雨。断肠曲曲屏山，温温沉水，都是旧、看承人处。

　　久离阻，应念一点芳心，闲愁知几许。偷照菱花，清瘦自羞觑。可堪梅子酸时，杨花飞絮，乱莺啼，催将春去。

伤春悲秋，这是文人永恒不变的主题。而女子的伤春，又仿佛有着不一样的愁绪。

宋朝四大才女之中，相比较其他三人，吴淑姬既不像李清照那般家喻户晓，又没有朱淑真的曲折情史，更不似张玉娘爱情佳话留存千古，似乎，她确实略显平淡。可是她所留下的作品却享誉甚高。如若不然，就不会有"女流中黠慧者，有词五卷，佳处不减李易安"的评价。

苏轼说，荼蘼不争春，寂寞开最晚。

或许我们永远不会明白属于吴淑姬的荼蘼春事，她所伤之春，是去年春恨，还是来年春愁，永远只在她的词中大放异彩。

一丛花令

——只因爱红尘，参透风花雪月

伤高怀远几时穷？无物似情浓。

离愁正引千丝乱，更东陌、飞絮濛濛。

嘶骑渐遥，征尘不断，何处认郎踪！

双鸳池沼水溶溶，南北小桡通。

梯横画阁黄昏后，又还是、斜月帘栊。

沉恨细思，不如桃杏，犹解嫁东风。

——张先《一丛花令》

论情节、论想象力，现如今那些动不动就换孩子、动不动就 N 角恋的电视剧跟《三言二拍》比，简直弱爆了，冯梦龙和凌濛初简直就是话本小说界的独孤求败，只要是你能想到的，哦不，还有你想不到的，反正没有什么故事情节是他们不敢写的。

我曾在《醒世恒言》中看过这样一个故事：

一位姓赫的书生路过一尼姑庵，见庵中女尼长得漂亮，遂起了色心。孰料庵中四个女尼没有一个是六根清净之人，为了不让赫生回家，她们设计剃了赫生的头发，把他扮作尼姑轮流享用，日日在庵中寻欢作乐。

后来，赫生身体越来越差，女尼们起初还端茶送药，期盼他能早点好。可时间一长，眼看赫生没有康复的可能，女尼们一合计，居然将他抬到后园埋了，神不知鬼不觉，不念半分情意。

对于赫生的故事，我只能用"瞠目结舌"来形容。和尚、尼姑在我心中一直都是十分虔诚的存在，总觉得他们吃斋念佛，日日焚香，至少比我们这些世俗之人要来得清净。然转念一想，他们毕竟也是人，只要是人就会有欲望，和尚也好，尼姑也罢，或许他们也隐藏着我们所不知道的另一面，辩机和尚和高阳公主不就爱得难舍难分吗？《笑傲江湖》中，恒山派的小尼姑仪琳不就对令狐冲至死不渝吗？而我们的风流才子张先同学年轻的时候也和一个小尼姑有过一段很深刻的感情。

花前月下暂相逢。苦恨阻从容。
何况酒醒梦断，花谢月朦胧。
花不尽，月无穷。两心同。
此时愿作，杨柳千丝，绊惹春风。

这首《诉衷情》写的就是他和尼姑月下相会时的场景。若非事先知道故事背景，很难想象这么唯美的一首词，主题居然是"幽会"。李后主可比张先胆子大多了，他和小周后偷情的词就写得很香艳：

花明月暗笼轻雾，今宵好向郎边去！
刬袜步香阶，手提金缕鞋。
画堂南畔见，一向偎人颤。
奴为出来难，教君恣意怜。

作为同一主题的词，张先的《诉衷情》和李煜的《菩萨蛮》开篇都差不多，都是最符合情人见面的浪漫环境：花前、月下。这二人的心情想必也差不多，又忐忑又刺激又甜蜜。

谁让他们幽会的对象，一个是出家人，一个是自己的小姨子呢，这都是常人所不能接受的。

那时的张先，虽然爱情受到挫折，但是那张朝思暮想的脸一出现在自己面前，再多的苦难也值了。此时此刻，美景当前，美人在侧。

可惜好景不长，张先和小尼姑的爱情到底还是受到了阻挠。

小尼姑的师父是一位非常严厉死板的人，听说她和张先的事，吓得差点心肌梗死。为了阻断二人的情缘，师父当机立断，把小尼姑关在了建在池中小岛上的一座阁楼上，不让她见任何人。要知道小尼姑可是出家人，出家人怎么能有七情六欲呢？事情一旦传出去，对她这位师父乃至整个尼姑庵都是一个打击。

然而老尼姑低估了爱情的力量。她的阻挠并没有让张先对心上人的爱减弱半分，反而更坚定了他的信念，正如他词中所写："苦恨阻从容。"

每当半夜时分，张先便划着船悄悄前往小岛和小尼姑约会。小尼姑站在窗口，远远地看见张先来了，马上把梯子从窗口放下去，让张先上楼。被迫分开的恋人含泪缠绵，可想而知是怎样一番光景。

这一幕，像极了格林兄弟创作的童话《莴苣姑娘》。莴苣姑娘被巫婆关在城堡，王子每次去和莴苣姑娘相会，莴苣姑娘就把她的长发从窗口放下来，让王子顺着长发爬上去，等缠绵够了，王子又顺着长发爬出城堡。

终于有一天，他们的这个秘密被巫婆发现了，巫婆很努力地阻止了这一切。当然啦，结局是美好的，真爱大过一切，童话都是如此。

然而现实毕竟不是童话。

张先和小尼姑的爱情没有长久，至于是什么原因，隔着千百年的时光我们很难再去揣度了，或许是老尼姑的阻挠，或许是外人的指责，或许是他们不够坚定。历史掩盖下的事，谁说得准呢。

分开后，张先写了一首《一丛花令》来祭奠他们的爱情。

《一丛花令》的女主角正是与张先分别后的小尼姑。离别的愁绪如纷乱的柳丝一般纠缠在她心头。

昔日，每每黄昏后，张先划着小船来到池中小岛，登上楼梯与她相会，他们相互偎依，互诉衷肠。然而景色依旧，物是人非。天上斜挂的月亮还是曾经照着他们相会的那一轮，他却骑着马绝尘而去，再也找不到踪迹。

真是傻啊。早知如此，还不如……还不如像那桃花杏花一样，在最美的年华嫁给东风。

张先未说完的话，贺铸替他说了：当年不肯嫁与春风，如今却无端端被秋风耽误了。

　　　　杨柳回塘，鸳鸯别浦，绿萍涨断莲舟路。
　　　　断无蜂蝶慕幽香，红衣脱尽芳心苦。
　　　　返照迎潮，行云带雨，依依似与骚人语：
　　　　当年不肯嫁春风，无端却被秋风误！

张先和秦观一样，都是情圣一样的存在，他们懂得风花雪月，也擅长写旖旎浪漫的诗词，把那些纯情少女们唬得一愣一愣的。如果当时有明星粉丝团，这两人一上街，肯定是被围追堵截的主儿，不知道有多少少女粉丝一边摇着小彩旗一边大喊"张先我爱你，秦观我爱你"呢。

不过在维护名声这一点上，秦观可比张先聪明多了。直到现在，一提起秦观，人们的第一反应是：哦，那个传说中娶了苏小妹的风流才子秦少游啊。然而提起张先，很多人的第一反应就是：哦，那个老不正经的写词的色鬼呀。

为什么会这样？因为张先到八十多岁还喜欢逛妓院呗！他不光喜欢嫖妓，还为妓女写过不少诗词。要知道，在青楼圈，张先张大官人的名号可是响当当啊。

古时妓女们也讲究广告效应，她们红不红，多半是靠文人来捧的，词写得越好，传诵得越广，她们的名气自然也就越大。那时候杭州有个小有名气的营妓名叫龙靓，为了得到张先的词，还特意写了一首索词。张先回复了吗？那么热衷跟妓女交朋友的他不回复人家才怪！

可能大家没听过龙靓的名号，那么这一位应该算是家喻户晓了吧——汴京花魁李师师。

根据推断，李师师出道的时候，张先已经八十五岁了，一把年纪的他不好好在家陪孙子，居然也去凑李花魁的热闹，和秦观晏几道一帮后生拼着比着写词捧李师师。晏几道写《生查子》赞美李师师的美貌，张先更直白，直接以李师师的名字入题，写了一首《师师令》。

> 香钿宝珥。拂菱花如水。
> 学妆皆道称时宜，粉色有、天然春意。
> 蜀彩衣长胜未起。纵乱云垂地。
> 都城池苑夸桃李。问东风何似。
> 不须回扇障清歌，唇一点、小于珠子。
> 正是残英和月坠。寄此情千里。

本来呢，词确实是好词，不仅字字珠玑，而且让李师师一夜红透汴京，也为她后来被宋徽宗看中做了铺垫，可是一想到这是一个白发老翁写给一位十几岁的妙龄少女的，忍不住鸡皮疙瘩抖一地……

古代的文人们分好几种，人各有志。有的悬梁刺股想考科举做官，考不上呢就写写文章抒发一下自己的怀才不遇；有的对入仕当官不屑一顾，就想找个山清水秀的地方隐居，闲来种种花草写写诗词；有的喜欢一边游山玩水一边引吭高歌，大笔一挥写几篇佳作赞美一下大好河山。

张先不属于以上任何一种，他似乎没有别的爱好，就喜欢少女，越嫩越好！所以他到八十岁的时候还娶个十八岁的少女做姜，他的朋友一点都不觉得奇怪，而他本人也引以为豪，甚至在一次聚会上写了一首事歌颂此事。

> 我年八十卿十八，卿是红颜我白发。与卿颠倒本同庚，只隔中间一花甲。

这么直白的诗，其义显而易见吧？不愧是张老色鬼写的，果然尽显其本色啊！

苏轼听了之后，马上和了如下这首诗来调侃张先：

> 十八新娘八十郎，苍苍白发对红妆。鸳鸯被里成双夜，一树梨花压海棠。

"梨花"对应的是"白发"，也就是一把年纪还色心不改的张先了，"海棠"指的自然就是"红颜"少女。新婚之夜，满头白发的丈夫，娇艳若海棠花一般的少女。

张先这首诗虽然没什么名气，但苏轼那句"一树梨花压海棠"把他老年纳妾的事捧红了。那以后，只要是形容老夫少妻，基本上都用"一树梨花压海棠"来概括。

据说，张先那位十八岁的小妾还给他生了四个孩子，两个男孩两个女孩。很多人觉得，张先一把年纪了，那位"海棠"姑娘却正当妙龄，嫁给他图啥啊？嗯，或许是图他有钱吧，好歹人家是个官啊。也有可能是仰慕他的才华，平心而论，张先的确是个才子对不对？可是，没准海棠对张先就是真爱呢，要不然张先死的时候她也不会哭得差点断气，过了没多久就去黄泉路找张先了。所以，谁说老夫少妻就没有真爱呢。

在张先去世的几百年后，也有一对大名鼎鼎的老夫少妻组合——柳如是和钱谦益。

柳如是算是秦淮八艳中比较有名的一位了，她自小沦落风尘，但也混得风生水起，艳名远播。二十四岁那年，柳如是嫁给了六十岁的钱谦益。很多人不看好他们，一来，二人年纪实在悬殊，在那个十七八岁就结婚的时代，钱谦益完全可以当柳如是的爷爷了！二来，柳如是实在太有名了，想娶她的青年才子多得如过江之鲫。

可偏偏二人婚后举案齐眉，生活如鱼得水。

钱谦益平日里最喜欢把柳如是抱到自己的大腿上，细细端详她的花容月貌。柳如是就一戳他的额头，问他："亲爱的，你最爱我什么呀？"钱谦益回答："我最爱你白的面，黑的发呀！你呢，你最爱我什么呢？"柳如是掩嘴笑："我最爱你白的发，黑的面啊！"

这二人打情骂俏的话语，是不是和张先的"一树梨花压海棠"有异曲同工之妙呢？

除了私会尼姑事件和"一树梨花压海棠"的典故，张先最有名的大概要数他在《千秋岁》中写的那句"心似双丝网，中有千千结"了。

数声鶗鴂，又报芳菲歇。

惜春更把残红折。

雨轻风色暴，梅子青时节。

永丰柳，无人尽日花飞雪。

莫把幺弦拨，怨极弦能说。

天不老，情难绝。

心似双丝网，中有千千结。

夜过也，东窗未白凝残月。

是不是觉得很熟悉？琼瑶写过一篇小说，名叫《心有千千结》，她的书名就是化用的张先的词。而后，"心有千千结"又常被用来形容为情所困的女子，想着心上人而又不能在一起的她们，心中可不就是像打了一千个结吗？

张先能写出这般纠结人心的词，就凭这一点，我忽然明白了，为什么他那么风流好色，还是有不少女子倾心于他，像苏轼那样的文豪也愿意与他相交了。

张先不仅和秦观同属于情圣，也同属于典型的江南才子。他是浙江乌程人，在词上的造诣，与我们熟知的大才子柳永齐名。而乌程这个地方与她的名字一样，有着水墨缱绻的旖旎，她似乎总与才子才女脱不了干系。

多少年后，以一句"人生若只如初见"融化无数少女心扉的纳兰容若爱上了生于乌程的一位女子，这位女子心思细腻如发，笔底烟霞冉冉，她便是极富传奇色彩的乌程才女沈宛。

这些，也都是那么多年以后的事了。

致我们的生活

——《每天一首古诗词2》后记

　　每每想对刚写完的十几万字做一个总结，我总会想：我写什么最能表达我完结一部作品的喜悦？

　　此刻，我在朋友刚开的咖啡厅里，对着文档一脸茫然。我的面前摆着三碟干果，一碗剥好的石榴，哦对，坐标是喀什——中国最西边的城市。

　　我的朋友们并不知道我在观察他们，他们正聚在离我几米远的另一张桌子前，喝着下午茶，一个个热情洋溢，谈笑风生。

　　我从窗户往外看，一群白鸽恰好从清真寺顶上飞过，掠过绿色的树丛，落在了广场上，就像一幅画。继而，我又将视线扭转到了室内，我忽然觉得，我的朋友们，这群认真热爱生活的朋友，他们那幸福的样子又何尝不是一幅画呢。又或者说，更像一首诗，恰似我此时对这本书做出的最好的诠释。

在过去的一年里，我曾多次因为工作压力过大而失眠。凌晨两三点的北京，窗外依旧是来往的汽车，车水马龙，和白天没什么区别，显得这座城市如此忙碌。我躺在床上辗转反侧，越想睡觉却越清醒。我不由得开始自我怀疑，我这么努力是为了什么？我曾经追求的生活呢，那种如诗如画的惬意为什么都消失了？

后来我问过很多人，果然，不只我有这样的感觉，一到压抑的时候大家都会发出这样的感慨，开始自我怀疑，也开始怀疑人生。而这个问题也一直困扰着我。

直到昨天晚上，我忽然想通了，这种恍然大悟源自我刚认识的一个朋友，她是我见过的最容易满足的人。

我们一起出门旅行，在去沙漠的路上，坐了一次马车，她对我们说："我觉得我来到了一个最美的地方。"在午后的沙漠里踩着温暖的沙子，她对我们说："我觉得这是世界上最好玩的事。"又过了几天，她发出了这样的疑问："大风刮过，我觉得幸福；树叶黄了，我觉得幸福；连鸡蛋蒸坏了，我都觉得幸福……我是不是病了？"

那一刻我才明白，不是她病了，而是我沉浸在病态的情绪中太久了。

每个人的生活其实都像一首诗，有优雅的、雀跃的、浪漫的，有伤感的、凄苦的、缱绻的……文字的魅力就在于此，你怎么组合，它们所表达的意思就不一样，这种不一样恰好也适用于我们的每一天：你怎么过，生活向你阐释的意思就是怎样的。

很多次有人问我，是从什么时候开始读诗的。其实我已经记不清了，大概是从识字的时候开始吧，仅仅是因为读着优美，朗朗上口，让我心情愉悦。而每读一首诗，我就会觉得这一天就像诗一样让我愉悦，这种单纯的情感始于我懵懂的学生时代。

渐渐的，习惯养成了，我越来越依赖诗词带给我的愉悦，我开始崇尚把生活过成这样。再后来，我爱上了旅行，我觉得在旅途中能找到诗词中描写的那种感觉，那种愉悦感是异曲同工的。

有人对我说，旅行是欣赏这个世界，可是对我来说，旅行和读诗一样，是从对世界的欣赏中找到对自我的认知，也是从风景如画和字里行间寻找属于我们期待许久的一种情绪，这种情绪，用我朋友的话来说，大概就是幸福吧。

　　因此，每一次旅程结束，我总是会忍不住感激我那些在天南海北的朋友，因为他们，我的生活才会随时可以变得多彩，如画，如诗。

2018 年 10 月 4 日

云葭 于喀什

图书在版编目（CIP）数据

每天一首古诗词. 2 / 云葭著. -- 成都：四川文艺

出版社, 2019.1（2019.5重印）

ISBN 978-7-5411-5208-5

Ⅰ.①每… Ⅱ.①云… Ⅲ.①古典诗歌—诗集—中国

Ⅳ.①I222

中国版本图书馆CIP数据核字(2018)第265295号

MEITIAN YISHOU GUSHICI.2

每天一首古诗词.2

云葭 著

出 品 人	刘运东
特约监制	王兰颖
责任编辑	赵海海　燕啸波
特约策划	王 蕾
责任校对	汪 平
特约编辑	王 蕾　申惠妍
封面设计	WONDERLAND Book design 仙遁 QQ:344581934
封面插画	石家小鬼

出版发行	四川文艺出版社（成都市槐树街2号）
网　址	www.scwys.com
电　话	028-86259287（发行部）　028-86259303（编辑部）
传　真	028-86259306

邮购地址	成都市槐树街2号四川文艺出版社邮购部　610031		
印　刷	北京永顺兴望印刷厂		
成品尺寸	160mm×235mm 1/16		
印　张	18.5	字　数	250千字
版　次	2019年1月第一版	印　次	2019年5月第二次印刷
书　号	ISBN 978-7-5411-5208-5		
定　价	39.80元		